年轻，我们伤得起

AS LONG AS WE ARE YOUNG

葛一 作品

CNS PUBLISHING & MEDIA 中南出版传媒
湖南文艺出版社 HUNAN LITERATURE AND ART PUBLISHING HOUSE
博集天卷 CS-BOOKY

小丸子说，活着总会遇到好事情。

年轻，
我们伤得起

AS LONG
AS WE
ARE YOUNG

年轻，
我们伤得起

AS LONG
AS WE
ARE YOUNG

年轻，
我们伤得起

AS LONG
AS WE
ARE YOUNG

感谢我的青春，没有荒芜，肆意盛开。

年轻，
我们伤得起

AS LONG
AS WE
ARE YOUNG

01 那时年少

上帝之所以创造指纹，是因为，他想让人们知道：其实每个人都有伤痕。

我妈说，这世上本来不该有我的。她怀我的时候，胎位不正，后来破水了去医院，要死要活地折腾了三天三夜，愣是没把我生出来。最后医生让我爸签字，是保大人还是保小孩，我爸当场就晕过去了。医生又是按人中又是掐虎口的，等我爸醒了，他痛哭流涕地签上了“保大人”。

然后医生叫我爸进去送草纸，我爸在满床的血泊中看到了我，一个青紫色的“死婴”，他双脚一软，又晕了！几个小护士把我爸拖到门外，又是一阵按人中掐虎口，他才终于回过神儿来。

用我妈的话来说，她当时憋着一股气，就想看看我，哪怕是死的，也要看看。结果，浑身青紫的我双目紧闭，任凭医生怎么倒挂着又拍又打，都不出一口气。我妈当时挺绝望的。

但是，事情总是有转机的，不然就没人来写这个故事了。由于老妈的难产实属罕见，产科的大小护士和年轻医生都跑过来观摩，不，应该叫学习经验。然后我就成实验对象了，医生把我倒挂着拍我脚心，拍累了，护士们就一个个地排着队来拍，也不知道轮到了哪个护士，就听“哇”的一声，我竟然被拍哭了!

这在当时不得不说是个奇迹，那一年是一九八二年。我感谢那些倒挂着我拍我脚心的医生和护士，没有你们的接力赛，就没有我啊!

都说“大难不死，必有后福”，但我生下来的时候没哭，按照我们那儿的风俗，这样的孩子是不孝的，更要命的是，我是个女娃，而我爸是长子。

于是，我出生后，爸妈就失宠了，生活一下子从天堂坠入地狱。

更可悲的是，也许是在我妈肚子里面待太久了，我从小体弱多病不说，智商还有点低。最明显的表现就是做事磨叽，反应慢，于是我妈就骂我笨。我妈嘴真灵，我真的笨了好久。爸妈觉得我这么笨应该早点去上学，上学就会变聪明啊!

爸妈真是行动派，幼儿园还没上两年，就把我送去读一年级。当时我才六岁，注意，是虚岁。这等于让一个小女孩直接去上大学啊!

反正我是什么都不懂，不懂老师说什么，不懂爸妈为什么要送我上小学，我只知道玩，只知道什么好吃，成绩单总是惨不忍睹。小学有评“三好学生”“文明学生”，我妈给我定的目标很雄伟——一定要评上“文明学生”!

好家伙，我愣是一次没被评上，每次发成绩单的时候，都是我鬼哭狼嚎的时候。那时候，我挨打都成习惯了，只要被爸妈打，第一个动作就是直接抱头。

我猜小时候被爸妈打得多的小孩都有同感，当挨打成为例行公事以后，你会发现挨打也就那么回事，最多受点皮肉之苦。当然爸妈也有打累了的时候，中场休息的时候，我就纾缓一下筋骨，准备迎接下一场暴风雨。而且，我渐渐地掌握了一点技巧，比如憋住气，让肌肉保持紧张，这样疼痛感会减轻。我一直琢磨着，气功大师是不是就是这么练出来的?

无论在家里还是在学校都不得宠的我，整个小学生活都是在沉默、腼腆和害羞中度过的，而小学三年级课堂上发生的一幕，让年幼的我变得更加沉默。

一天早上，我因为上课迟到，被女老师一把拎到讲台旁，她劈头盖脸地一顿骂，其中有一句是：“你个狐狸精，从小就这么懒散，以后肯定是个勾人的货色！”

我当时就蒙了，站在讲台旁泪流满面。我完全不知道自己触动了老师的哪根神经。但是我永远记住了，这个女老师姓严，有一双炯炯有神的田鸡眼。

现在回想起来，可能前一天晚上严老师刚刚把老公捉奸在床，所以迁怒于我吧。

因为这件事，我在学校里多了一个绰号——狐狸精。

我到现在都不知道自己哪里像狐狸精。漂亮？不啊！妩媚？没有啊！也就因为这件事，我变得更加沉默了。那时候没有朋友，更加没有女同学愿意和我玩。而我小叔正好比我大三届，他知道这件事，后来告诉我爸了，我爸就想方设法把我弄出了那个学校。

我本以为终于脱离苦海了，结果，又一个深坑在前面等待着我。

求爷爷告奶奶，三年级下半学期我终于转去了另一个学校——如意附属小学。本以为好日子就要开始了，结果我发现转校生的日子并不好过，甚至一开始的处境还不如以前。现在想想，可能我的反骨就是在那时候生出来的吧。当时，跟大家相处了一段时间，同学们都知道我是吕桥小学转过来的。吕桥是郊区的学校，校风很差，于是我“名正言顺”地被冠上了“吕桥佬”的称呼。面对男同学的嘲笑、女同学的窃窃私语，我一言不发地埋下了头。

就这样，整个三年级我都是在浑浑噩噩中度过的，考试都是刚刚及格，老师都觉得我是差生。到了四年级，我理所当然地被安排到了最后一排。实际上，我是班里个子最矮的那个……为了这件事，我回家倒头就哭。爸妈问我是不是被同学欺负了，我也不说，就只是哭。我妈气急攻心，上来一顿拳打脚踢，一边打我一边骂：“半天憋不出个屁来啊，我们真应该送你去聋哑学校！”

我心灰意冷，没有朋友就算了，父母还不理解我，我越来越自闭。

我所在的六班在教学楼三楼的最西边，我想过无数次，从这儿跳下去，一了百了。直到有一天，下课后我又站在走廊边发呆，一个男生走了过来，他挑衅地从后面踢了我一脚，我一个狗吃屎，撞到了墙上。顿时，我感觉鼻子一热乎。我手一抹，傻了，全是血！那个男同学看我流血，也傻了。我不知道哪里来的力气，血往上涌，抬起腿就给了他一脚。那小子被我踹得一个踉跄，趴地上直哼哼。这时候，女同学带着班主任火速赶到。

第二天我没去上课，因为回家后我被我爸狠狠地打了一顿。当时隔壁的三娘正好来我家要干什么，看见我爸直接把我从东厢房扔到堂屋里面，我的头正好磕在三娘的腿上。三娘说，要直接磕在水泥门槛上，我不送命也残废了。

我恨啊，别人都说爸妈一个打一个疼，我家却是齐上阵。我妈不喜欢我哭，我一哭她就掐我、踢我，我爸则是不打则已，一打准出事。

四年级的时候我数学不及格，38分，我怕被爸打，硬是用蓝色的圆珠笔把“38”描成了“88”，手笔稚嫩。我爸一眼就看穿了我幼稚的行为，再一次把我打得鬼哭狼嚎。

可能是在家被压迫多了，到了学校，我就再也不是沉默的羔羊了，我甚至“勾结”了三个高个子的女同学，组成了“四人帮”，专门对付男同学，和男同学对打。

下课后，我们四个女生首先冲出教室，去占领楼梯的最高位置，向男生发动总进攻。我身上经常青一块紫一块的，但我还是觉得值，至少，我找到了认同感。

四年级和五年级就在打打闹闹中度过了，虽然我的成绩一如既往地差，但至少没有人敢欺负我了。于是，我毫无悬念地去了二中读初中。

我们那儿流行一句话：“二中二中，二流子集中；城南城南，流氓集团。”二中——又回到了我们家所在的郊区，在那里，没有开始，也没有结束。

上中学的第一天，吃完晚饭，爸把我叫到跟前。他沉默了一会儿，我心惊胆战地等他发话。

爸说：“从今天开始，你就不再是小孩子了，从今以后，我都不打你了，你好自为之吧。”

我的心怦怦怦地跳，以为自己听错了。

我脱口而出：“真的不打我了啊？”

爸笑了：“不打你你是不是不愿意啊？你是不是被打习惯啦？”

这是爸第一次和我开玩笑。

那天晚上，我是笑着睡着的。现在想起来，心里面都乐得要死。真的吗？爸真的不打我了吗？太开心了！

上初中的时候我彻底变成了一个调皮捣蛋的女孩，每天都要和男生干一架，甚至开始欺负弱小的男生。那个弱小的男生就是同桌小飞。

我们初一排座位还是男女混坐，按个子高矮排，我是女生中最矮的，小飞是男生中最矮的。我没事就欺负他，起立的时候把他的凳子移开，画“三八线”的时候我占多点，这些都是小意思，我还干过更恶心的事。

我有一次抠鼻屎，没地方擦，我就一弹，弹到他头上去了，他立马就发现了。那一次他终于愤怒了！如果不是他那一次愤怒，我还会继续欺负他，而那次我们俩狠狠地打了一架，打完架，我们竟然神奇地变成了好朋友。

从那以后，我每次玩都带着他。我们一起爬树，抓蝙蝠，捉知了，跳石灰坑，什么好玩的事都一起做。而且隐隐约约的，我还觉得我挺喜欢他的。

就在这朦胧的感情快要出现的时候，我捅了个大娄子。其实捅娄子的不是我，实际上我应该算是受害者。那时候已经初三了，不再是男女混坐，我跟他的座位一前一后。一次上数学课，我怎么都找不到我的课本了。老师已经走进教室了。如果上课没带书，轻则被老师骂两句，重则直接被拎出教室。用老师的话说就是，书都不带，你还来上什么课？

我当时极度烦躁，小飞咳嗽了一声，我立马回头。他向我使眼色，告诉我书在他同桌林那里。

我急了，立马小声说：“快把书还给我。”

林奸笑道：“就不给，就不给！”

我气急败坏，把他的书抢了过来。动作太大，被老师看到了。

老师一声怒吼：“你们两个在搞什么？”一个犀利的粉笔头砸到了我的脑袋上。

我连忙解释：“林把我的书藏起来了。”满心以为老师会帮我。

结果，突如其来地，老师啪啪地给了我两耳刮子！林看到老师打我，他也蒙了。我不知道是不是被打蒙了，只是哭着说：“真的，林把我的书藏起来了。”

林哆哆嗦嗦地从怀里拿出我的书。书已经惨不忍睹，被撕了好几页，而且封面上还有像胶水一样的东西。

老师一看，更生气了。她指着我的鼻子对我喊：“你以后不要来上课了！”

我吓傻了。明明是林的问题，怎么变成不让我上课了？我被撵出了教室。我无处可去，只能回家，回到家稀里哗啦地哭。

终于爸妈下班了。他们看见我哭，赶紧过来问我怎么了。这次我不敢憋着，一五一十地说了。当天晚上爸妈就带着我去学校宿舍找那老师去了。

那老师姓章。如果没有后来的对话，我不会记恨她那么久。

我爸扛着一箱苹果，我和我妈跟在后面。敲门，应声，开门。在看到章老师的一瞬间，我妈愣住了。她拉起我的手，一言不发。全程都是我爸在跟老师打招呼，说好话，说小孩不懂事，学还是要上的。

章老师还没等我爸说完就打断了他的话：“你们家这个小孩，我是管不了了，什么东西啊，年纪轻轻就知道勾引男同学，还上什么学啊？就算继续上也考不上高中，没希望了！”

那些话深深地刺伤了我，也刺伤了爸妈。

我妈终于讲话了：“我家小孩有没有出息，我们做父母的自己知道。

但是，章老师，你不能因为我们上一代的恩怨，迁怒到小孩身上啊。你既然觉得我家小孩没希望了，我们今天就不该来。娃他爸，还送什么苹果啊，我扔了都不送给她！”

我妈一字一句地讲完，然后拉着我，大步走了出来。我爸没搞清楚状况，连忙跟了出来。

后来我才知道，我妈和章老师是高中同学。章高我妈一届，她当时看上我妈了，想让我妈嫁给她弟弟。她弟弟个子都没有一米六，我妈哪里肯。于是章记恨在心，甚至当年我妈本来可以参加高考的，就是因为她从中作梗，我妈才没去高考。

现在，有没有课本已经不重要了。我故意不听她的课，她讲课，我就在下面做习题，结果竟然神奇地发现，我也不笨啊，老师没讲的我也会做。为了显摆自己，我还多次插嘴，抢在她前面说出答案。

自从那次事件以后，章老师视我如空气。她的儿子和侄子也在我们班，她千叮咛万嘱咐让他们别和我玩，要离我远远的。后来，不知道是我想争口气还是什么，我中考竟然破天荒地考了556分。当时二中总共有一百一十个学生，考上普通高中的只有十个，而我就是其中之一。

更神奇的是，我的分数竟然比录取线高了五分。爸妈神采飞扬，他们说得最多的一句话就是：“丫头，你真有出息！终于给我们长脸了！”

无奈的是，学校狡猾，我虽然上录取线了，但还是要给三千块钱，如果我多考14分，这三千就不用给了。我突然发现自己懂事了。我一直在想，如果分数高点的话，我就能帮爸妈挣钱了，但是我太不争气了。

我爸对我的态度发生转变就是从这次中考开始的，他觉得我再也不会给他抹黑了，觉得我有出息了。他后来告诉我，就算再难，那三千也要帮我凑上，要让我去读高中。

带着爸妈七拼八凑来的三千五百块钱，我踏入了城南中学的大门。我终于从“二流子”初中来到了“流氓”高中。而这个高中，是我们城里排名第二的学校，每年的升学率很高，在爸妈眼里，我无疑已经是半只脚踏进了大学。

于是，从我高中开始，他们就忙着赚钱，除了要还我入学时欠的三千块，还要帮我攒大学的学费。当时大学一年要三四千的学费，是爸妈全年不吃不喝的总收入，要凑够这笔钱，真是难上加难。

因为忙着赚钱，爸妈都早出晚归，而且为了钱，他们开始吵架。一开始他们关着门吵，后来当着我的面吵，再后来，他们每次吵架都能成功地吸引隔壁的三姑六婆来观战，而我，就成了爸妈的棋子。

每次他们都说离婚，然后开始抢我；每次都是我妈愤然离去，我惊慌失措地给外婆、姨妈、姑姑打电话问我妈的去向；每次我爸都不去挽留。有一天，我突然发觉自己好累，在家里神经紧张，在学校也神经紧张，每天都像行尸走肉一样地生活着。直到有一天，我们班调来了一个新的物理老师，我意外地找到一个发泄对象。

物理老师姓高，他的亲哥到我们这里当市长秘书，他就顺理成章地被领导安排进了我们学校。

这个高老师一点都不高，个子比我都矮，我高一的时候只有一米五二。而且这个高老师从来不备课，从来都是读课本，还夹杂着方言——我不知道高老师是哪里人，听口音像湖南或者河南那一带的。

高老师的名言就是：“你知不知道啊？这是y！y！抛物线啊！你知道吧？”自从他来以后，我们班就流传着：“你知不知道啊？这是y！y！”

经过同学们的热烈讨论，我们一致怀疑这个高老师是来骗钱的，因为他完全不懂物理。我们班有个好学的同学，一次上课时问了高老师一个问题，结果他当场语塞，然后圆滑地说：“这个是下一节课的内容，我下一节课再讲。”

可想而知，第一学期，我们班的物理成绩几乎全军覆没，考得最好的才八十多分。这下教务处的主任急了，给高老师施加压力了。

高老师不再掩饰了，下学期一上课，他就在我们班训话，说没见过我们这么差的学生。结果，我捣了个蛋，插了一句话：“我也没见过你这么不学无术的老师啊！”全班哄堂大笑。接着我就被高老师拽着衣领往外拖。我死也不从，抱着桌子，桌子发出刺溜一声长啸，全班再次哄堂大笑。

一个身高不到一米五的男老师，拉着一个身高一米五二的女学生，却死都拽不动，他该是什么神情啊？

高老师开骂了，叫我滚出教室。我不甘示弱，回敬他，并且撂下一句：“谁怕谁啊？不就出去吗？我这就出去！”我突然觉得自己真的像流氓。我终于印证了“城南城南，流氓集团”那句话了。

我大摇大摆地走到走廊上，高老师一路小跑追上了我。他指着我的脸，一直戳我，还用家乡话对着我骂骂咧咧。

我镇定地挡开了他的手，指着教室里面的学生，我告诉他：“你今天骂我了，你今天还戳我了。他们都看着的啊，他们都是证人。你给我等着！”说完，我就下楼了，骑着自行车，一路飞奔到家。

我不上这课了！

回到家，我变得异常平静，开始思考怎么向父母交代。我知道，今天这事闹大了。

终于我爸下班了，我一脸心事地站在门口，喊了声“爸”，一滴眼泪恰到好处地滴了下来。我爸慌了，连忙问我怎么了，我当然不会一五一十地说了。我说：“我在学校被老师打了。”

我爸一听，怒了。

我爸这人就是这样，平时平易近人，但是一旦有事情触动他的神经，他就会变成一级魔兽战龙，嘴里能喷出火来。

我爸第二天就去了校长室，噼里啪啦地数落起高老师的罪行，扬言不处理就捅去报社，曝光这个老师。因为第一学期我们班物理成绩全军覆没，校长可能也对高老师颇有微词，他安抚了我爸，说他会好好研究一下这件事情，给我爸一个满意的答复。

我突然想起第一天上初中时的情景，我爸说他再也不打我了，原来不光是他不打我了，他还不允许别人打我。我终于懂我爸了，之前他揍我，那是恨铁不成钢啊!

这件事的结束非常具有戏剧性。

那天以后，我们班就换了物理老师，同学们都欢呼雀跃，而我还是照常上课，甚至别的老师还向我投来了同情的目光，万年不会注意到我的班主任还像模像样地去我家家访了一趟。我真是什么都不知道，直到有一天英语课间，英语老师神秘兮兮地走到我面前，八卦地告诉了我事情的原委。我听得一愣一愣的。

原来那件事情发生以后，校长立马把高老师派去初中部了。校长还认真地追查了高老师的学历，结果发现是假学历。这对校长来说是奇耻大辱，传出去城南高中的名声就没了。而且，高老师的亲哥和高老师一样，也被发现是假学历。经此一遭，他没脸再在我们市混下去了，反正后来我再没遇到过高老师。

在知道真相的那一刻，我甚至觉得自己做了件好事，一件造福同学的大好事。

那段时间，我有点得意，觉得自己是个功臣，拿下了一个社会的蛀虫。直到有一天，我爸告诉了我实情，我才猛然醒悟，发现自己是多么幼稚。

原来，我老子是搬了救兵的。

我爸为了我简直是豁出去了，他找了我的姑爷爷，也就是我姑父的爸爸，他当时任教育局某要职，局长就住他家隔壁。他们住在大院里面，彼此关系很好。我爸找了姑爷爷，就等于找了局长。

我爸把我的事噼里啪啦地说了一通，局长表示：怎么能有这样的老师存在啊，这不是误人子弟吗？最后是局长叮嘱着把这事给办了，所以这事办得又快又好，而且我也滴水不沾地安全着陆了。

我如梦初醒，终于明白英语老师为什么会八卦地过来告诉我原因，万年不搭理我的班主任怎么会想到家访。我还以为我真有多大能耐呢!

于是在高二的时候，我自认为看破了人世险恶，甚至连英语老师向我投来的眼神也觉得越发猥琐。我甚至觉得学校就像只贪婪的猛兽，朝我流着口水，指望着我能给它点什么好处。

我上课瞌睡连天，下课精力十足，晚上躲在被窝里面偷看金庸，一做作业就扔橡皮玩，功课全部一塌糊涂。突然有一天下午，我在教室里流血了!

这次流血不是我打架了，不是我惹祸了，是我大姨妈来了!

我慌了。我什么都不知道，就感觉裤子突然湿了，让同桌帮我看，完蛋了，全是血! 男同学看到了，都起哄，几个要好的朋友连忙递给我一件校服遮丑。我真是羞愧难当。

放学回家的时候，我骑自行车屁股都不敢贴到车座上，那个囧啊，此生难忘。

女同学都笑我，说我是我们这一届大姨妈来得最晚的一个。男生也知道了，还说他们都准确地知道我是每月几号来大姨妈的。这对于我来说，无异于给人扒光了一般。

自从那件事以后，我开始注重自己的外表了。

以前大大咧咧、什么都不在乎的假小子，开始要求妈妈给自己买高跟鞋了。学校要求我们全天穿校服，所以衣服没得换，头发也不能搞，就只能整鞋子了。那时候流行泡沫底的松糕鞋，黑黑的，我有一双，把它当宝一样，恨不得天天穿。

后来我长痘了，我妈给我买小护士和可伶可俐的洗面奶，这是我第一次用这些东西。我一直以为洗面奶是抹脸的，于是，早上一起床，我用冷水洗完脸后就把洗面奶往脸上一涂，骑着自行车屁颠屁颠地去学校了。

冬天天黑，顺路喊上伙伴一起骑车，她都没发现我脸上白白的一层。到了学校，早读课结束了去买早点，我才被人指出来。

一个同学问：“你脸上怎么油汪汪的啊？”

我不懂装懂说：“这是洗面奶，是不是我没有涂匀啊？”

一堆人哈哈大笑。我窘死了，也跟着哈哈大笑。

因为开始臭美了，我开始关心班上谁和谁谈恋爱了，谁暗恋谁了。我开始了真正的朦胧恋。确切地说，不是恋，是好感，又不是好感，有点排斥。唉，说不清。

佳个子不高，头有点扁，白白净净的，成绩很好。佳属于少话的男生。他的同桌康却是个话多精，而且长得很黑，他俩坐在一起，用现在的歌名来说，就是“黑白配”。

他俩坐在我旁边，中间隔着一个过道。我不知道是不是因为康的话太多，所以我喜欢佳的寡言，或者是因为康的黝黑而喜欢佳的白皙，总之我最喜欢看佳的右侧脸，因为我只能看到他的右侧脸。有时候我甚至会若无其事地和后面的同学说两句无关痛痒的话，而在转头的瞬间目光迅速地扫向佳。

有一天，我借故和后面的同学说话，回头的瞬间，目光一如既往地迅速扫向佳。我发现佳正目不转睛地看着我。我的心咯噔一下，突然间耳鸣袭来，胸闷得很，就像缺氧一样想要挣脱。我立马撑起左臂，装作若无其事地看书，不敢让别人看到我红通通的脸颊。

自那以后，我再也不敢往左转了，生怕会碰上那冷峻的眼神。然而渐渐地，康开始捉弄我了，比如走路的时候不经意地推倒我桌上叠得很高的书，比如他们一群男生聚在一起低声谈论什么，然后哄堂大笑，并且一起用一种调侃的眼神扫向我。这些都让我无地自容，甚至某段时间我竟然沉默得像个淑女一样，忘了自己以前的“打打杀杀”。可是，接下来的一件事，却将我体内的小恶魔唤醒了。

佳一如既往地不太言语，我猜不出他的想法，那次的眼神接触后，我们再也没有更多的进展。而康却越发主动地和我搭讪。

一次晚自习，老师不在，教室里面除了低低的私语声还算安静。突然，康转过头来，低低地说：“问你个事啊。”

我有点惊讶：“啥事？”

“你是不是喜欢佳啊？”

“什么？你脑子短路啦？”我本能地否认了。

“你还装什么啊？我们都看出来啦！”说这句话的时候，康稍稍提高了声音的分贝。

周围的同学开始窃笑。我红着脸，憋不出一句话，瞬间想起了为什么佳看我的眼神是冷峻的，同时反应过来自己就是他们男生好几次大笑的对象。我的心中充满羞愧。

正在这个时候，校外的警笛由远及近，越来越响，最后就像警车停在楼下一样。我愤恨地大声说：“你就给我乱掰吧，警车就停在楼下，我马上举报你诽谤！”不知道这句话触动了大家的哪根神经，教室里爆发出一阵大笑。

康不好意思地低下了头。

我突然觉得自己像胜利女神一样，再无羞愧感。同时，我大睁着双眼用更犀利的眼神看着佳，满脸写着轻蔑。亏了我还喜欢你，喜欢你啥？成绩好我喜欢？不说话装酷我喜欢？背后和同学调戏我我喜欢？我真是看走眼了！

正当我心理活动极其丰富的时候，老班进来了，他一声厉吼：“闹什么闹？有什么好笑的？”

我的脑子里面突然划过一道闪电，嗖地一下举手了。老班谄媚地笑着问我：“啥事？”

我说康血口喷人。

可能康真的太懦弱了，他几乎是哆嗦着跟着老班走了出去。他回教室的时候，那眼睛里射出来的光芒足以杀死一只小白鼠。可惜他欺负错人了，我并不是那只可怜的小白鼠。

毫无意外地，下了晚自习，康堵住我的路，佳就远远地站着。康骂我，说我只会告状，有本事就单挑。

我针锋相对，将我脑子里骂人的话全翻了个遍，跟他对骂。我也是骂给佳听的。“懦夫！”我骂道。

康怒发冲冠，他飞起一脚，踢向我的小腿。我没躲得过，小腿巨痛。我不是吃素的，我的“无影腿”在初中的时候练得愈发炉火纯青。别看我个子矮，我灵活啊！我一脚踢到了康的下巴。

他痛苦地闷声一叫，蹲了下来。

我解恨地揉了揉小腿，撂下句狠话：“你给我记住，这就是和我动手的代价！”

离开时，我发现佳早就没了人影。

懦夫！对他的好感顿时烟消云散，甚至开始厌恶他了。

康没告我的状，我也能猜到，被一个小个儿女生打得如此之惨，他一定不愿意告诉别人，这事似乎只有他的铁哥们儿佳知道。而渐渐地，在男同学中有一个流言传出：诸葛一是混社会的。

我知道谁在造谣。我狠狠地瞪着康，但是我什么都没说，我不想惹是生非。

不想惹事的原因是我家里出事了，我根本没心思上课，更无暇理会那些没影的流言。

02 我的大学

人生，总会有不期而遇的温暖，和生生不息的希望。

爸妈闹翻了！我妈五天没回家了，我爸一脸的无所谓，我却被吓得半死。

我每天下了晚自习都推着自行车绕着护城河走一圈，我在找我妈。我甚至幻想过我妈面朝下浮在水面上的样子。

我非常害怕。害怕发现我妈，又害怕找不到她。我妈和我说过无数次，她要去跳河。直到五天后，有个尼姑走到我家门口，问这儿是不是诸葛家，当时我爸不在。

原来我妈真去跳河了。

我心里一紧，浑身颤抖了一下，忙问原委。虽然我妈以前对我很冷，虽然我妈经常呵斥我，虽然我妈经常打我，但是，此时此刻，我却异常地关心她。

我妈跳河，正好被在河边洗衣服的一个尼姑看见了，她连忙找人把我妈救了起来。我妈没什么大碍，但是万念俱灰，一心想做尼姑。这个尼姑觉得我妈特别可怜，就偷偷地来到我家，想让我去劝我妈回家。

我在尼姑庵门外一眼就看到了我妈，才五天，她就已经瘦得没有了人形。我终于知道，一个真正寻过死的人，所有的灵气都会烟消云散。

我坐在我妈旁边，安静地听她哭诉。爷爷奶奶的刻薄、爸爸的绝情、赚钱的压力，让她精疲力竭，变成了一具空壳。我毫无办法，只能一遍遍地对她说：“妈，我们回家吧！妈，我们回家吧！”

我妈最终同意了。回家后，她搬到了我的房里，似乎决意不和我爸过了。但是，我心里还是喜欢我爸的。我觉得我爸并没有那么不堪，甚至觉得我妈是更年期加小心眼在作怪，我的心里无比矛盾。

一方面我要严防着我妈，怕她再想不开，另一方面我要游说我爸，让他多给我妈一点温暖。我心力交瘁，一下子觉得自己老了很多。这个家就这么凑合地维持着，直到有一天，我看到他们放在桌上的离婚协议书。

我再也忍不住了，当着我妈的面号啕大哭。我诉说着自己从小到大所受的苦。别的小孩怎么开心怎么快乐，我都没有。好容易我长大了，爸妈又要离婚。然后我又奔到我爸的房间，怒斥他，让他像个男人一样，别让自己的老婆受窝囊气。

我妈后来告诉我，听到我说我爸，她很欣慰。但我是苦无其他办法才吼我爸的，因为我心底里认为我爸会懂。可是，我又错了。

我爸告诉我，我妈如何地无理取闹，如何神经质地怀疑他在外面有人，如何时时刻刻记着爷爷奶奶的仇，如何将里里外外的丑事在邻居面前宣扬……

我问我爸："那我妈忙里忙外，勤勤恳恳地赚钱，又是为了啥？"

我爸沉默了，他幽幽地对我说："我也不想离婚，但是这日子过不下去了。"

我愣住了。我爸决心已定。怎么办？怎么办？

我边哭边大声地喊道："离吧离吧，你们早点离吧，省得我这么痛苦！赶紧的，赶紧去离！要是我以后找不到对象，嫁不了人，我就怨你们，怨你们离婚！你们赶紧去吧，去离！"

我妈在我房间哭，我爸在他房间哭。

我一赌气，骑着自行车出门了。我离家出走了。

到了吃晚饭的时候，爸妈才发现我不见了。我躲到了一个同学家。我知道爸妈早晚会找到我的。我没心没肺地擦干眼泪，若无其事地和同学讲学校里的八卦，然后开玩笑地和同学爸妈说，我今天是来蹭饭的。

八点多的时候，爸妈来了。他们笑呵呵地跟人打招呼，说不好意思打扰了什么的，然后把我领回去了。他们的眼睛里满是血丝。我看到了，没有作声。

爸妈没有骂我，我爸代表他俩发言了：“以后我们不提离婚的事情了，你也给我好好学习。”

我知道他们是怕我真的离家出走，这一步棋，我走对了。爸妈虽然还会吵架，但是始终没再提离婚。可是，家里却总像缺少了什么，爸妈很少讲话，听到最多的就是我的声音。那时候快过年了，我不知道是不是每户人家都是越临近过年事情越多，反正我家是这样的。

除夕那天晚上，家里那股冷气终于爆发了。

除夕，按规矩是要去爷爷奶奶家磕头拜年吃团圆饭的。但是，从我记事以来，我妈就从没去吃过这个团圆饭。那天，照常是我和我爸走出家门，走之前我叮咛我妈记得吃饭，我看到了她眼中的泪花，我心情很低落。

到了爷爷奶奶家，爷爷一如既往地责怪我妈，说她不懂事，不会沟通，不尊敬老人。我爸在旁边一声不吭，而我的拳头却越捏越紧。我时刻提醒自己不能爆发，要忍耐。后来奶奶也在一旁帮腔，絮絮叨叨地细数我妈的种种不好。我受不了了！我摔了筷子，起身就走。

我爸拉住了我，我愤怒地看着他：“爸，这饭你吃得下，我可吃不下，我要回去陪我妈过年！”

我爸拽我坐下，打圆场：“大过年的，你干什么啊？”

他这一问，我血气就涌头上来了。我突然觉得我妈附身，帮我妈说出了她一辈子都不敢说的话：“什么叫我干什么？我还没有问爷爷奶奶干什么！这么讨厌我妈，当初为啥要让她进门？进了门为啥不好好对她？就因为生了个女儿就看不惯她了？我小时候爷爷奶奶又疼过我多少，别的不说，好吃的给我留过吗？”我一顿连珠炮似的质问。

“是，我妈窝囊，我妈不会争，人善就注定被人欺？我告诉你们，没这种事，窝囊娘不一定生出窝囊娃！我妈被欺负够了，结束了！以后谁要欺负我妈，先过我这一关！”我接着说。

说到这里，小叔走上前想抡我一拳。他愤恨地骂道：“你怎么能和爷爷奶奶说这些？你这是不孝！”

我爸拦住了，小叔没能打到我。

爷爷起身了，他说：“行，我给你打招呼，我给你跪下了，行吗？”说着顺势就要跪，小叔和我爸连忙去扶他。

我愤恨地说：“我不要你跪，跪了折我的寿，你需要的是向我妈道歉！”

撂下这话，我就回家了。

不知道是不是母女连心，我妈当时正在床上痛哭。爷爷的那句话让我心寒，我知道，在他的心底，他从来就没有错过。我想起了小时候。人都说，没有比较就没有抱怨。当时，爷爷兄弟的大儿子生的是个儿子，而在同一年，爷爷的大儿子却生了个女儿。从此，爷爷奶奶就觉得自己低人一等。

我从小就没有得到爷爷奶奶的疼爱。我妈说在生我之前，爷爷奶奶对她好得不得了。生我的时候，我妈难产，他们一直在外面等消息。终于生出来了，奶奶一看是个女娃，拉着爷爷头也不回地走了。

从那以后，爷爷奶奶就没正眼看过我妈。我妈生我的时候大出血，得了白血病，我爸一边照顾我妈，一边照顾我。

外婆在我妈坐月子的时候去看我，见我裹着家里唯一的一条棉被，屎啊尿啊都在身上，摇篮下面垫着稻草。我妈则完全睡在稻草上，一是因为血流不止，怕弄脏了床，二是没有钱去买多余的被子。因为爸妈结婚后，每月的工资都是上交给爷爷奶奶的，他们一分不留。

我抱着我妈痛哭。我妈告诉我，她已经是死过两次的人了，一次是生我的时候，一次是跳河。死了两次都没死成，说明她命不该绝。她说她要好好看我上大学，看我嫁人。

我告诉我妈刚才的事。我妈哭得更厉害了：“我不需要你这么帮我，我这辈子已经够苦的了，我不想你被你爷爷奶奶看不起……”我妈已经语无伦次了。

没过几天，邻居们都知道这件事了。因为奶奶到处骂我，说我是不孝子。

那年的除夕是我家过得最惨淡的一天。

后来我爸回来了，他没怪我，和我谈了很久。我爸说着说着也哭了，男人的眼泪，真是令人心酸。我爸说他从小到大没和爷爷顶过一次嘴，他也觉得爷爷奶奶有不对的地方，但他从来没有说过他们。他觉得他们是大人，再怎么错都是长辈，小辈都不能忤逆他们。

我哭着说："爸，我错了，我当时太冲动了。"

我爸让我向爷爷奶奶道歉。我犹豫不决。

正月里的时候，我心不甘情不愿地向爷爷奶奶道了歉。我说："那天我太冲动了，口不择言。但是，我妈真的是苦，你们不理解，我觉得特别难受。"

爷爷奶奶别过脸，没有说话。那一刻，我终于体会到了我妈的苦。

因为我的道歉，大人们又恢复了平静，这件事就像是个小孩子的闹剧一样，没有人再放在心上。爸妈的关系似乎比以前好多了。我突然发现我应该好好学习了。

可是当时已经晚了，只有几个月就要高考了。我日夜奋战，最后半学期我一堂课都没有打过瞌睡。爸妈看我苦还给我买了脑轻松，那是我第一次吃补品。我当时为这个都兴奋了半天，学习更带劲了。

但是，我高一高二都是混过来的，就用高三的最后一个学期来刻苦学习，已经来不及了。我发现课本上的题目我都不懂，更不要提什么黄冈、海淀的试卷了。

我真的尽力了。最终，我考了429分，连普通大专的分数线都没有过。我一拿到成绩单，就去了复读学校。

我告诉自己要好好学习，从头再来。我觉得自己长大了。

结果上课的第一天，我的雄心壮志就被人摧毁了。

我的同桌是个活泼的女孩，有个男生是她的铁哥们儿，他们以前是一个班的。我们仨成了好朋友。那个男孩的名字我忘了。在我们的一生中，会遇到多少个这样的男孩呢？高高的个子，阳光的笑容，头发有点长，一笑脸上就露出两个酒窝。我就是被那两个酒窝秒杀了。

那一刻，什么好好学习，什么从头再来，通通烟消云散。我满脑子都是那小子的酒窝。完蛋了，我又暗恋上一个人了！

结果我犯花痴还没有满十天，就被我妈从复读班里捞出来了。我妈告诉我，有学校要我了。

什么？有学校要我了？我简直不敢相信自己的耳朵。我这种狗屎成绩也有地方收留我？开心归开心，我立马想到我再也见不到那个帅哥了，心中无比哀伤。

放榜那天，我也去了学校。一个平时在班上排名从来没有蹦跶出后十名的学生，居然也能出现在榜上。

我并不觉得自己有多光荣，倒是老师看到我都向我祝贺。我想他们肯定觉得我是用非正常手段进了大学，谁让我有个那么有本事的靠山啊？

没想到还真被我猜中了。原来我妈真找了人。我家一个邻居奶奶，她女婿在南京有点来头。当时她的外孙也考得不好，结果通过关系给弄进了南京的一个学校。我妈一听考得不好也能上大学，就特别来劲，千方百计地打听。最后人家告诉她，上那个学一年要花一万多，而且是民办的，是大专。我妈说死读书有什么用，还不如早点上大学，早点工作，大专也是大学啊！

可是我爸不同意。我妈不管，她直接去复读班把我拉了出来。她说这样就没有退路了。

为此，那个暑假，我没有参加同学聚会，没有潇洒游玩，我帮爸妈赚钱去了。

一万多啊，那是多么巨大的一笔钱啊！爸妈那时候一年的工资加起来才三千多。爸妈这几年帮我存钱上学，存了六千多，但是远远不够，如果加上我的生活费，那还差一大半。

正好我爸接了个单子，就是做教学用具，把塑料瓶的毛刺剃掉，把长线分股成一米长的短线。当然，这也是那个姑爷爷看我家困难帮我爸找的，不然我爸怎么都不可能接到这种单子。

在那个暑假的四十多天里，我削了两万个瓶子，绕了一万个线圈。一个塑料瓶两分钱，一个线圈两分钱。削瓶子削到手抽筋了就去绕线，绕线绕到手哆嗦了就去削瓶子。这么算下来，我帮爸妈挣了六百块钱。那是我挣的第一笔钱。

快开学的时候，我爸把那六百块钱给了我，让我自己留着。

我不知道自己怎么那么懂事，我告诉我爸，那六百算是我自己挣的学费。我知道家里一分多余的钱都没有了，爸妈真的太苦了。我甚至说出豪言壮语：“花了这么多钱，我一定会帮你们挣回来的。”

为了省钱，爸妈决定让我一个人去报到。报到的前一天晚上，我们一大家子坐在一起吃晚饭，等于给我饯行。姑父一听我第二天一个人去报到，急了，那么多行李怎么办？这是我第一次出远门啊！

第二天，姑父从厂里借了辆卡车，他和爸妈一起陪我去报到。可惜卡车小，坐不了那么多人。不然，可能七大姑八大姨都想跟着去了。那一年是我最幸福的时光。

我们一大早就出发了，报完到将近中午了。姑父提议去撮一顿，我们就在学校周围找了个小饭店，叫圆梦酒家。姑父直说这个饭店的名字起得好。我是家里第一个大学生，虽然上的是大专，但它好歹是个大学啊！

我爸在饭桌上说，终于圆了他的梦了，我们家终于有个大学生了。

因为车子是借的，必须早点还回去，一吃过午饭，爸妈和姑父就赶着回家了。他们一走，我就落寞了。一个人往宿舍走，难过得想哭，但是我忍住了。

一进宿舍，我就发现下铺已经全满了，我于是把行李放在了靠门的上铺，大家都用有些生硬的普通话互相打着招呼，说着什么“你哪里的啊”“啥时候到的啊”，诸如此类无关紧要的话。

我收拾完东西就爬到床上，一个人难受。

门突然被行李撞开了，随之而来的是一声欢快的招呼。听到这声音，我哧溜一下，翻过了身。

“泥们好！”这欢快的声音用方言说道。

“哎呀，原来我是最后一个啊。”

“没下铺啦，没关系，上铺也好，我喜欢爬。”她近乎自言自语地说。

这姑娘真是无比活泼。那一刻，我觉得这妞绝对是我的阳光，我的甘露！

自然而然地，我和她成为了好朋友。她叫阳阳，如阳光般灿烂的一个女孩。慢慢地，我发现别人都说我们学校是贵族学校。为什么？

就拿我们班来说吧。一个班的同学，如果不是家里开厂，就是老爸是官。像我这样连学费都要七拼八凑的人，真的少之又少。

从那时候开始，我才知道什么叫真维斯，什么叫Fun，什么叫Lee，什么叫Levi's，什么叫CK，什么叫Valentino，什么叫BOSS[①]……我来到了一个完全陌生的星球。

那时候，我才知道有一种书包叫JanSport的，要几百块钱才能买到。

那时候，我才知道原来这个世界上还有一千多块钱一件的衬衫。

那时候，我才知道原来男同学的一双鞋子能抵上我一学期的生活费。

那时候，我的生活费一个月两百。

两百，平均一天七块，早上一到两块，中午三块，晚上两块。在我们那个学校，我这样的花销真是节约得可怜。除了吃饭，我几乎没有任何别的开销。和父母打电话都是晚上他们打到宿舍，后来发现这样挺影响别的同学的，我就省吃俭用地买了张三十块钱的IP卡，用于有急事的时候打给爸妈。

① 真维斯、Fun、Lee、Levi's、CK、Valentino和Boss都是服装品牌。

大学，新鲜过后就是无尽的无聊。

班里的男生争先恐后地谈恋爱，一个个都像脱缰的野马。那时候学校里流传着一句“名言”：“一流搞外校，二流搞外日[①]，三流才吃窝边草。”外校就是像南艺[②]、南师[③]那种美女多的学校。外日是我们学校的外日，一个班三十个人，二十八个女生、两个男生，急需我们理科系的男生去平衡。而窝边草，那就甭提了，像我们这种学电子、土木、建筑的女生，土了吧唧的，谁看得上。

我，那就更别提了！齐耳短发，小分头，这是高一时学校让剪的，一剪就剪了三年，一直带进了大学。衣服都是高中的那些，我甚至还带去了初中时穿的衣服。我发育晚，个子也一直不见长，体重也一直没变化，竟然能通吃前后六年的衣服。而这个，阳阳就看不惯了。

有一次，她看见我洗衣服，脱口而出：“你这衣服还要洗啊？直接扔了吧。走，周末我带你去夫子庙买衣服去。”

衣服我当然舍不得扔，但是因为阳阳，我终于第一次决定给自己买件衣服。当时心里那个激动啊！完全不管生活费的事情了，就想着大不了少吃点饭，大不了不天天吃肉。

等真到周末了，我却犹豫了。我心里一直在算，坐公交车到三山街一块五，来回三块。如果我买衣服花三十块钱，我这个月的生活费就只剩一百六十七块了，一天不到六块钱。一天六块钱应该混得下去。在我快速思考这些数字的时候，阳阳已经迫不及待地背上了她的JanSport，拉着我出门了。

我心里一直嘀咕，三十啊，不能超过三十啊，记住啊！几乎默念了一百遍。

阳阳熟门熟路地带我去了夫子庙的摊子，在中医院后面。真是五花八门啊！我像个乡下孩子进城一样——原来文胸有这么多品种，原来裙子可

① 外贸日语。

② 南京艺术学院。

③ 南京师范大学。

以短到大腿。就在我观摩这些花花绿绿的裙子、文胸的时候，阳阳拉了我一把，她低声说道：“你盯着这些小姐用品看干吗？”

我愕然：“啊？你怎么知道的啊？”

“正常人会穿那么短的裙子啊？还那么艳！”

“这样啊！”我鸡啄米般地连连点头。

那次我没花掉三十块钱，买衣服的都是阳阳。她一共花了两百六十三块，一件Fun的衬衫一百九十八，一件地摊上的牛仔裤六十五。这些我都买不起。这是我一个月的生活费哪！

但是一回到学校我就后悔了。我白白花了三块钱，结果什么都没有买到，亏了！

不过，我后来学聪明了。系里面也有几个和我家境差不多的女生，我跟着她们一起逛街。原来夫子庙不光有专卖店，还有地下商场。我观察学校美女的穿着，再去地下商场淘类似的。

可是，公主抹着胭脂，那是高贵，村妇抹胭脂，那就是二了。

我满心欢喜地淘了件带燕尾服尾巴的白衬衫，花了二十五块。我想象着自己穿上后美美的样子，想象着自己抬头挺胸地走过男生宿舍时那些男生的表情，真是美死了！

但后来那件衣服，我穿了不到三次就不敢再穿了。我真是一个二十五，那个价格嘲笑着我。我没有漂亮裙子配那件衬衫，没有漂亮的外套搭那件衬衫，我男生般的短发也和那件衣服一点不搭。我付钱的时候一定是脑子短路了。

我开始在乎自己的穿衣打扮，开始学着照镜子，开始痴痴地偷窥帅哥。这些，阳阳都看在眼里。

阳阳真是好姐们儿！她有好多好兄弟，经常带我去找他们玩。从那时候开始，我学会了溜冰，去过军人俱乐部和健康路上的好多溜冰场。那个时候，有个男孩对我特别好。

他的绰号叫“大头”，因为他的头很大，和身体不协调地大。

每次溜完冰，他都要送我们回学校，他说我们学校地处偏僻，我们在路上不安全。公交车上有位置了，他都让我去坐，我不好意思，就让阳阳坐，阳阳也不好意思，就这么推着，结果让别人坐了。

但后来就找不到大头的影子了。

直到有一天，我和阳阳在阶梯教室里上晚自习，突然，门口有人喊："葛一是不是在这里啊？"

我惊愕，男生开始起哄。

我硬着头皮出去了。一出门，喊我的那个男生不见了！我丈二和尚摸不着头脑，正想转身，刷地一下，差点撞到一个男生。

这个男生就是大头。

大头抱着一束鲜花，羞涩地对我说："你做我女朋友吧！"

我傻了，脑子嗡嗡直响。教室门口早就挤满了看热闹的同学，我的脸颊滚烫，也顾不上什么了，拉着大头直奔操场。

操场的冷风吹凉了脸蛋，我们默不作声地站在跑道边。他手里拿着花，我用手揪着裤子。好几次他都欲言又止，我也无言以对。我们不熟啊，我们没见过几次面啊，怎么这么快啊？

我问他："你看上我啥了？"

大头支支吾吾地说："我也不知道啊。"

我又问："我……你怎么想到送花的啊？"

大头说："我就怕我不送，你就成别人女朋友了。"

我……我……我结巴了。

我们再次陷入沉默，过了一会儿，我鼓起勇气说："要不我们走走吧。"

他点点头，手里还拿着那束花。

我带他逛学校。我们学校建得很漂亮，是红色的欧式风格。渐渐地，我们不那么拘束了。我跟他讲我们学校的鬼故事，讲教学楼为什么要这么建，正讲着，路边的草丛里发出窸窣声响。

我们两个傻乎乎地往草丛里走去，我还说了句“别真的遇到鬼了吧”。结果，定睛一看，傻眼了。原来是一对情侣正在缠绵。我们疯了似的跑开，然后在空地上肆意地大笑。

大头说：“你真有意思。”

我说：“那就不能做朋友啊？”

他不说话了。

我恨我自己嘴快，说什么不好偏说这句狗屁话！好不容易爱情降临了，我应该好好把握才是啊！他一不说话我就觉得尴尬。我飞快地想着应该怎么办。这时候铃声响了，晚自习下课了。救星啊！

我说：“下课了，要不我送你去公交站吧，晚了，学校就关门了。”他说好。

我们沿着学校围墙走了很久才走到公交站，一路上谁也不说话。

到了站台，他突然醒了一般，哎呀一声：“不行啊！我傻了，我怎么让你送我啊？走，我再把你送回学校。这一路太偏了，不安全。”

我被他逗得笑岔气了，说：“你当我小孩，还怕黑啊？”

他不由分说地拉着我回学校，我们一路上嘻嘻哈哈的，两人都不再腼腆了。

在宿舍楼下，他说：“我要走了。”

我说：“好，你注意安全。”

他以迅雷不及掩耳之势把花塞到我手里，然后头也不回地跑了。我愣住了，悻悻地拿着花回了宿舍。难道他害怕我不收他的花？不会啊！这是我人生的第一束花啊！

所以说，女人就是纸老虎，一束花就能终结一个少女怀春的心！

但是大头在还没终结我之前，就消失了。

一开始我根本没注意到他消失。三五天前他还给我打过好几次电话，我没觉得不正常，室友们还打趣地问我：“你这花要不要扔了啊？都快蔫了。”

我自嘲道："这是我人生的第一束花，我要把它变成化石留着。"后来，再不扔就要臭了的时候，我摘下几片花瓣夹在书中，才恋恋不舍地扔掉了那束花。

有一天，阳阳突然说了句："最近怎么没见到大头啊？小子，你是不是把他给咔嚓啦？"

我这才心里一惊。一算，距离上次送花也快两个星期了，是没啥动静，不会出什么事了吧？

同学们都以为我恋爱了，我也觉得自己恋爱了。满面春风，连帅哥都懒得偷窥，心里美滋滋地想着形象不算清晰的大头的样子。

但是我突然想起，我还没问过他的名字。我问了阳阳，阳阳摇摇头，说去帮我问问。而我却等来了一个极度郁闷的消息，对那时的我来说不亚于一个晴天霹雳。

大头走了，阳阳告诉我。

什么？大头走了？

我抓住阳阳："是死了还是走了啊？说清楚啊，什么时候走的啊？"

阳阳看我急了，连忙说："是走了，回老家了，听说上周就回去了。"

"啊？"我半天没反应过来。

大头回老家了，他转校了。听说他找关系回去上了个本科。大头走得很匆忙，很多东西都送给室友了……我听不进这些了！

我独自爬上床，陷入了沉思。大头走了？就这么走了？上周我们还打过电话啊？怎么突然就断了？我这个榆木脑袋，怎么就没想到他走了啊？

他走了还大老远地跑过来给我送什么花啊？怎么还对我说要我做他的女朋友啊？为什么啊？难道他不想错失这个机会？难道他就想在走之前体验一把激情？

那段时间我挺悲伤的，我这个没开始的恋爱就这么结束了。一个人莫名其妙地来了，又莫名其妙地走了。

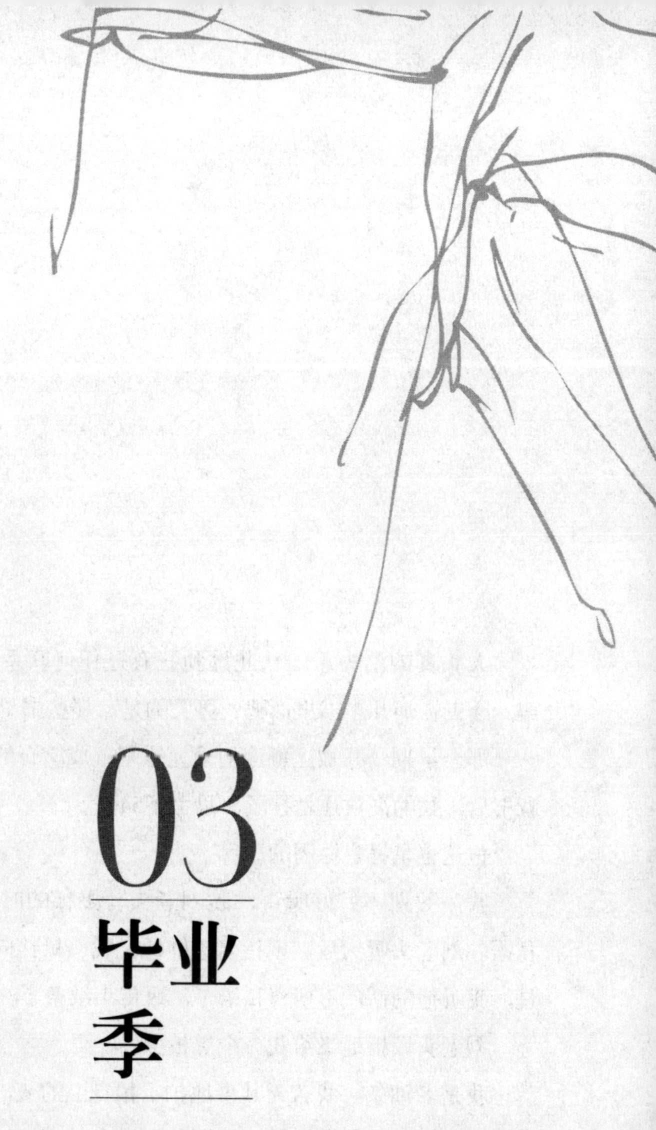

03 毕业季

没有伞的孩子，必须努力奔跑。

大头真的消失了，从此没和我有过任何联系。而我留下的那几片花瓣，还夹在那几本书里面吧？可笑的是，那些书早就被我妈当废纸卖了。

那个学期，我被这糊涂的爱笼罩着，成绩自然不好。考前抱佛脚熬夜背书后，我的高数还是挂了，只考了54分。

但这也是另有原因的。

我高数课不好好听讲，趁刘老头写黑板的时候和后面的男同学窃窃私语。刘老头听到后，不指名道姓地说我，只让同学们注意课堂纪律。于是，我听他的话，不窃窃私语了，改传小纸条了。结果刘老头看到了。

刘老头愤恨地飞给我一个黑板擦。

我是老油条。我若无其事地拍了拍身上的灰，继续上课。刘老头如果有哮喘，肯定会被我气得发作。

刘老头最喜欢抽烟，而且是一根接一根地抽，听说除了睡觉，他起床后烟不离嘴。这些都是男生们说给我听的，这么明显的事，我之前竟然没有注意到。我们班好几个高数不及格的男生后来都给刘老头塞过好几条烟。

成绩是我在家欢天喜地地过春节的时候被宣读的，我爸收到学校寄来的成绩单，脸都绿了。姑姑语重心长地对我说："我说啊，你们学校是不是都是富家子弟啊？是不是都只知道玩啊？你可千万不能跟着变坏啊，唉，我真担心你啊。"

自然，年不好过了。正月初二我就被关在家里看高数、做习题，就像回到了高考前一样苦闷。并且，最悲惨的是，补考是要提前去学校的，这使得本来就短暂的寒假变得更短了。

偌大的宿舍楼，除了几个补考的同学，空空如也。而且补考的女生还特别少。我真是触到刘老头的霉头了，他成心不让我过啊!

说实话，我真害怕。听说我们学校建校的时候挖出好多白骨，虽说南京地底下到处都是白骨，但我还是害怕。我原来也是挺胆大的一个女孩，那几天却出奇地害怕。打水都是大白天去，晚上就缩在床上，不敢乱动。十点灯一关，就躲被窝里数数睡觉。我想我再也不能补考了，一个人住那么大的宿舍楼，真是恐怖啊!

因为这个原因，我发誓下学期下下学期下下下学期，我死都要及格了。

自从大头出现后，再也没有男生向我表白过。我甚至悲哀地想，我这辈子是不是就不会有人追了？情场失意啊!

大二的时候，我终于开窍了，不再抄作业，偶尔打打小瞌睡也会非常惭愧。因为那一年可以参加专升本的统一考试。我迅速地把这个消息告诉了爸妈，爸妈支持我去考。我似乎又一次投入到了高考中，如饥似渴地学习起来。

只是造化弄人。专升本也要填志愿，我想我成绩不算好，就别填什么南大东大的了，还是老老实实填个河大[①]吧。

就是这个想法，让我再一次和本科失之交臂。

我考了254分，而河大的分数线是255，南大的分数线是251。我彻底成了一个悲剧女。

好多人不敢填南大，那一年南大的名额出奇地足，分数几乎是最低的，而河大却被人挤爆了。而且，专升本是没有调档一说的，没考上就是没考上，没有第二次机会。

我痛苦万分。别人都是情场失意什么场得意的，而我似乎从来没有哪

① 南大、东大、河大分别指南京大学、东南大学、河海大学。

一场得意过。

但是，俗话说得好，柳暗花明又一村。

学校里本来就没几个好好学习的人，这下好学的人又走了一拨，我这个“鸡头”就有了出头之日。

我终于在大学二年级的时候尝到了做好学生的滋味。我莫名其妙地成了班里的好学生，还莫名奇妙地被评为三好学生，拿到了奖学金。

这是什么情况啊？想想第一年我高数挂了，过年的时候劈头盖脸的一顿训还犹在耳边。第二年春节，我爸拿到了我的成绩单，眉开眼笑。学校寄来了大红报，说我是三好学生，还发奖学金。

说实话，当时我自己都蒙了。莫名其妙啊！但是我真开心。

欣喜永远是短暂的。大三对专科生来说是最关键的一年，为什么？找工作啊!

没有哪个学校会放弃吹嘘自己的毕业生签约率多高多高的机会，我们学校也不例外。我还没来得及享受当好学生的感觉，大三一开学就被学校催促着去了人才市场。

二〇〇一年九月，我们便开始“扫荡”招聘会。我和阳阳一起。我们遇到过骗子，遇到过色狼，遇到过皮包公司，遇到过强扣证件的。还好，我们都有惊无险地挺过去了。

那年寒假我跑遍了B城、无锡、苏州、常州、镇江的各大招聘会，而我精心准备的几十份简历只投出了不到三份。

因为我是大专生!

每次，招聘人员都告知：“抱歉，我们至少要本科学历。”

那句话，我听了几百遍。

我总幻想着会有奇迹出现。几乎每个展位我都去投简历，可人家一看我是大专生，而且还差半年才毕业，都拒绝接收我的简历。那种伤痛，真的难以描述。特别是从无锡的招聘会回来，人神俱伤。

无锡的公司很多，我以为机会也会很多。我有个远房亲戚在明基[①]，我妈托爷爷告奶奶地找到了那个叔叔。那个叔叔告诉我，他可以帮我安排一场面试。

我穿着寒假里老妈找裁缝赶制的一套西装去面试，那套西装是香槟色的，我穿上就像一瓶刚出厂的香槟酒。糗得不能再糗了！

明基那样的大公司自然看不上我，一面之后就再无消息。我多次找那个叔叔问情况，他只是说可能在走流程。那个流程一直没有走出结果。

就在我万念俱灰的时候，转机来了。这个转机出现在B城。

经历了无锡的打击后，我和我爸还是马不停蹄地去了B城。那天的招聘会在一个老旧的职业学校里进行。冬天阴冷得很，还渐渐地下起了小雨。我让爸在外面等着。我怕他看到我低头赔笑脸又屡屡受挫的情形，我也怕他受不了这窝囊气，脾气上来了拉我走，然后撂下一句："这都什么事？不干了！"

其实爸一直偷偷地跟着我，远远地看着我，只是我当时不知道而已。

这让我想起了小学三年级的时候，为了去附小上课，我苦练自行车，因为学校离得远，爸妈都要上班不能接送，我只能自己去学校。第一天我骑车去上学，爸就偷偷地跟着我。后来爸说，他看我老练地边骑车边腾出一只手摸摸后座的书包，他就放心了。

那一年我是我们学校唯一一个骑自行车上学的学生。

在招聘会上，我屡败屡战地在一楼的各个展位推销自己，一无所获。招聘人员一听我是还没毕业的大专生，就不愿意再听下去了。

我顺着拥挤的人群来到二楼。二楼更加狭窄，破旧的教室里挤满了人。在一个小教室门口，有一个由两张课桌拼起来的展位。我仔细地看了公司的简介，发现这家公司竟然和我的专业相当对口。我毫不犹豫地开始

---

① 明基：全球一线5C（电脑、通信、消费电子、车载电子、医疗电子）品牌，史上最年轻且成长速度最快的世界500强企业。

排队。

终于轮到我了。我非常诚恳地递上我的简历。招聘的人是个白白净净的帅哥，板寸头，眼睛很大。他抬头看了我一眼：“S大学啊，没听过啊。”

我忙说：“我们是民办学校，但是是江苏最好的民办，我的老师都是东大南大的，不信你考考我的专业知识。”

他又抬头看了我一眼，略微思考了一下：“你会画软件流程图吗？”

我笑了笑，软件流程图是软件工程的核心，我太熟了。我微笑着在纸上准确无误地画下了软件流程的八个步骤。

他微微地点点头，然后又问我C+的常用命令有哪些。

天哪，这个问题太好回答了，随便说几个都行啊！

他不作声，看了看简历里面附上的课程成绩单，问道：“那你知道怎么求抛物面天线的半功率角吗？”

我脑子里迅速闪现出教微波通信那个高高瘦瘦戴着眼镜的老师的背影，他手臂一挥，在黑板上写出了一个公式，而瞬间，一道阳光照到了那条公式。

我思考了十几秒钟，胸有成竹地写下了那条公式。

那一刻，我看到了那个帅哥眼中发出的亮光，虽然这亮光稍纵即逝。他在我的简历上打了个钩，然后对我说：“我们可能有适合你的职位，你回家等我通知吧。”

听到这话，我的心情不亚于中国申奥成功那一刻的举国欢呼。我捣蒜似的点点头：“好好。”千恩万谢地走了。在我回头的那一瞬间，我看到门口有一双眼睛注视着我。

是我爸。我爸说，他全看到了，他觉得我成了。

我假装老练地对我爸说：“不能高兴得太早啊，人家还没有正式通知呢。我们还是再去绿城碰碰运气吧。”于是，我和我爸又踏上了去往绿城的大巴。一路上我们谈论着刚才面试的细节，我爸一直强调，他看到那个招聘人员给我的简历打了个钩，别人的都没有。

我的简历被打了个钩我是看到了的，但是别人的有没有打钩我不知道，我甚至怀疑那是我爸安慰我的话。无数场招聘会走下来，作为一个尚未走出校门的大专生，我仅存的斗志和自信已被扫荡得干干净净。

绿城的招聘结束后，我们就匆匆忙忙地回家了。

在外面吃住了将近一个星期，花了很多钱。虽然我们住的学校旁边的小旅馆，可一天五六十块钱的住宿费、交通费和其他杂七杂八的费用加起来，也差不多用了一千块。回到家后，我一直担心这一千块钱会不会白花了，也特别希望无锡的那家公司给我打电话。

可是，我什么都没等到，寒假就结束了。我百无聊赖地去报到，和同学们聊起了寒假的情形，发现我们班也就我一个傻子跑遍了各地的招聘会。我深深地感到懊恼，也为花掉的那一千块钱心痛，用我妈的话来说就是："钱扔在水里还扑通一声呢，你们这一撒，影子都没了！"

我妈就这点不好，经常在人伤口上撒盐。

然而，就在我几乎绝望的时候，我的手机响了，号码是一个陌生的座机号，B城的。那时候刚上完一节软件工程课，我哆嗦着接了电话。

电话里面是一个清脆的男声，我听出来了，是当初面试我的那个帅哥。后来我知道他叫朱帅。电话一通，他确认是我后，就向我打招呼："不好意思啊，我们过完年一直忙着搬家，给你打电话晚了，不知道你有没有和别的公司签过合同？"

我的心扑通扑通地跳，赶紧说："没有，没有，还没有签。"

朱帅带着笑意说："那好，我们公司有个实习生的职位，我觉得你很适合。"

我忙问："实习什么？"

朱帅噼里啪啦地和我说了一通，大意就是，在各个部门实习，做助理一样的工作。我知道那就相当于打杂的。但是他有个条件特别吸引我，那就是在我实习期间，他们可以指导我，帮助我完成毕业设计和论文，同时我只有每周前三天需要去公司，剩下两天就是我自己的学习时间。

我一口就答应了。没有问实习完了怎么办，没有问工资多少，我就答应了！

朱帅笑笑说：“可是这个职位没有工资，包吃包住，一个月三百块的生活补贴，你愿意吗？”

“我当然愿意。”我说。我差点说，你们不给我钱，我都愿意。

我立马把这个消息告诉我的软件工程老师。他叫孙清远，是我的恩师。软件工程这门课非常枯燥，一开始完全听不懂他在讲什么，老孙上课的时候，大家几乎都在睡觉。老孙很有定力，他慢悠悠地讲，从不发火，就像我们这些学生从来不存在一样。他认真地讲课，甚至入神到自问自答。而且，有时候讲到关键的地方，他还会自己微微一笑。

我深深地被他吸引了。所以我每次上他的课就跟鹤立鸡群一样，大部分人都东倒西歪，就我一个人竖着耳朵，生怕漏掉了一句话。

不知道是我真的有点悟性还是什么，老孙的课我考了97分，第二名只有85分。

第二学期，老孙还是一如既往地投入，但是，很明显他的眼神会落在我身上了。而且在我皱眉表示难以理解的时候，他还会多举几个例子详细地讲给我听。我有一种说不出的感觉油然而生，就像拜师学艺的少年终于找到名师般的畅快。

老孙听了我的好消息，开心得眉飞色舞。我第一次看到老孙笑得那么灿烂，像个老顽童一般。我告诉他我是因为一字不差地画出了软件流程图才被选中的，他更开心了。

紧接着他就问我待遇如何，我说：“实习没有工资，一个月三百的补助，但是我每周四五都会回来上专业课。”

老孙忧心忡忡地说道：“你要是经济上有难处，你跟我说。”

那一刻，我热泪盈眶。我连忙说：“不用不用，我能克服，真的。”我激动得都忘了说谢谢。在我一年后终于拿到正式工资那一刻，我一心想买条烟送给他，因为他和刘老头一样，也是烟不离嘴。

因为我是我们系第一个找到工作的，系主任同意我在校外做毕业设计，而且论题可以在专业内自由选择。但是，我保证周四、周五回来，不落一堂专业课。

最后一年，我就是周一、周二、周三做毕业设计，周四、周五上专业课，我甚至觉得那个实习生的职位是为我一个人设立的。这个有点自大的想法，竟然在我报到没几天后就成真了。

一同过来报到的有两个人，一男一女，另一个男生，我根本记不住他的名字和脸孔。因为他一周之后就消失了，再也没有来过。后来听说他找到了一个更好的职位，因为他是本科生，选择面要广很多，不像我有一个机会就紧紧地抓住，死也不敢松手。

那个公司坐落于B城的一个开发区，名字很好听，叫吉公司。公司在一栋白色楼房的三楼，那一带都是那样的白色马赛克楼。在这栋楼里面，有许多藏龙卧虎的小公司。

我一进去就震惊了。从外面看，这只是一个十几个窗户的小公司，甚至不能免俗地用三块蓝色泡沫板写着大大的“吉公司”，朝外贴在窗户上。可是进去一看，哇，这里绝对是产学研一条线!

三排紧凑的蓝色格子间，第一排硬件部，第二排软件部，第三排是老总和两个老专家的办公桌。再进去就是一个超大的试验台，上面零零散散地放着芯片、电路板、熔丝、烙铁、测波仪……那些乱七八糟的东西像我的老相好一样亲切。还有黑板，上面还写着我没见过的公式。最里面是测试区，一堆半成品和残次品堆在墙角。

我不知道和我一起进去的那个男生是什么感受，我当时的想法就是，我一定要留在这里！在这里绝对能学到不少真东西啊。

参观完不大的公司，我就被领到了财务部，这个公司唯一有门的一个房间。总经理助理和财务挤在一个房间里。总经理助理担任人力资源主管的角色，告诉我几点上班，要注意些什么，住的地方就在附近，一会儿让人带我过去……我的心中充满了无限的憧憬，甚至幻想过什么时候能够从硬件部干到软件部，干到最终测试成功，合格出厂！

有时候，梦想并不是遥不可及，不管需要付出多少时间，总有一天，它会成真。

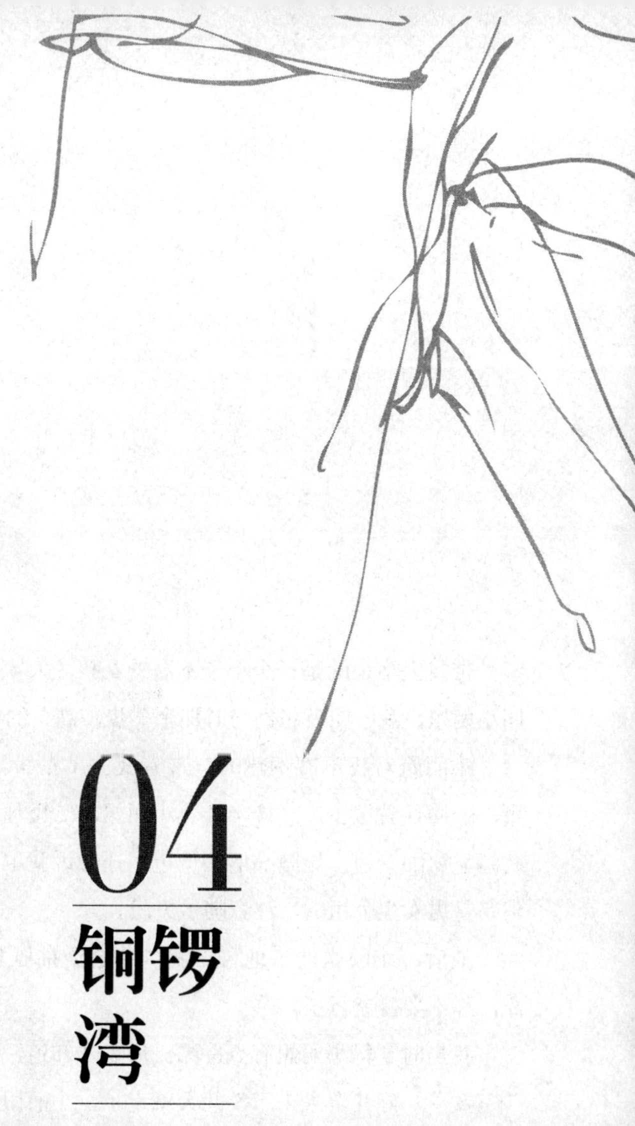

04

铜锣湾

有些人，一旦遇见，便一眼万年；有些心动，一旦开始，便覆水难收。

带我去宿舍的是一个个子不高的女孩，大家都叫她小丽姐。我也跟着叫小丽姐，我一叫就想到当时那个“步步高”的广告：“小丽啊？”

小丽姐对我不冷不热的，带着我去了宿舍。说是宿舍，其实是个别墅，一楼住着房主，一楼半住着小丽姐，二楼住着男生。小丽姐告诉我，我睡靠窗的一边，她睡靠墙的一边，还告诉我卫生间就在门口的右手边，但是是男女生公用的，注意随手关门。

最后，小丽姐严肃地告诉我：“这个抽屉和这个柜子是我的个人物品，你不要碰就行了。”

我当时觉得小丽姐有点冷酷。后来才知道，我并不是小丽姐的第一个“室友”，好几个人来了没几天就走了，小丽姐的东西还被顺走过几次，人一走，东西就丢了，再也找不回来。所以自然而然地，小丽姐觉得我也干不长。

谁知道我一干就干了三年，还和她成了无话不谈的终极好友。

公司还挺人性化的，告诉我可以回去拿行李，下周正式上班。

我开心地走了，坐上公交去火车站买车票。公交是从起点坐到终点，68路，一共一小时二十分钟。快到火车站的时候，我的手机响了。我一看，是铜锣湾。铜锣湾是我上大专时的同班同学，他怎么突然给我打电话？

二〇〇一年，我过完寒假临去学校，我爸给了我两千块钱的生活费，然后又额外掏出八百，告诉我说，这八百是给我过二十岁生日的，让我买点喜欢吃的东西，买点好看的衣服。

我连连推脱，说：“爸，这钱你留着吧，我生日还早着呢，不行先放你那里。”

我爸死活不肯，他说：“你这次生日我和你妈不能陪你过，你就好好地、开开心心地过一次豪华的生日吧。我知道你们同学都比较有钱，你也不要太苦了，不要亏待了自己。”说着，我爸哽咽了。

我哪里舍得为一个生日花八百块钱。但我还是收下了，带着爸妈的那份爱和牵挂上路了。

生日渐渐地临近了，我开始想着要怎么过。我真舍不得花这么多钱去买衣服和鞋子。直到生日的前一天，我想到了一个好办法。

那天下午，我去学校的11号餐厅订了一个包间，两桌菜，一桌三百块钱。当时怎么舍得这么花钱，我也说不清。我就觉得请我们班同学吃一顿，比自己买件衣服要值。

第二天中午下课的时候，我在教室里大吼一声：“有没有人没晚饭吃啊？没有晚饭吃的晚上跟着我混啊！11号餐厅二楼，五点半。”

“去，去呀，狗子请吃饭，肯定去啊。”小鲁猪起哄了。

“去呀，去呀。”男生女生都说去。

我那个开心啊，下午上课也没心思了，根本没注意到铜锣湾和老哥两人翘课了。

铜锣湾是我以前发花痴时偷窥的帅哥之一。他个子不高，留着中长的头发，前面的刘海儿几乎遮到眼睛，像《流星花园》里面的花泽类，但是他的声音一点都不好听，像鸭子一样嘎嘎的，所以我又叫他鸭子。

老哥是我大学时认的唯一一个哥哥。他个子也不高，留着很短的小平头，看起来跟光头差不多。他几乎二十四小时戴着耳机，几乎从来不笑，他看任何人几乎都不超过一秒。他有太多太多的几乎。而且，更要命的是，他留着张学友那种络腮胡，哦，不，应该是张学友学他的，因为算时间，老哥比张学友折腾得早，张学友还是后期才那么搞的。总之，老哥就不是世间之物，他好似对凡间的一切都无所留恋。

在某个无聊的课间，我终于知道了老哥为什么如此脱俗。

那天，老哥翻开他的黑色皮夹，内页是一个女生和他的合照，两人一看就是情侣。我脱口而出：“难道这就是传说中的嫂子？”

“嗯。”老哥的嗓子里发出低沉的略带磁性的声音。

为了这张照片中的嫂子，老哥吃了两个月的方便面，凑足了去西安的火车票，当然是站票，然后用更多的钱买了一个礼物带给嫂子。那次，他去了三天就回来了，回来的时候失魂落魄，只要是人都能看出，他失恋了。

原来嫂子出轨了。嫂子不但背叛了他，还在他去找她的那天被抓了个现形，而那天，老哥是想给嫂子一个惊喜的。谁知道，嫂子给了老哥一个更大“惊喜”。

回来后没人敢问他怎么了，老哥至少两个月没剪头，也没刮胡子，络腮胡失去了往日的魅力，因为主人再也没心情折腾它了。

那件事过去很久很久以后，老哥才又开口，嗓音依旧，但是人再也不是以前那个痴情、专一、视美女如粪土的老哥了，老哥性情大变。但是我依然喜欢老哥。

老哥宿舍里还有个帅哥，也是我曾经猥琐地偷窥的对象之一，那个帅哥叫星子。

星子更是有说不完的传奇故事，其中最传奇的不是他泡过多少马子，不是他打过多少场架，而是他的袜子。他的袜子，老哥和铜锣湾调侃说可以一直不洗。睡觉前，他脱下袜子，往被褥下面一压，第二天拿起来，袜子两边一拉，在床帮上拍两下，就算弄干净了。掀开他的被褥，下面有好多袜子，那股味啊，扑面而来!

可是，这也阻挡不了一波又一波的美女投怀送抱，更阻挡不了一波又一波的美女为他洗衣洗裤，但唯独袜子，他一直不肯给别人洗。多年来，他的这个优良传统一直保持着。

说到底，他们宿舍那绝对是群星云集，因为最最牛×的人物就要出场了。这个最最牛×的人就是康总，那个可怜地睡在星子下铺的康总。

康总得名于他挺着的肚子，那肚子一看就是当老总的料。

康总最有名的就是忍耐力。就说睡星子下铺吧，那得要多大的勇气啊！每天头上都有一股祥云笼罩着。然而最让他们男生敬佩的是，康总无比地淡定和超凡脱俗。

一天，康总躲在宿舍里看小电影，流连忘返不肯走，于是让室友帮忙带份大肠面。一帮男生带着他的大肠面回来了，康总淡定地看了看众人，视线又快速地回到了小电影上。听铜锣湾说，当时电影里的场景是一个人在吃另一个人的屉屉。他们一帮人一看，刚吃的东西全吐出来了。而康总却气定神闲地拆开了他的大肠面，呼噜呼噜地吃了起来！

众人一看康总的大肠面，又一次全军覆没地呕吐。老哥说，那次真的差点把血都吐出来。

康总还有一个绰号，那就是我们系的“万杯不倒”。

有万杯不倒，怎么能少了另一个大名鼎鼎的“千杯不醉”呢？

“千杯不醉”，人如其名，我们都管他叫秀球，或者秀秀。

秀秀这个绰号的来历就简单了，就是他那日渐稀疏的头发，若再照这个趋势秀下去，没准儿四十不到就秀光了！

秀秀是这堆人里面个子最高的，也是最瘦的，有点像虾。当然他也是个牛人，他最牛×的地方就是和老哥突变前截然相反，无论女生是高矮胖瘦，还是美丑善恶，他都能投去媚眼。用秀秀的话来说，一百个人里面有一个上钩的，也就足矣。

这并不代表他很花心，但恰恰体现了他屡败屡战、百折不挠的坚强品格。

因为这个，男生都喜欢调侃他，他也乐于接受调侃，并且一边说得泡沫星子直飞，一边抛着他的媚眼。对于这件事，我研究出结果了，我觉得大家都误会秀秀了，他真不是抛媚眼，不然他和男人说话，怎么也这么抛啊抛啊的？我严重认为，是高度近视后的激光手术导致了秀秀看人的时候要盯着看，看半天还不晓得他看哪儿，然后眼下的那坨卧蚕就在那里一晃一晃的，就这么回事！

但是秀秀死都不肯承认。

他不承认的原因是，他认为他绝对不是我们班"最溅的溅人"（溅人，不是错别字，是指贱到泛水花的意思，一种剑中剑、人中人的意境）。他说他最多只能算溅人第三。

溅人榜稳坐第二把交椅的，就是菜鸟了。

菜鸟的溅完全是以气质取胜的，这个估计没人反对。

远处走来一人，晃着肩膀，屁股从左边扭到右边，只要一看到美女经过，就立马用大拇指刮一下鼻头，头往右边轻轻一扬，再周正地晃颠到原位，那小子，就算我近视一千度，我也能认出是菜鸟。

菜鸟说话的时候，夹杂着些许吴侬软语，然后用他那双能变成四眼皮的眼睛，无比哀怨地看着你。是个女的，都难以消受啊。

而且，菜鸟的金刚头也美名远扬。

有一次，他照样扭着屁股走路，踏着台阶快走进宿舍楼大门的时候，一位白衣黑发女翩然而出。他赶紧举起右手的大拇指，一边刮着鼻头一边用哀怨的四眼皮瞄着人家。结果美女走得急，他还没做完全套动作，美女就渐行渐远了。他不无惆怅地扭回了一直追随的头，结果，咣当一声巨响，宿舍楼的落地钢化玻璃门应声碎成无数的碎片。

他小子倒撑得住，竟然站在那里愣了足足有一分钟，坐在传达室的保安慌慌张张地飞奔过来，连忙把他扶进了传达室。听说当下菜鸟的额头就肿起了鹅蛋大的包。而且，更神奇的是，后来学校给他检查发现，除了那个大包，菜鸟的脑袋没有破皮，没有脑震荡，没有内出血，什么都没有。真是神了，头颅硬度堪比金刚。

还有小妹。小妹原名不叫小妹，而是类似于"春水""夏莲""秋香”之类的名字。有一次我在教室里喊他：“小妹，接客，有人找。”一下子，小妹的名字就传开了。但是，小妹实实在在地是个大老爷们儿。

你可别说，小妹的长相要是扔在一姑娘身上，那绝对是沉鱼落雁。瓜子脸，小嘴巴，下巴微翘，双眼皮，大眼睛，柳叶眉。身材消瘦，穿着汗衫都看得见锁骨。我曾偷偷问过小妹的体重，他眨巴着眼睛看着天花板说：“大概，大概有八十五斤吧。可能最近胖了，九十估计也差不多吧。”这体重，让多少女人惭愧。

那天晚上，我们班的人都来了，两桌坐了二十七个人，有点挤。我当时可没想过能来这么多人。等到大家全部落座，我开心地说：“今天难得有个好机会，咱们好好聚一聚，都一年多了我们班也没正儿八经地吃过饭，今天也是我的二十岁生日，大家一起也能热闹热闹！”

一听说我二十岁了，我们班的男生激动了，鼓动着要喝酒。于是小鲁猪、老狗子、康总几个人跑了出去，不一会儿就拎上来两瓶酒和一个大蛋糕。

那天，男的女的、会喝的不会喝的都喝酒了。最后吃蛋糕的时候，也不知道是谁起的哄，抓起一块奶油就往我这里扔。我看不清是谁，也跟着扔，于是，聚餐快速地变成了混战。大家你扔我，我扔你，躲起来的人也惨被殃及，笑着闹着，好不开心。

那顿饭，我们一直吃到晚上九点半，餐厅的老板娘上来了两次，我们才恋恋不舍地散场。

那天我是被两个男生扶着去楼下结账的，那是我第一次正式喝酒，可见有多么不胜酒力。出了餐厅门，一阵冷风吹来，脑子有点清醒了。

走到学校的2号门，看到我们班的“千杯不醉”和“万杯不倒”扶着门柱子直吐，我赶紧走过去问：“你们没……没事吧？”

康总和秀秀抱在了一起：“没……我……我没事。”

左右两员大将还架着我呢，我赶紧分了一个给他们，我说：“先送他们，他们，高了！”

那人不肯走，我这才定睛一看，原来是铜锣湾。

看清楚他的那一刻，我迅速地恢复了清醒。

他可是我不愿意承认的暗恋对象之一哦！怎么是他扶着我啊？我脑子一抽想到了以前……

那是大学开学的第一天，老班给我们上纪律课。夏天很闷，头顶的电风扇使劲地吹也觉得闷得厉害。我后一排就有窗户，我就回头，礼貌地小声说："太热了，能帮忙开个窗透个气吗？"

那同学没反应。

我焦急地回过头，心里觉得更热了。

又过了一会儿，我实在忍不住，稍稍大声了一点："能帮忙开个窗吗？天太热了。"

那同学这才抬起来头，惺忪的睡眼眨巴着，一脸的不耐烦："开个毛啊？没看到老子在睡觉啊？"

我当时一愣，愤愤地回过头，小声地和阳阳嘀咕："后面的男的真没素质，太差劲了！"

这人就是铜锣湾。

他给我的第一印象特别差，吊儿郎当的，一脸欠揍的模样，当时我真想找机会揍他。阳阳说："这小子太欠揍了，我去帮你找人收拾他。"

后来我才知道，阳阳和铜锣湾是老乡，我们系只有他俩是一个地方来的。阳阳自然没有找人收拾他，反而和他成了好朋友。

因为阳阳和他关系好，我经常能听到铜锣湾的事。不知道从什么时候起，要是阳阳不讲他的事，我还拉着她问。阳阳笑笑说："你不会是暗恋他吧？"我红着脸不肯承认。

但那以后，我就觉得我是暗恋铜锣湾了。甚至阳阳把铜锣湾的外套拿回宿舍帮他洗，我也主动和阳阳一起洗。再后来，听说铜锣湾要过生日了，我竟然提前一个多月给他叠了一罐星星。

那时候流行用吸管叠星星，阳阳知道我是叠给铜锣湾的，也帮我叠。那时候说好要叠九百九十九个的，可是后来来不及了，我就叠了五百九十九个。后来我还把阳阳叠的星星挑出来了，因为她叠得比我松，有点大，放在一起我怕铜锣湾看出来不是一个人叠的。

终于到了他生日那天，中午我和阳阳一起去给他送礼物。

走到他们宿舍后面，敲他们宿舍的窗户。窗帘一拉，我和阳阳一眼望去，里面挤着六七个人，正坐着打牌，满地都是瓜子壳。隔壁宿舍的某男正穿着三角裤衩站在旁边观战，康总窗帘一拉，一看是我俩，就开了窗。某男顺势往窗口一看，立马窘得要死，拿起桌上的饭盆就罩鸟上了。

我和阳阳笑到人仰马翻。

那仁兄是隔壁班的，我们经常一起上大课，怎么会不认识？他赶紧逃出了宿舍。

康总问："你们找谁啊？"

"找铜锣湾。"

"铜锣湾。"康总大吼一声。

门外传来了拖沓的拖鞋声："干吗？"

铜锣湾推门进来。靠！他也穿着三角裤衩！

这小子可大方了。他毫无羞耻心地大步走到窗前，我和阳阳羞愧地对望。

阳阳拿出她的礼物，说："给你的，生日快乐啊。"我一言不发，递给他那个装星星的罐子。然后，阳阳拉着我，头也不回地逃了。

回来的路上，我们一直在谈某男的搞笑和铜锣湾的无耻。可能因为这事，我一点也不暗恋铜锣湾了。我甚至觉得不该送那个星星罐，怎么送给那么猥琐的一个男人！

我开始暗恋别人了——

"你今天生日，这个是我送给你的。"铜锣湾那沙哑的声音听起来有点紧张。

我这才从回忆中回过神儿来，略带醉意地说："不要……我……不要不要，我没打算收你礼物，你，别破费了。"

一旁老哥的声音响起了："什么不要不要，你老哥也给你买了礼物，你不能晃点[①]我啊！"

原来扶着我的另一个人是老哥，我竟然没注意，看来我真的喝高了。

我一听老哥的声音，又有点清醒了。我夸张地点头："好好，那我收下了。那……那……谢谢啦！你们赶紧扶他们俩回去吧，他们比我惨，我没事。"

后来我也不知道怎么回的宿舍，第二天醒来的时候已经晌午了，还好是周末。头有点疼，我敲敲脑袋，看到床头有两个小盒子，立马想起昨晚的事。我小心翼翼地拆开盒子，一个是香水，一个是项链。

后来我才知道，因为那天我说要请客，铜锣湾好奇地问阳阳，阳阳就偷偷告诉他那天是我生日，于是下午他们几个翘了课，赶去新街口给我买礼物。我真是后知后觉，再拍脑袋想想，好像那个下午，我们班是少了几个男生。

再后来，秀秀那个大嘴巴到处说铜锣湾买的香水是朱茵做的广告，铜锣湾喜欢朱茵，才买了那个香水，他那意思就是铜锣湾喜欢我。还是秀秀那个大嘴巴，我后来才知道，他们俩买的礼物都是八百多块的。

一听到那数字，我就傻了。怎么这么贵啊？他们可真舍得啊。

后来那两样东西就像珍宝一样跟着我走南闯北，直到现在我还留着。

可是，那时候我一点都不喜欢铜锣湾，我到现在还能想起来，他猥琐地穿着三角裤的样子。

我后来开始暗恋星子了。

这就是足不出户的宅女的悲剧，暗恋的都是本班的男人，因为根本没

---

① 晃点：含有蒙骗的意思，但贬义性不大，可以理解为蒙。在台湾话中，晃点是放鸽子的意思。

有机会接触新的人。再后来，我又暗恋隔壁班的那个六子了。再再后来，我又暗恋上我们实验室新来的苏老师。

还暗恋过谁？太多了。可能在某个花痴的晚上，我还暗恋过菜鸟吧。那时候，只要身边稍微帅一点的，或者稍微酷一点的，或者稍微有点优点的，我都暗恋过。我真是个实打实的花痴!

那天我坐公交车去火车站的时候，接到了铜锣湾的电话，他说他没什么事，问我工作找得怎么样了。

刚从公司出来，我还激动得没恢复过来，滔滔不绝地和他侃，竟然一路说到了火车站。到站后我连忙和他说："我去买火车票了，不说了啊。"

他也连忙说："我闲着也是闲着，我去接你吧。"

挂了电话，我又激动了，他去接我啊！乖乖，第一次有男生接我哎!

我赶紧去买票，平时都是花十三块五坐绿皮车，两个半小时能到南京，那天我特地买了个贵的，二十五块五。

我心想，贵点的应该能早点到，不能让他多等。谁知道这次我又被上天捉弄了！等列车开了一个小时后，我才发现自己上了贼车。那个车一出B城，还没到洛站就停了。我以为是让车，还心旷神怡地看着窗外的景色，思绪又飘到了我生日后的某个周末。

那天，我和阳阳为了撮合某人的一段恋情，计划骑车出游。

某人就是我们隔壁宿舍的瑶瑶，她暗恋上了一个衰人，想约他出去玩，但是又不好意思。阳阳就出主意，拉上我再带上两个男生做帮衬。能出去玩，我当然乐意。于是阳阳去找了铜锣湾，我去找了小虎牙。虎牙是我老乡，人笑眯眯的，很和蔼，是一个白白净净的小帅哥，住铜锣湾他们隔壁宿舍。

我们六个人骑着三辆自行车出发了，一带一。铜锣湾带着瑶瑶，衰人带着阳阳，虎牙带着我。我们一路骑去牛首山，骑不动了就走，走累了就骑。一路美景无边，欢声笑语。

那个衰人就不仔细描述了，因为瑶瑶和他好了一学期就发现他真的很衰，脚踩两只船不说，还是个喜欢吃软饭的角儿。

后来，他们四个换了换，铜锣湾带阳阳，衰人带瑶瑶，这都是我们提前说好的。我们四个故意骑得快一点，把瑶瑶和衰人留在后面说悄悄话。突然，虎牙提议说：“我们也换人吧。”

“好啊。”阳阳立马从铜锣湾的车上蹦了下来，拼命朝我挤眉弄眼。

我只能说：“好吧，那换吧。”

我上了铜锣湾的车，阳阳上了虎牙的车。不一会儿，他们俩飞快地骑到了前面，我知道阳阳是故意的，她还以为我暗恋铜锣湾呢，再加上铜锣湾给我送来生日礼物，她就更想撮合我们了。

铜锣湾吭哧吭哧地踩着车，我们俩谁也不说话。不一会儿，瑶瑶和衰人追上了我们，他们嘻嘻哈哈地超过了我们。

看铜锣湾好像骑不动了，我就跳了下来。铜锣湾还在往前骑，好像没发现我跳下来了一样，我连忙快走两步，跟上去说：“你骑不动了吧？”

“啊？”他这才回过神儿来。

我说：“你骑不动了吧？要不我带你吧。”

“哦。”他应了一声，又惊愕地说：“啊？你带我啊？你带得动吗？”

我说：“两百斤的猪我都带得动，更何况你。”

他点点头。

我带着他，他不吭声，我也不说话。我心想，是不是阳阳和他说了什么啊，怎么这小子不对劲儿啊，一个劲儿地在想什么啊？

上坡下坡，他就这么让我带着他，终于我也骑不动了。他们四个已经走得没影儿了，那时候没有手机，也联系不上。反正天也不早了，我说：“我骑不动了，要不我们先回去吧，反正早晚要回去的。”

他说：“好。”

我把自行车推给他，又轮到他骑了。我舒坦地坐在了后座上，晃荡着酸酸的腿。我说：“好久不运动了，我才骑了没多久，竟然吃不消了。”

他说：“嗯。”

我说：“谢谢你的礼物啊，以后别买这么贵的东西了。”

他说：“嗯。”

就这样，我说什么，他就“嗯”。

我望着他湿透的衣服，伸手帮他拉起来，给他灌灌风。他的背挺得僵直，还是一声不吭。过了一会儿，我坐得累了，问他：“我能借你背靠一靠吗？”

他说：“嗯。”

我轻轻地靠着他的背，心里思索着，我到底喜不喜欢他。

我突然酸酸地说：“有别的女人靠过你背吗？”

他说：“嗯。”

我有些恼火。

我拦腰抱住他，问道：“那有别的女人这样抱过你吗？”

他顿时一惊，说：“没有。”

渐渐地，我心底的愉悦蔓延开来。这件事我们之后谁都没有提过，碰面了，也没多说什么，就像从没发生过一样。

等我回过神儿来，已经过了一个多小时了，我闲得无聊看了看停的站台的名字——洛站。什么？洛站？天哪！一个多小时了，这车才开了一站？我立马觉得不对劲了，赶紧跑到列车员车厢，问是什么情况。

原来这是趟旅游火车。旅游火车每站都停，没名字的小站、货站也不例外。我一听傻了，连忙问：“那到南京要多久啊？”

列车员慢条斯理地说：“九点。”

啊？九点？这车要开六个小时才到南京？我的天哪！

我连忙发短信给铜锣湾，告诉他我坐错车了，要九点才到南京，让他别接我了，赶紧回去。

他给我回了个“哦”。

我满心失望地坐回座位，那一刻觉得自己无比倒霉。

难熬的六个小时，我如坐针毡，心里不停地咒骂着这该死的破车，骂自己怎么买票的时候不问清楚。但是，怎么急也都没有用了。那时候人傻，根本就没想过可以在下一站下车，重新买一张去南京的票，那都比坐这个车快。再加上没钱，本来这趟车就比平时的车贵了十块，我更舍不得再多花钱买票了，甚至当时在火车上买个五块钱的泡面，我都舍不得。

到南京的时候，天已经很黑了，我饿着肚子走出了出站口。那时候，南京站正在修缮，到处都是简易棚，乱哄哄的。我抬头张望了一下，没有看到铜锣湾，心想他真的没来，再说都这么晚了，就算来了也回去了吧。

我叹着气往公交车站走，突然，远处有人叫我。

“葛一，葛一。”

我一回头，惊讶得说不出话，竟然是铜锣湾。

我问他：“你不是说不来的吗？”

他说：“我都上公交了，反正都出来了，闲着也是闲着，就来吧。”

我愧疚地说：“真是不好意思，没想到让你等了这么久。”

他不以为然地说：“这又没啥，我等你的时候看看来来往往的行人，形形色色的，根本没觉得有多长时间。”

我以为他在骗我。后来才知道，原来他真的有这个爱好。

我的肚子突然咕咕叫，连铜锣湾也听到了。他问我：“你还没吃啊？”

我反问他：“你吃过了啊？”

他摇摇头：“没有。”

火车站旁边又脏又乱，根本找不到合适的地方吃饭。我说：“要不我们回学校吃吧，反正已经晚了。”他点点头，和我上了公交车。

回学校的车要倒两回，要花两个多小时，我上车没多久就给颠睡着了，所以路上也没和他说什么话。等我们回到学校，已近深夜，学校周围的饭店早就关门了，我们在镇上的大排档吃了碗炒饭，两人都狼吞虎咽的。吃完了，还要走一段黑黑的小路才能到学校。

我们俩一前一后走着，可能是因为累，两人都不说话了。他走得比我快，我走在他后面。我一直盯着他的手，心里想着要不要去握。就在我犹豫不决的时候，他说了句："哎呀，校门关了！"

无奈之下，我们只能翻墙。

翻墙我会啊，我从小爬树长大的。我找了棵靠墙的长得有点歪的树，用力一蹬，嗖地一下再一跳，手攀住了墙头，两脚再一蹬，就骑墙头上了。

骑上去我就后悔了。我看到铜锣湾张大了嘴巴，在下面望着我。

"我靠，我就不能装一回淑女吗？"我懊恼地想，"这下什么狗屁形象都没了！"于是我连忙说："你赶紧上来，我上来倒敢的，下去就不敢了，太高了，没法跳啊。"

那小子也学我的样子，攀了上来，然后反身一跳落地了。我坐到墙头的一边，面朝他，说："我跳了啊！"然后纵身一跳，差点没把他压死。

他把"哎哟"憋肚子里了："你的骨头硌着我了！"我憋着笑赶紧从他身上起来，那一刻，我闻到他脖子里面淡淡的香味。

他一边揉着屁股一边走，龇牙咧嘴地说："你上墙的姿势倒挺帅的，就是下来的时候惨重了点。"我终于扑哧一笑。

"我那是玩你的啊。"我心想。

那天晚上，我脑子里面都是他的香味。我发现，我又开始喜欢他了。

05

菜鸟的职场

有时候真的努力后，你就会发现自己要比想象的优秀很多。

因为实习，我每周都在两个城市之间奔波，但是后来铜锣湾再也没去接过我，就算是大家一起上课，我们也没什么话好说。就和上次骑自行车一样，一切就像从来没有发生过。我百思不得其解。

但很快，我的注意力就全部转移到了实习上。

正式上班后，我被分到了硬件部，开始时专门给他们画电路板图，也就是按照他们的原理图画出电路板图。这个活的工作量其实很大，要布局，要排线，虽然没什么技术含量，但是一想到自己画出来的图今后有可能拿去制版，我就深感自己责任重大。当然，他们都是拿的一些老方案给我改，就是给我练手的。

虽然长时间盯着电脑会两眼发花，但是我特别享受这活儿。因为坐我后面的是一个开心果，他是硬件部的经理，叫过厝，也就是“过错”。

过错每次喊小丽姐，都是这么喊的：“小丽——啊——姐。”前段是“步步高”广告音，最后一个字超短，短得你不仔细听，就有可能听不到。

小丽姐每次都很不耐烦地说：“又有啥事啊你？”

这个公司也就三年历史。小丽姐、岭子、两个老院士、焊工陈大姐是第一批元老级人物，过错、朱帅、阿诗、高蛋、尚飞、娟子是第二批进来的，我就自封第三批吧。除了两个老院士和陈大姐，大家的年纪都差不多，最大的是七八年的，最小的是八零年的，哦，不，我来了以后，最小的就是八二年的了。所以公司的氛围特别活跃。

我后来听小丽姐说，我来了以后办公室的气氛才变得活跃的。我有点不敢相信自己的耳朵。

还是先说说过错吧。

他前一年刚从苏大计算机系毕业，比我大两岁，浓浓的两大丛眉毛几乎相连。他的眼睛让我想起我小学那个严老师，同样的大眼睛，同样戴着眼镜，不同的是，一个眼睛里射出的是嫌恶的眼神，一个眼睛里流露出的是机灵和聪颖。过错个子很高，一米八五以上，可能是太高的缘故，他每次进门都要下意识地低头，以至于他有点微微地驼背。

用总经理助理娟子的话说："这是你的实习指导老师，过错经理。他会带着你完成实习工作和你的毕业设计。"娟子总是似笑非笑的一副模具的表情，那些字一个一个地从她那樱桃小嘴里面蹦出来，似乎都不带一点语气。

硬件部只有三个人，岭子、小丽姐、过错。过错是女人堆里唯一的一个男人，他自然如沐春风，扬扬得意。公司里面最活跃的人就是他了。但是，我却偷偷地关心起软件部的朱帅来了。

朱帅平时话不多，很严肃，百分之九十九的工作时间都看着电脑，严肃地思考，还有百分之一的时间是去倒水。他倒水的时候就会往我这边看看，我发现他每次和我目光交错，都会会意地笑笑。那像是一种鼓励的笑，又像是一种期待的笑。我说不清，但是我能发觉，他对我比对别人温柔一点。

其实过错对我也很不错，时不时地问我有没有什么难处，而且还经常讲讲小笑话什么的，活跃气氛。这时候，大家一般都会跟着笑，除了朱帅。

后来我才知道，朱帅只比我大两岁，但是他已经有女朋友了，这个消息让我有些许惆怅。我多方打听，得知他的女朋友很漂亮，而且是他的大学同学，几乎已经到私定终身的地步了。当然，这么完美的男人，没人来占坑是天理不容的。只可惜，那个占坑的人，不是我。

暗恋没戏了，我就立马把百分之百的精力投入工作，以至于以后，这成为了我人生中的一个“潜规则”。

当了两个星期的“杨白劳”以后，我突然发现我干过的所有活儿都和毕业设计沾不上边。甚至我的毕业设计题目都没选好，这让我很郁闷。

一次中午吃完饭后，在回公司的路上，我快走几步跟上了朱帅，急切地告诉了他我的忧虑。朱帅微微地笑了笑，悠扬清脆的声音在耳边响起：“这个倒不急，我手里的项目给你做一百个毕业设计都够，你放心吧。毕业设计的事，我会帮你考虑的。”

听了他的话，我就像吃了秤砣一样定了心。朱帅是什么人啊，他绝对是我心目中的泰斗。但是，随着时间的推移，泰斗中的泰斗出现了，就是那两个老院士。

我也不知道那两个老院士是不是真的院士，他们很老，至少有七十岁。他们原来是部队研究所里面的，这个公司的老总也是部队研究所的，这公司就是他们三个人创办的。这两位老院士一位姓林，一位姓谢。

林老师和朱帅一样严肃沉默，谢老师则相反。谢老师甚至还偶尔和我开开小玩笑。这让一个人很不爽，那个人就是岭子。

岭子是个女孩，比我大四岁，在我来之前深得谢老师的喜爱。有一次，岭子喝水的时候遇到我，满是醋意地说：“长江后浪推前浪啊，前浪被拍死在沙滩上。谢老师对你不错啊！”

我当时只觉得无言以对，于是学着蜡笔小新的口吻说：“姐——姐——你不要这样嘛——”

岭子本来还板着个奸臣脸，结果我话音刚落她嘴里的水就全喷出来了。

我笑得人仰马翻。

岭子捂着肚子说：“不许喊人家姐姐，会被喊老的。”

我小新附体：“好哦……”

这下，所有人都知道我会学小新了。

软件部的高蛋是一个让人无语的人。小心眼，心思细，爱生气，不服输，看不起人，乱七八糟一身的坏毛病。我一开始挺不喜欢他的，有一次我不小心踩了他一脚，他就想方设法地踩回来，这让我很是生气。

我曾经有一次气到抡起手肘顶他的腰。他果不其然地反击，疼得我龇牙咧嘴。他看我痛了，就胜利地昂起头，哼一声跑开了，我真想掐死他！

但是，谁知道，我们后来成了无话不谈的损友。他和我关系渐好，就是从我学蜡笔小新开始的。他特别喜欢让我学小新，讲小新的故事，还喜欢让我学着小新的样子去调戏岭子。这不得不让我怀疑他喜欢岭子。

结果还真是这样。听说在我来之前，高蛋硬生生地被岭子拒绝了，高蛋很是懊恼。怪不得会欺负我，敢情是想拿我撒气，我终于找到高蛋的弱点了。只要高蛋一欺负我，我就直喊："岭子岭子，快来快来！"屡试不爽。

我是个标准的花痴。不知道从什么时候开始，我竟然暗恋起过错来了，而且是小丽姐发现的。

小丽姐是陕西人，性子特别直。她讨厌你，她就会直说；她喜欢你，她也会直说。她就是一直来直去的人，什么含情脉脉啊，什么欲语还休啊，什么欲盖弥彰啊，什么隔山打牛啊，都和她八竿子打不着。

那是一天午间的时候，我正和过错说什么好玩的事，两人嘻嘻哈哈的。小丽姐突然用高八度的声音说："狗子啊，你是不是喜欢过错啊？"

我和过错的笑声戛然而止。

我一愣，以为自己听错了。过错反应比我快，他嬉皮笑脸地说："小丽啊，你是不是吃醋啦？我不介意多一个人暗恋我啊。"

小丽姐不吃他那套，丢了句话，没把过错给噎死："就你那㞞样，我倒了八辈子霉都看不上你！"说完，小丽姐带着全然超脱的神情，走开了。

小丽姐最后那句话，不只把我逗乐了，连周围的人都乐了起来。过错一脸不好意思地走回他的格子间。

那天晚上，躺在宿舍被窝里面，我一脸好奇地问小丽姐，怎么看出我暗恋过错的。小丽姐不紧不慢地说：“就你心里那个小九九，我一看就知道了。”

我立马一惊，连忙问：“你还知道啥？”

小丽姐说：“你还喜欢朱帅。”

“小丽姐，这你也看得出来？”

小丽姐从鼻子里面哼了一声，没回答我，继续说：“就这帮矬男人，还暗恋来暗恋去的，喜欢就说去呗，憋着不累啊？”

我不知道从何说起，只能告诉她，至今为止我都是用这种方式喜欢一个人的，而且，我的每一次暗恋都是以失败告终的。

小丽姐一脸不爽地说：“不失败才怪呢！真搞不懂你们这些江苏人。喜欢一个人不去说，都这么折磨自己干啥？男人没一个有男人的样子，一帮子娘里娘气的……”

小丽姐那么一搅和，我暗恋的事就黄了。过错脸皮厚，他当然不介意女孩喜欢他，他恨不得后宫佳丽三千人，一人独享。来者不拒，拒者不来，来者不拒的人是过错，拒者不来的是我。

暗恋见光，就像一个人意淫得正爽，还没到高潮就被人拖下了床，心里的失落和惆怅无以复加，哪怕那拖你下床的人很抱歉地说“不好意思啊，打扰你了啊，你继续啊，你继续啊”也无济于事。所以无论如何，我都不再喜欢过错了，但是这并不代表我会排斥他，或者不和他讲话，或者冷淡他。我就当那天小丽姐是调侃我，时不时地还拿这件事自嘲一番。

我丰富的暗恋经验告诉自己，越是坦荡地承认，别人就越会觉得你们没什么，你也能快速地远离尴尬。多么经典的理论啊！我深深地佩服自己。

直到我们公司来了个美女前台，过错的色狼本性才彻底败露。用小丽姐的话来说：“我一看到过错和猪头在那里说话，就恶心得想吐。”小丽姐如此犀利，让我深感佩服。而且，关键在于，无论小丽姐如何犀利，讲话如何难听，众人都选择偃旗息鼓。这又让小丽姐深深地觉得江苏的男人没有骨气，或者说没有霸气。

后来我才知道，小丽姐的表哥是某部队的大官。我对大官毫无印象，直到后来的后来，小丽姐带我去上海找她表哥，我才知道，原来大官就是很大很大的官啊!

当我把公司里里外外的人都处熟了的时候，我愕然发现还有两个星期就要交毕业论文了，而我的论文连个影子都看不到。

我急吼吼[①]地去找朱帅。朱帅一听是毕业论文的事情，笑了笑，慢悠悠地说："看把你急的，我还以为你暗恋谁又被小丽发现了呢。"

周围的同事都笑着瞄瞄我，我懂，朱帅很少开玩笑的。我连忙说："那还不简单，以后我暗恋谁我先告诉你，你帮我参考参考。"

他笑着拿出一个案子，说："这是论文的提纲，你硬件不会找岭子，软件不会找高蛋，他们都不会你找我。这几天你手上的事情都放一放，先把论文做了吧。"

我如领圣旨般捧着案子回到了座位。

仔细一看案子，我就不得不佩服起朱帅来。给我课题他绝对是认真思考过的，不能太大，不能太小，不能太难，不能太易，不能不实用，不能太实用。这绝对就是毕业论文的精髓啊!

朱帅让我做一个红外报警仪。我在大学实验期间曾经做过一个温度报警器，跟这个有一些相似之处，但是朱帅让我做得更深入了一点，这个度把握得很好。

我大概用了整整两天的时间，按照朱帅给出的阀值写好程序，输入单片机，然后做了个不算太难的电路设计，自己焊好板子，分别送给岭子和高蛋检查。高蛋他们虽然平时嬉皮笑脸没有正经，但是一工作起来，一个

① 急吼吼：性急慌忙的样子。

个严肃得像拆定时炸弹一样。没过几分钟，他们就指出了我不少问题。

我深深地觉得自己过于浮躁了，高蛋不改本色地调侃道：“不过，你大专都没毕业还能折腾到这一步，也不容易了。”

我出其不意地给了高蛋一拳，然后飞也似的跑开了，一边跑一边说：“不许打击报复，我们扯平了。”

岭子很认真地纠正了我几个问题，然后胸有成竹地说：“你这个毕业设计绝对能拿优！”我听着这句话，兴冲冲地去做我的V2版了。果不其然，我的毕业设计拿了个优。

毕业总是伤感的。因为要迁就很多老师的时间，散伙饭临时定在一天中午。我上午一得到消息就赶去买火车票，只是等我赶到的时候，他们已经散了。我不无懊恼，阳阳安慰我说，去了也是无聊，都是老师，大家都放不开，又因为不久要离别，气氛压抑得不得了，所以早早地就结束了。但是无论如何，我至今还在懊恼这件事，总觉得自己的大学生涯一点都不完整。

至今，同学们回忆起来，我们班聚得最全、最开心的一次，竟然是我的二十岁生日聚会。而且每一次大家聚到一起，都会想起那天晚上的情形，唏嘘不已。

毕业就是对大学生活的一个了断。我们在学校的每一个经典场景前都留了影，就算再伤感，照片上的人都是笑着的。那个阳光灿烂的拍照片的日子，我们几个女生手拉着手，漫步在学校的小路上，或伤感或开心地说笑。只是，不管我怎么旁敲侧击地打听，都找不到铜锣湾的消息，他就像消失了一样。甚至最后在拍集体照的时候，他都差点没来。

那天拍集体照，我们班专升本的同学都回来了。那一天我突然有一种深刻的感觉，在我们这帮低分的同学中，友谊来得更长久更浓烈。

怀着很多很多的遗憾，我离开了那个待了三年的地方。

我甚至没有开始一段真正的恋情，我就毕业了！

我甚至没有来得及和老孙道别，我就毕业了！

……

有太多的甚至、太多的遗憾，这辈子，是回不去了!

毕业后最重要的一件事是签就业协议，签了就可以调档，可以迁户口。在这个当口儿，我终于遇到工作后的第一个大问题了。

吉公司评估了我的实习情况，决定留下我，然后进入六个月的试用期。试用期八百块钱一个月，房补一百，因为公司包住，就等于一个月九百。那时候是二〇〇二年，根本没有三金、劳保什么的，甚至听都没听过。我脑子里面只有一件事，就是户口。按照学校的说法，签了就业协议，学校就会把档案调去工作所在地，如果工作所在地不接收，我们的户口就会被打回原籍。

当时我对自己的试用期工资很满意。九百呀，不少啦，是实习期的三倍呢! 结果就在公司和我签了就业协议后的第二个月，开发区管委会的人力资源主管给我打了个电话，他告诉我，如果一个月之内我的公司不给我迁户口，我的档案和户口就会被打回原籍。

这个消息一下子就把我搞蒙了。

我连忙请了一会儿假，急吼吼地赶去旁边的管委会，找到了那个人力资源的人，问他："公司不是已经和我签过协议了吗，怎么不帮我迁户口呢? 是不是签了协议，户口就自动迁过来啊?"

原来根本就不是这么回事，我想得太简单了。那个人力资源主管向我详细地解释，B城当时有个人才引进模式，条件不符合是不能迁户口的。如果是本科还好说，如果是专科，就必须非常优秀，打分打到多少，户口才能迁进来。但是，如果企业主动要求办理户口，那么一个企业每年是有几个名额的，那就不用打分了。

我记住了最关键的后半段，赶回了公司。我立马找到总经理助理兼人力资源主管兼行政主管的娟子，我才急吼吼地说了两句，她就不紧不慢地打断了我："你是大专生，我们公司是不会给大专生迁户口的，你不知道吗？”

一贯的不冷不热，一贯的面无表情，但是我听出了她话里的鄙夷之情。我愤然地说：“公司哪条规定写着大专生不给迁户口了？”

她被我问愣住了，然后眼珠一转，继续不紧不慢地说：“这是条不成文的规定，我们一直这么做的。”

我脑子里面快速闪过公司里的所有员工：高蛋、过错、朱帅都是本科，不存在这个情况；陈大姐是本地人，也不存在这个情况；就差小丽姐了，不知道她是什么情况，我要先去打探打探。

于是我赶紧回一句：“行，那我去问问管委会，到底该怎么搞！”在我出门的那一刻，我看到娟子如释重负般地松了口气。

等我找到小丽姐，把这事一说，小丽姐立马愤恨地说了一句：“可恶的公司，就知道欺软怕硬！”

小丽姐一五一十地跟我说了她的情况。小丽姐也是上的大专，而且最后一年她觉得上学没意思，就让她表哥帮她想办法出来工作了。小丽姐说：“我高中生都能迁进来，更何况你个大专生啊！你就去说，我高中都能迁，凭啥你大专不能迁？你去说，我不怕人知道是我说的。反正我哥在，没人敢怎么着我！”

小丽姐仗义得一塌糊涂，我当时就差点给她跪下了。

下午一上班，我就去找娟子。这回我不急了，我学着娟子的官腔说：“那么，现在公司有什么打算？”

娟子头也没抬，眼睛往我这里一扬：“什么什么打算？”

我说：“关于给我迁户口的事的打算。”

她看了看我：“上午不是告诉你了吗？不能迁！”

我说：“这是谁的意思？柳总的意思，还是公司的意思？”

娟子被我问住了，她不知道怎么回答我。

我乘胜追击：“如果这件事情公司不能解决好，那我肯定是会去劳动局找仲裁的。”

娟子听说我要找劳动局，一下子愣住了。

我说：“明人不做暗事，你也没必要忽悠我骗我，小丽姐怎么办的户口？难道不是你办的？如果你觉得我好欺负，你就错了！如果是柳总不同意，我就去问他为啥不同意。如果是公司不同意，请拿出书面的政策文件。”

我的声音很大，一旁坐着没说话的卞老师也过来打圆场。卞老师是柳总的丈人，他们绝对蛇鼠一窝。

卞老师说：“公司就这么规定的，也不是我们不想帮你啊。”

我一脸的不屑：“公司不是不想帮我，是欺软怕硬吧？”话一说完，我就甩了门，头也不回地走了。当时我就想，不行我就走！天大地大，三百块的活儿还怕找不到吗？

脑子里正乱着的时候，高蛋猫着腰走到我的座位旁，凑到我的耳边小声说：“娟子在哭。”

小丽姐耳朵尖，她高声地说：“哟，这个娟子，装可怜倒是挺有一套的啊，还哭，又不是死人了。”这下所有人都知道娟子哭了。

过了一会儿，娟子红着眼睛，拿着包走出了公司，她竟然直接请假了。

这叫啥事？这不是逼我离职吗？

但是，奇怪的是，这件事大家竟然默默地支持我，这让我百思不得其解。

岭子跑过来安慰我，说娟子就是这样，容易激动，度量不大，别往心里去。朱帅跑过来安慰我，让我别想这件事了，好好做好手头的事。谢老师也跑过来，他不是来安慰我的，而是来调侃我的，他说：“没想到你一个黄毛丫头，这么厉害。”

我只能苦笑。原来，公司压榨毕业生是由来已久的事了。他们之前试用期都超长，有半年的，有一年的，但是大家都忍气吞声。直到现在，就我一个人爆发了。

这件事的结束快得让人难以置信。我第二天还在犹豫要不要离职，要不要找柳总的时候，卞老师过来了。他严肃地对我说：“你户口的事情解决了，你找个时间去派出所办理手续吧。”说完他就冷冷地走了。

我都不敢相信自己的耳朵。怎么可能？昨天下午才吵的架啊！昨天还说不可能的啊！怎么今天就成了？那就是说我不用离职了？

我恍如梦中啊！

这件事过后，我就安安心心地工作了。

公司专门做新产品研发，一个新的项目来了，大家都要持续作战，少则一天工作十八小时，多则一天工作二十四小时，而且七天连轴转。那时候吃睡几乎都在办公室里解决。吃的是快餐，睡觉就把两个电脑椅拼起来当床。称不上是睡觉，眯一会儿就自己惊醒了。

二〇〇二年公司做过很多项目，包括广播电视信号监控系统、GPS卫星电视系统、GIS电子地图系统、GPS行车记录仪（也就是现在的导航仪）……柳总的思路是广撒网，然后拿着成品去找市场公司做推广，我们公司只做研发。

这真的是个好点子。因为这些项目，我的专业知识突飞猛进。所以就算工作再累再辛苦，我都干得很起劲。有一天，柳总要拿公司的一个新产品去西安见合作商，可是新产品有了，却没有一个拿得上台面的使用说明书。

柳总把这件事交给过错，给了他两天时间，当然，这两天就是周末。

过错一接到这个任务就傻了。周五下班以后，过错没走。我和小丽姐围了过去，本来想调侃他的，结果看到他电脑屏幕上几个硕大的字“广电监控系统产品说明书”，下面一片空白。

我问他：“你什么时候成了文书啊？”

过错一脸无奈，哭丧着脸说：“柳总临下班前交给我个任务。该死的柳总啊，每个周五都这样，还让不让人活啊？”

我听出他话里有话，忙问：“你家有啥事啊？”

过错支支吾吾地说：“唉，算了，也没啥大事。”

还是小丽姐敏感，她讥笑道：“肯定是去相亲！”

我不知道脑子里面的哪根筋短路了，拍拍胸脯，对过错说：“你去相你的亲吧，这个我来做。反正我们本来就是一个小组的，分担点没啥。再说我周末又没啥事。”这一句话刚说完，过错就像离弦的箭一般蹿到了门口。

“那就谢谢你啦！”那声音迅速消失在楼道里面。

小丽姐说我这叫没事找抽。

我说：“反正这周没事做，做做这个等于回顾下产品，又能理一遍了。”

这是我第一次做系统产品说明书，没有任何条条框框，没有任何规矩，因为这是一个全新的产品，没有过去，没有对比，没有竞争。

我不知道从何开始，于是开始列提纲。

1. 系统简介
2. 系统运行环境
3. 系统硬件安装及操作
4. 系统软件安装及操作
5. 系统硬件、软件常见问题及解决方法
6. 售后支持

然后我根据这个提纲填充内容。因为公司小，任何一个产品，大家都是看着它怎么从0变成1的，加上平时给他们打下手的经验，耳濡目染，我也了解了一些皮毛，写个说明书还不算太难。

周一过错看到我这份说明书的时候，他惊呆了，他说：“狗子，你写得真详细。我本来就只想写：‘步骤一：接电源插座；步骤二：电源按钮……’”

我笑着说：“赶紧去交差，柳总觉得不好，你就说是我写的，反正我在试用期，不怕。”

过错从柳总办公室里出来的时候，一脸严肃，我的心一下子揪紧了。我忙去问他，是不是柳总说不行。他凝重地点点头。

我赶紧问：“你说了是我写的？”

他再次凝重地点点头。

我立马心虚得一塌糊涂，这下全完了！

过错继续凝重地对我说：“柳总让你去他办公室。”

什么？我进公司这么久，柳总从来没找我去过他办公室，难道旧仇加上新怨，他就要把我开了？我的心啊，忐忑得能颠出血来！

柳总绷着一张脸看看我，示意我坐下。我屁股一碰到凳子两腿就开始抖个不停，不得不用手使劲按住大腿，生怕自己晕了。

柳总慢悠悠地问我：“说明书是你写的吗？”

我心想，过错都说了，你还问我干吗？但是我当然不敢这么回答他，我说：“是的，因为写得匆忙，周末两天也没有仔细修改，没有拿给大家一起推敲，所以……”

我支支吾吾，声音像蚊子一般。柳总说：“写得还可以，但是还要改改。你搞进去的那几个软件界面图挺好的，但是硬件方面就没有这么弄，你今天赶紧把硬件部分也改一下，我下午的飞机，就要带走了。”

我正想说我周末没有条件，没法拍硬件照片，一听他这么说，话就咽回去了。我赶紧点点头，说：“我这就去办。”然后飞也似的逃了出来。

大家一看到我，哄堂大笑。原来过错是整我的啊？这小子，把我吓了个半死啊！

在研究所里面，大家都叫柳总柳主任。他是个不苟言笑的人，很严肃，会当面骂你，让你无地自容，恨不得立马走人。他只需皱着眉扫视一圈，办公室里立马就会鸦雀无声。

后来，毫无悬念地，我成了公司里的专职写手。从产品说明书到投标书，再到招标书，我写得得心应手。

而我的工作丝毫没有脱离我的专业，因为我写的都是技术性很强的文案，需要一定的专业知识。重要的是我开始跟着柳总到处去做招投标了，我负责跟踪投标的全部流程，专家多的时候，我还要做现场技术答辩。

我感觉柳总越来越信任我了。

一次午间休息的时候，我捧着一大袋面包坐在电脑前面狼吞虎咽。柳总进来了，走了几步又折回来，挑着眉毛问："你吃面包怎么把头埋在袋子里面吃啊？"

我一听，忙说："这样吃面包屑就不会跑进键盘缝了。"

柳总似笑非笑地重复了我的话："面包屑就不会跑进键盘缝了！"

隔了三秒钟，他突然哈哈大笑，然后走进了他的办公室。

我一脸尴尬，心想，这没什么好笑的啊。

小丽姐和岭子一回来，我赶紧跟她们说了这件事，她俩根本不相信柳总笑了，说我做白日梦。这时候娟子从办公室里出来了，她走到我们身边轻声细语地说："真的，刚才我也听到柳总笑了，还在想是怎么回事呢。"

小丽姐和岭子又一次像看恐龙一般地看了看我，然后迅速地撤了，留下我和娟子两人，我对她苦笑了两下便不再理她。娟子想说什么，但是好像忍住了，也就转身回去了。

回家后小丽姐告诉我："我觉得最近娟子想和你和好，但是我怀疑她是看柳总开始看好你才这么做的，这个女人真势利，一点意思都没有，亏了是东北娘们儿，亏了！"

我才不关心娟子势利不势利呢，我就听到"柳总开始看好你"这句话。我没来由地感到兴奋。马上就十二月了，马上就有年终奖啦！柳总看我工作卖力，来年会不会给我加工资啊？我心里面那个美得啊，开心坏了。

终于等到一月底发奖金了，柳总把红包递给我，我走出办公室一拆，就愣住了。

一百块!

什么？一百块！是不是柳总给错了啊？

小丽姐一看到我的红包，就笑了，她笑嘻嘻地说：“这是我看到的最少的年终奖，哈哈哈！”这句话对我来说无疑是雪上加霜。

我顿时如杨白劳附体，浑身瑟瑟发抖。小丽姐拿了一千二，过错、朱帅都是一千八。整个公司就我一个悲剧女。那种感觉难以形容，一种凄凉之感在心底蔓延。那一刻，我觉得自己不属于这里。往日的欢声笑语、往日的呕心沥血，都变成那一百块，时时刻刻地嘲笑着我。

如果一个人阳光起来无比阳光，那么黑暗起来也将无比黑暗。我就是这样一个人，我觉得自己就是天使和恶魔的结合体。那一刻，我心里的恶魔开始渐渐地释放。

我恨柳总，恨娟子，甚至恨卞会计。我深深地觉得，他们是在报复我，报复我闹事。他们用的这招真狠!

为什么我会这么想呢？奖金是兼管人力资源的娟子起草，卞会计审核，柳总签字。但是，有时我宁愿相信柳总签字的时候没有细看，虽然我知道这是不太可能的。

06

“我怕醒来会忘记你”

每个人心里，都住着这么一个人，遥远地爱着。

过完年，我的试用期就满了，按照公司的惯例自动转正，工资加一百块。也就是说，我一个月的工资变成一千块了，对于这个工资，我很满足很满足。

我一向是一个节约得不得了的人，但是，在我拿到正式工资的第一个月，我把它们花得精光。我把工资全部用来给爸爸妈妈爷爷奶奶小叔姑姑姑父买礼物了。接下来的几个月，我也都把工资花得精光。

那情形就像一只饥饿的熊跳进鱼塘，满池的鱼啊，只管闭着眼睛吃。那时候花钱潇洒，根本没想过存钱，没想过要给爸妈多少，甚至我妈怕我不够用，还把她的工资卡放在我这里。我彻底变成了一个败家女。

一天，我和小丽姐并肩走回宿舍的时候，我老远就看见我妈坐在门口。我飞奔过去，连忙把她扶进屋子。我妈一声不吭，一看这样子，我就知道爸妈又吵架了。

一进门，我妈就赔着笑脸说：“我就住一晚，明天就走。”

我一惊：“走哪里去？”

我妈摇摇头：“不知道，可能去南京吧。”

说完这句，我妈就哽咽了。

小丽姐自从喊了我妈一声“阿姨”后就一声不吭，一看我妈要哭了，连忙说：“我们吃晚饭去吧，再不去就没什么吃的了。”

出了门，我妈和我走在后面。原来我爸又去赌钱了，我妈气得在家躺了三天三夜。我爸回家，煮了粥放我妈床头，我妈就开始控诉我爸的种种罪行，当然也控诉了爷爷奶奶的种种罪行。我爸气得把锅和碗都砸了，然后就出门了，晚上也没回来。我妈说，那个家，她实在待不下去了，她要出去打工。

我听了，心里一片凄凉。

趁我妈不注意，我偷偷地打了个电话给我爸。

“爸，最近家里怎么样啊？”

“家里挺好的，你妈也挺好的，我们都没事，你呢，工作怎么样？”

“我妈来我这了。”我没有回答他的话。

“啊？我还以为她去了你外婆家。这个人啊，真是的，动不动就去折腾你，什么意思啊……我明天一早就过去，你让你妈别走。”

我爸挂了电话，我又若无其事地和她们吃饭了。

第二天，我爸来之前，我一直陪着我妈，不让她走。我妈是跳过河的人，我不想她再出什么乱子。等到有人敲门，我就知道我爸来了。我妈一看是我爸，连忙要走，被我们一把拦住了。

每个人都唉声叹气的。我妈一言不发，我爸开始噼里啪啦地说，大意就是：“我们的事情回家说，别给小孩添乱。”

我妈愤恨地说：“是，我回去，我回去就是送给你打，我回去就是送给你骂。那个家，我再也不回了！”

然后爸妈开始对骂。

我尝试着把他们拉开，他们仍然推搡着谩骂，我急火攻心，拿起床头的水杯，啪的一声摔在地上。

爸妈一下子安静了。

这下轮到我怒了。我愤然说：“你们这么吵，累不累？从小到大，你们哪一次吵架我不在场？你们吵的人不累，我这个听的人都累。你们要是真的过不下去，赶紧去离婚，别折腾来折腾去的了。”

我妈一听我说离婚，呜的一声哭了。

我爸把我拉出房间，他肯定地说：“你妈可能精神分裂了，我要去找找心理医生，看你妈的病。”

说实话，我也认同我爸的观点，我妈在心理上，实在不能算是一个正常人。自从生了我，她和爷爷奶奶二十多年都没有说过话。只要爷爷奶奶出现，她就立马消失。消失就算了，她还要怪我，还要怪我爸。而且，周期性地，我妈会和我或者我爸吵架，不停地折腾，以证明她在我们心目中的地位。所以，当我让他们离婚的时候，我妈哭了，后来她告诉我，她对我无比失望，觉得我不帮她。

我妈哪里知道，我其实谁也不想帮，我真的好累。

后来，我爸保证不去赌钱，晚上十点之前必须回家，我妈才同意和他回家。

他们走后的那个晚上，我做了个噩梦。梦里面一个叫婚姻的怪物，朝着我歇斯底里地怒吼，半夜我吓得浑身都被汗湿透了。如果问我是什么时候开始仇恨婚姻的，我觉得应该就是这次。婚姻简直就是恶魔，面目狰狞的恶魔!

至今，爸妈还是争吵不断。我之前的种种努力，都如泡影，一点都没有改变谁，没有改变任何事情。

我感到心力交瘁。

就在我无比失落的那几天，我接到了一个电话。秀秀他们要过来找我玩，我一下子又恢复了神气。

那天，我们约在三阳广场那边的官之林，在那里花十八块钱就可以喝到爆，我拉上小丽姐飞也似的过去了。

他们来了三个人，秀秀、星子，还有铜锣湾。

我们依旧嘻嘻哈哈，吹牛打诨。我偷偷地看铜锣湾，他好像完全不记得我们之间的事情了，看我的眼神无比正常。

我们聊到深夜十一点多才散去。回家的路上，小丽姐不解地说：“你怎么会喜欢那个男的？一脸病怏怏的样子。”

什么？小丽姐又看出了我的小九九？

我不得不佩服小丽姐的犀利，那天晚上，我们聊了一宿，直到天明。

小丽姐知道铜锣湾的事后，对我说：“我说你还是算了吧，说不定铜锣湾就是玩玩你的，别认真。”

那次聚会后，我们没有过多的联系。

一天去公司，我照例开了电脑，上了西祠，开了MSN。一封新邮件蹦了出来。我一看寄件人，立马感觉呼吸急促，是铜锣湾。

我立马打开邮件，里面话不多——

狗子：

你好。

我过几天可能会遇到一个大的转折，我怕忘记了现在记住的事情，所以给你写了邮件。我不知道以前是不是伤过你的心，我想对你说对不起，我真的不是故意的，我想如果以后没有意外的话，我不会再做这样的事了。

铜锣湾

我看得云里雾里的，急切地想给他打电话。

电话通了，没有人接。

电话通了，还是没有人接。

……

那天我几乎每隔半小时就打个电话，但是一直没有人接。

我的心中充满了焦虑和疑问，我想可能只有通过邮件才能联系到他，于是赶紧给他回复。

铜锣湾：

你好。

我收到你的邮件了，但是我看不太懂。我打了你一天电话都没有人接，你是不是出了什么事？

收到邮件赶紧给我回电话。

狗子

等他回信的时候，我度日如年。

两天后，我仍然急切地开机，登录MSN，MSN才不紧不慢地又跳出一封邮件。

是他的，他回我信了！

我连忙打开。

狗子：

我才收到你的信。不好意思，我最近都不会带手机，我今天是偷偷用护士站的电脑给你回信的，时间不多。我过几天就要动手术了，我怕醒来后会忘记你。但是你别担心，医生说成功的概率有百分之四十，我想我应该是那个比较幸运的吧！护士催我了，我要走了。

铜锣湾

我一看到护士站那个词就愣住了，他竟然进了医院！他怎么会进医院？

我立马回信。

铜锣湾：

怎么回事？你怎么突然要进医院？动什么手术？成功率怎么只有百分之四十？你不会是编故事吓我的吧？

狗子

这封满是疑问的信发出后，我等了好久好久，都没有收到铜锣湾的回信。我怀着忐忑不安的心情一直在等，甚至等得晚上都没法睡觉，那段时间我天天失眠。

为了治疗失眠，我买来好几本书，打算睡觉前看。其中有一本是村上春树的《挪威的森林》。

翻开《挪威的森林》，我的心就一下子陷入那片灰色的天空中去了。

这本书完全没有能够让我入睡，而且，我深深地被渡边吸引了，他的矛盾、他的犹豫，都深深地吸引着我。我觉得我就是渡边，甚至在渡边踏着雪去直子住的疗养院找她的时候，我觉得自己就是那个跟着渡边的影子，我踩着他踩过的深深的雪坑，一步一步艰难地行走着。

渡边的心里满是直子的影子，我的心里满是铜锣湾的影子。

在渡边看到直子的那一刻，我看到了铜锣湾。

而那一刻，我早已泪流满面。

我的心，不知何故，特别痛。

漫天的雪花，满地的冰冻，爱情冰封，消息中断，这无疑是一个隔绝的世界。那一刻，我觉得自己就像那个站在雪地里的渡边，冻得瑟瑟发抖，心中无比彷徨。

当看到直子死去的时候，我的心猛烈地一抽，伤痛的泪水流下。铜锣湾呢？铜锣湾会不会有事？

大概一个月后，我收到一封信。我一看不是铜锣湾发的，就无比失望地想关掉，在关掉的那一瞬间，我看到一个医院的Logo（标志）。

我连忙重新打开。这是一封被设置成自动发送的信，发信人是一个我不认识的人，可能是某个护士。

你好，受铜锣湾的委托，我帮他给你发一封信。他现在在无菌室里出不来，让我告诉你，他一切都好。

让你勿念。

什么病这么严重，竟然要去住无菌室，而且一住就一个多月？我无比郁闷地翻着手机，翻到了铜锣湾的电话，我痴痴地盯着那个号码，一遍一遍地默念着。

我想我打了肯定也没有人接，但我还是打了。我听着那嘟嘟嘟的声音渐渐地变成忙音，我的思念也从一开始的10101010……变成无穷无尽的00000000……

三分钟后，我的电话竟然响了。我一看，是铜锣湾！我连忙接了电话："你到底怎么了？怎么消失了？"

那边停顿了片刻，说："抱歉，我是铜锣湾的朋友，他不能接电话，医院里面不能用手机。他让我回给你，让你不要着急，他一出院就联系你。"

我连忙问："他到底什么病啊？多久才能出院？"

那个人支支吾吾地说："我也不知道，反正是脑子开刀，什么时候出院我也不知道。"我的脑子里一片空白。

什么？脑子开刀？怎么会脑子开刀？出了什么事？难道是车祸？难道是脑出血？难道是肿瘤……

我想过无数的原因，还是不知道究竟是怎么回事。自那以后，我再也没有收到过铜锣湾的邮件，再也没有接到过他打来的电话。我偶尔也会拨通他的手机，然后安静地听着嘟嘟声……如果他能接电话，那该多好！

那段时间，我经常做一个梦。我踏着厚厚的积雪，往山上的疗养院走去，两边的松树被雪压得很低，低得和地上的雪连成一片，松树下面是一个天然的雪屋。我和铜锣湾坐在雪屋里面，摩挲着手哈气取暖，我傻傻地看着他英俊的侧脸，他一言不发地转过头看我，我连忙回过头……

每次早上醒来，我的枕头都是湿的。这一生，我没有为一个男人流过如此多的泪。

就在我的思念和困惑即将淡化消失的时候，我的手机响了。

小丽姐在房间里面扯着嗓子叫我："狗子，电话，铜锣湾的电话。"

手上的洗衣粉泡泡都来不及冲掉，我就赶紧冲进房间，接起电话。我生怕错过这个电话，因为这一刻在我的脑子里面模拟过不下一万次。而这个电话，让我苦等了整整四个月。

接电话的那一刻，我的心提到了嗓子眼，我怕他等不及，怕电话断掉。

我试探性地"喂"了一声，我怕还是别人不是他。

"是我。"他的声音空灵缥缈如在天际。

"你到底怎么了？你朋友说你脑子做了手术，到底怎么回事啊？"我噼里啪啦连珠炮似的问道。

"我今天出院了，先打个电话给你，以后慢慢和你说。"

电话那一头，我听到一声惊叫，是女人的声音，然后是噼里啪啦的呵斥："不是说了你不能用手机吗？赶紧挂掉！"

"护士在催了，以后说。"说完他就挂了。

我又陷入痛苦的煎熬。

我深深地觉得自己就像一只可怜的木偶，别人牵一下我才能动一下，而下一步会遇到什么，我一无所知。我得到的消息少之又少，完全不知所措。什么叫"不能打手机"？到底什么情况？什么病要住院五个月？而且是在一个那么闭塞、连手机都不能用的地方。

后来，我根据之前邮件里那个医院的Logo找到了少得可怜的一点信息。

那是一家疗养院，没有地址，没有电话，只有一个人在BBS上提到的一句无关紧要的话："那家疗养院好远好偏，没有班车能到，但是环境优美，空气清新，四季鸟语花香，是个疗养胜地。"

我想到在一个尖尖的山头，有一幢白色的建筑，铜锣湾就在某个房间里。他站在窗口，呆呆地看着窗外，他喜欢看人来人往，可是窗外除了树还是树……

那天晚上快十二点的时候，我收到了铜锣湾的邮件，这是一封很长很长的信。

狗子：

今天真的不好意思，时间太短了，也没说清楚。我的手术非常成功，连主治医师都非常惊讶，他们都说这是奇迹。我也很开心，觉得自己又活过来了。

我以前一直没觉得自己有什么不对劲，直到有一天早上我在宿舍里面醒来，发现身边的人竟然一个都不认识。他们热心地和我打招呼，但是我不知道该说什么，我不知道他们的名字，不知道他们是谁，不知道我为什么在那里，不知道为什么我会什么都不知道……

我突然想起老哥以前的抱怨。老哥说铜锣湾这人什么都好，就是每个月总有那么几天，一声不吭，谁也不理，但是过几天就又好了。老哥曾经说过，铜锣湾要不是偶尔脾气古怪一下，还是挺好的一个人。

这不是暂时性失忆吧？那时候古天乐正好拍了一部电影，就是关于暂时性失忆的。

那时候，我一直以为是自己压力太大了，根本没想过会有什么问题，因为没过几天，我就什么都记起来了。直到今年的一天，我晕过去了，等我醒来的时候，已经在医院了。

原来我脑子里面有个东西，已经压迫了海马体。医生说手术肯定要做，但是很有可能，我的记忆会全部消失。

那一刻，我想到了你。我想，我应该给你写封邮件。如果哪一天我真的所有记忆都消失了，我还能看到那封邮件，想起你。

此刻我的双眼已经模糊，我抑制住自己的眼泪，看了下去。

说真的，今天医生宣布我能回家的时候，我非常激动，就想赶紧给你打个电话，虽然他们多次强调手机辐射会对手术效果产生严重影响，但是不知道为什么，这种感觉非常强烈。

我似乎已经记不清你的样子了，我也不知道我是不是已经忘记了我们曾经的事。我后来想再给你打电话，但是我竟然不知道该说些什么。

我听出你很焦急，但是我突然不知道该如何面对你。

我不知道应该和你说些什么。

夜已经深了，晚安。

铜锣湾

不知不觉，我的眼泪打湿了键盘。我赶紧重新读了一遍，生怕刚才漏掉了什么细节。那一刻我终于明白，为什么我们骑完自行车，他就不理我了；为什么我们翻过墙头，他就不理我了；为什么他看我的时候那么正常，就像陌生人一样，没有多余的感情，没有留恋。

我顾不上拭去键盘上的泪水，赶紧给他回了封信。

铜锣湾：

我真的不知道你竟然经历了这么多，你为什么不早点告诉我？我之前无比纠结，除了担心还是担心。

你现在怎么样了？身体恢复得怎么样了？有没有什么大碍？

你现在在哪儿？要不要我们几个同学去看看你？

你如果不方便打手机，能不能告诉我座机？

你还记得什么事？秀秀你没忘记吧？星子你没忘记吧？

……

后来，我们打电话的次数渐渐多了起来，他突然变得很健谈，我又一下子变得如沐春风。

小丽姐说：“你看你就这点料，阴晴圆缺都往脸上挂，前几个月不明情况的还以为你家出事了呢，现在倒好，你得意得就和谈恋爱一样！”

我被小丽姐说得一愣一愣的。原来小丽姐以为我谈恋爱了啊？

我反复问自己，我是谈恋爱了吗？我是在和铜锣湾谈恋爱吗？

我不知道。

铜锣湾从来没有说过喜欢我，而我自己已经分不清是担心、关心还是暗恋他了。我和铜锣湾这种关系，自然得不清不楚，微妙得不明不白。渐渐地，我们这种不固定的联系越来越少，没有了邮件，没有了电话，没有了短信。

那时候，我还不是一个敢爱敢恨的女人，我不懂得去争取，不懂得去挽留。

我总是想，铜锣湾从来就没有向我表白过，他可能只是想和我做朋友，可能只是想找回失去的大学记忆，可能从来就没有喜欢过我。我如果主动一点，万一被他识破，岂不是连朋友都没得做了？

我一直在想，铜锣湾应该有了更精彩更丰富的生活。渐渐地，我也想通了，没有悲没有喜，只是在心中深深地埋下了那颗没发芽的红豆。

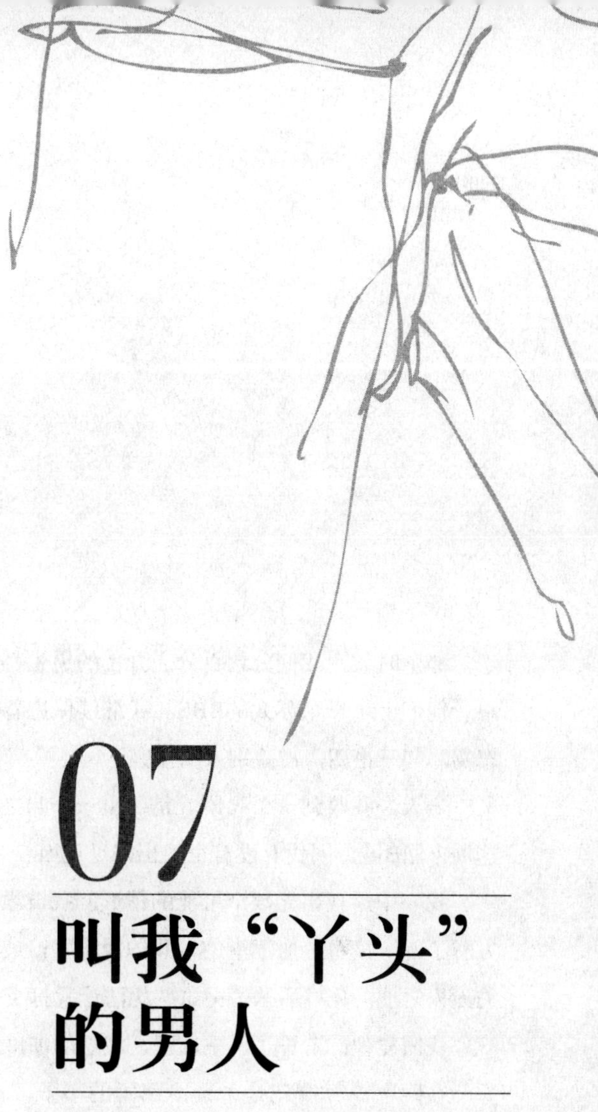

07

叫我“丫头”的男人

那一刻，我以为，这就是永恒。

那个时候，我们公司百分之九十的男生都是苏大计算机系毕业的，我跟着他们上了一个苏大的BBS。我继续保持着自己插科打诨的状态，嬉笑怒骂，勾三搭四，占着别人的便宜。

一天，我收到一个飞语。是版里一个叫豆腐花的男生，他告诉我，他这周末回B城，问我有没有空，出来见见面。

我心中浮现出无数个可能的情形：我被灌了迷魂药，在一个陌生的地方醒了，一摸身上血淋淋的，我的肾没了；或者是我被骗到一个四周漆黑的无人之地，先奸后杀……这些想法让我打了个寒战。

我回复他："算了，下次吧，我这周加班。"

在网上，豆腐花是个爱凑热闹的小子，只要听说谁谁谁是美女，必定积极地跟她的帖，想方设法逗美女开心。换句话说，他的脸皮还是很厚的。

被我拒绝后，他又给我发了个消息："没关系，加班也要吃饭的，吃饭总归有时间。我反正是B城人，有的是时间，等你好了。这是我电话：1398*******。"

我被他弄得哭笑不得，于是赶紧拉上小丽姐，忽悠她："小丽姐，我带你去见网友，去不去？"

小丽姐说："什么网友啊？多大岁数啊？"

我说："苏大的，岁数我没问啊。要不我们先躲一边看看，是帅哥我们就上。"

小丽姐一听，哈哈大笑，同意了。

于是，我快速地回复豆腐花：“好。周六中午十二点半，百盛南门口见。”

我选的那个时间，给了我充足的离开现场的条件。周六百盛人很多，很多人都选在那里碰头。十二点半，刚吃过午饭的时间，如果不如意，我就拉着小丽姐撤，撒谎说去加班。

我为自己完美的计划扬扬得意。

那天中午太阳很大，我们到百盛的时候，门口没站几个人，大家都躲在商场的门后面，贪婪地吹着冷气。我和小丽姐手挽着手假装逛街，在广场上装作不经意地穿过。两人的眼睛不老实地到处扫射，走了一圈一无所获。

小丽姐说：“人家没有耍你吧？”

我有点尴尬：“应该没有啊，要不我们去另一个门看看？”

我和小丽姐正要挪步，旁边一个黑黑的高高瘦瘦的男生径直走了过来。小丽姐悄悄问我：“哎，哎，是不是他？”

我用两百度的近视眼瞄了瞄，说：“估计不是，苏大没这么帅的帅哥。”

谁知帅哥径直走了过来，有点羞涩地说：“你们好，请问谁是——？”

我一愣还没回答，小丽姐就迅速地朝我努努嘴巴。

我只能傻笑着介绍：“这是小丽姐，这是豆腐花。”

豆腐花嘿嘿地傻笑。他有点羞涩地说：“我们要不要找个地方坐坐？”

我用力地捏了小丽姐一下，小丽姐立马说：“我们就随便走走吧，一会儿我们还要加班。”

我极度郁闷。我就事先没想好如果遇到了帅哥怎么办，我想的全是撤退！但是，既然小丽姐都说了，我肯定不能说“我有空啊，小丽姐你先走吧”。没办法，我硬着头皮挽着小丽姐，豆腐花离我半步的距离，我们三个人保持着这个阵列，在烈日下轧马路。

豆腐花脸皮一点都不厚，他和网上的豆腐花判若两人。

随着接触的增多，豆腐花几乎每个月都会来一次，只要有机会，我们就一起聚聚。我和小丽姐也去过他家玩，我们仨一起逛过街，我们同事唱歌的时候，我也拉他来唱过。

如果不是拉他一起唱歌，我会一直心如止水。他唱歌实在太好听了。听他唱张敬轩的《断点》，一种淡淡的忧伤在心里划过。他投入的样子简直帅到爆。而且，他一开口，我那些男同事就不敢再唱了，我倍儿有面子啊!

那一刻，我打算把他变成我的偶像。

后来，我们版要在无锡搞一次聚会，豆腐花让我提前一天去，他陪我逛无锡逛苏大。

他又帅又能唱歌，我这个花痴怎么会不动心？虽然有时候我觉得他思想很幼稚，虽然我觉得在现实生活中我完全可以做他姐姐，但是人家好歹比我大一岁啊。

我答应了他。我发现自己终于迈出了一大步。再也不遮遮掩掩，再也不扭扭捏捏，再也不欲拒还迎。我豁出去了!

虽然比第一次见面时要好很多，但他还是很腼腆。他带我在苏大逛了一圈，从教学楼到篮球场，最后到他的宿舍。

紧挨着学校篮球场的西边，有一栋楼，是很破旧的那种居民楼，很奇怪，根本不像宿舍，但里面全部住着学生。他的房间就是那个三室一厅中的一间。客厅狭小的空间里面乱七八糟地堆着书、柜子和衣服。另外两间住着别的男生。

我走进他的房间，靠墙的位置是一张宽一米的床、一个简易衣柜和一个破旧的单人衣柜，一张靠窗的写字台上摆满了书。

我尴尬地坐在床边，问他：“今天就睡在这里？”

他说：“别担心，我睡地上，铺个席子就行。”

我虽然无数次地幻想过第一次和男人做爱的场景，但是从没想过是在这么混乱而灰暗的地方。我一言不发地走到紧邻他那间屋子的小阳台上。

夜幕降临，楼下的篮球场依然有不少青年在挥汗打球。不知道什么时候，豆腐花站在了我身后，低声说：“我篮球打得很好的，你什么时候也来看看。”那一刻，他的下巴几乎触到我的头顶，我身子轻轻一缩，抖了一下。

他紧张地把双手撑在阳台上，而我就在他的臂弯里。

我一下子僵住了，走也不是，不走也不是。

他还是很腼腆，问：“我能够这样抱着你吗？”

我心里咯噔一下，没说话。我默许了。

他原本张得很开的臂弯开始收缩，轻轻地碰到我的手臂。我突然弯下腰，从他的手臂下方钻了出来。

我窘迫得满脸通红，跑进了屋子。

我平复了一下情绪，对他说：“要不我还是出去住吧，我怕出事。”我这才发现他也满脸通红，黑黑的脸红起来就和紫茄子一样。

他一愣，拉着我的衣角：“你别走了吧，你一走，我们室友指不定明天怎么嘲笑我的。”

我稍一犹豫，不知道怎么心软了一下，又一次默许了。

然后就是洗澡，休息。我没有带行李，没有换洗衣服，他拿出他的一件大T恤，让我套上。我迅速地去卫生间洗了澡，穿上他的T恤。因为他个子很高，T恤很大，大到能做我的连衣裙。那天我穿的裙子，也没有裤子可套，只能用手抓着T恤下摆，踱着小步子进了他的房间。

那一刻，他愣住了。

我承认我不是美女，我只是很瘦。我的皮肤很白，俗话说，一白遮百丑。俗话又说，情人眼里出西施。可能在看到我的那一刻，他有反应了。

我感觉到了他的不自然。他装作在找衣服，拿起一件衣服逃也似的出去洗澡了。我迅速蹿上那张一米宽的小床，用床单把自己露出来的地方裹得严严实实。

不一会儿，我就满身大汗了。天太热了，只有一个台扇。但是我不敢松开那层床单。我甚至胡乱想道，一会儿万一他动手动脚，我是顺从还是抗拒。我的脑子快速地飞转着。

还没想出结果，他就进来了。他竟然穿着T恤，下面穿着裤子。我不由得哈哈大笑。我说：“你这也太保守了吧？我又不会把你吃了。”

他看我大笑，也腼腆地笑了起来：“你别五十步笑百步了。你看你，裹得像个粽子一样。”

那一刻，所有的尴尬都没有了。

关了灯，我躺在床上，他躺在地上，我们谈天说地，聊版里的人，聊那些搞笑的人、搞笑的事。我们还聊了第二天的聚会，我告诉他，明天一定会看到美女，版里几大美女全说好要来的。我才说到这里，他不说话了，黑暗中，我听到他突然从地上坐了起来。

我也一下子坐了起来，问他：“怎么了？你不是最喜欢看美女的吗？是不是怕招架不住？”

他带点羞涩又带点顾虑说：“狗子，我问你个事，你能回答我吗？”

我又躺下了，说：“你说吧，版里面我知道的事，一定告诉你。给你上课，我不收学费的。”

他似乎犹豫了几秒，又鼓足了勇气，脱口而出：“狗子，你做我女朋友吧！”

什么？我没听错吧？我又一下子坐了起来，像根弹簧一样。

黑暗中，我看到他的眼睛闪闪发亮地注视着我，我知道他的眼睛里面噙着泪花。

我说：“你说啥？”

他又坚定地说了一遍：“你做我女朋友吧！”

我沉默了，心里百感交集。

上次我听到这句话还是很多年前，这句话听起来如此熟悉，又如此陌生。我一声不吭地躺了下来，背对着他。我蜷缩成一团抱着自己，努力地控制着，让自己不再发抖。我想过无数次爱情会怎么到来；我想过无数次如果男生这么问我，我会怎么回答。我想过无数种可能的情况，就是没想过这人会是豆腐花，这个羞涩的豆腐花。

经过一系列的思想斗争，我轻声地回答他："嗯。"

那一声，轻到不能再轻；那一声，低到不能再低。但是，在宁静的夏夜，却无比清晰。

他激动地用颤抖的声音问："真的？"

"嗯！"我肯定地回答了他。我的内心百感交集。我苦等了二十多年的爱情，终于明明白白地来了。我的身体抑制不住地颤抖。

黑暗中，他可能看到我在颤抖。他突然躺到我的身后，用左手抱起了我，让我的头枕着他的右臂。我颤抖得更厉害了，甚至连牙齿也打起了哆嗦。

如果年轻人也有帕金森，那一刻我绝对是帕金森附体。

他从后面环抱住我，深深地吸了口气，呼出来的气息在我的耳边环绕，夹带着一股带着沐浴露香气的汗味。这味道让我翻转过身来，和他四目相对。

我终于不再颤抖。我看着他，这个即将成为我初恋的男人，我要好好地看看他。

黑暗中，他的五官精致到极致，眉毛舒展开来，眼睛闪烁着。他深情地看着我，脸庞的棱角在黑暗中更加刚毅，散发着一股浓烈的男人气息。

他还是那么羞涩，紧张地问："我可以吻你吗？"

啊？我盯着他的嘴唇看，不知道该怎么回答。就在我一片茫然的时候，他低头给了我一个吻。

那是怎样的一个吻啊！缠绵的柔情，爱惜的眷恋，悠长而深情，到处弥漫着香气，向四周扩散开来。我一阵晕眩。等我缓过气来，我惊愕地发现，我的初吻就这么没了。

我小声地、几乎是无地自容地说：“那个……那个……是我的初吻。”

他很惊讶，黑暗中睁着大大的眼睛，就像看到恐龙一般的惊奇：“真的啊？我……我……我太幸福了！”

他用力将我搂在怀里，我的腿不经意地一动，竟然碰到他的硬处。他一下子僵住了，我也是。我们俩迅速地分开了，只是，我还枕着他的右臂。

一米宽的床太小了。两个成年人睡着，实在拥挤不堪。

我突然说了句：“不好意思，我不是故意的。”

他似答非答地说：“没关系，我忍得住。”

我抬头看着他的下巴，他的喉结起伏得厉害，原来他真的在克制自己。我突然觉得自己好残忍，但是我不敢做什么。我用手轻轻地触碰着他的胸，肌肉硬邦邦的，我按都按不动。我轻轻地问他：“你是不是很辛苦？”

他努力地平复着自己的情绪，说：“没关系，不早了，你也早点睡吧。”

“那我能摸着你的胸睡觉吗？”我贪婪地说。

“嗯。睡吧，乖乖，睡吧。”他抚摸着我的头，轻轻地说。

那一夜，我睡了又醒，醒了又睡，他却一直保持着那个姿势。我听不到他的呼吸声，不知道他是真的睡了，还是装的。

我枕着他的右臂，突然一阵感动。看着熟睡的豆腐花，我摸了摸他的脸，将头埋进他的胸膛。那一刻，我贪婪地闻着他身上的味道。我贪婪地抱着他，慢慢地又睡着了。

等我再次醒来的时候，天已经亮了。

睁眼的一瞬间，我发现豆腐花正深情地盯着我看。我感到不好意思，噌地坐了起来。昨天毕竟是晚上，月黑风高人胆大，这大白天的，我竟然变得如此害羞。

可是，还没等我反应过来，他的唇就压了过来。又是一片呢喃，一片柔软，一片深情，我完全招架不住。那一刻，我想，我是属于你了！是的，我是属于你了！

白天，我们一前一后出了门，往聚会的观前街出发。快到麦当劳的时候，豆腐花突然问我：“他们一会儿问我俩怎么在一起，我们怎么说？”

我支支吾吾地说：“不知道啊，要不就说是你今天早上去车站接我的？”说完，我们互相望了一眼，两人又是满脸通红。

当时就像偷偷干了坏事的小孩生怕被大人发现一样，我们故意拉开点距离，装作不是很熟的样子。甚至在版友们嘻嘻哈哈地涌进“西部飙歌王”的包间时，我们都刻意保持着距离。我能感觉到豆腐花投来的灼热的目光，他时不时地看着我，我局促地不知如何反应。

终于，轮到他唱歌了。

他绝对是歌王，歌喉一亮，震惊全场。我暗自得意，使劲给他鼓掌。他深情的目光向我投来，我顿时又是两颊绯红。

终于聚会结束了，我们商量着怎么回去，他站在男生堆里面盯着我看。

我说：“我去火车站，有同路的不？”

版里面的寺人一听，连忙说：“我回上海，我也去火车站，我们一起吧。”

我看到豆腐花怔了一下。我微笑着看看他，再也不害羞，跑过去对他说：“你放心吧，我一回家就给你消息。”

寺人一看，满是醋意地说：“哎哟，狗子，你怎么对豆腐花那么好啊？”

我不理他，只是笑笑。

现在想想，如果那天不是寺人送我去车站，可能现在我和豆腐花会有完全不一样的结果。可是世事弄人，我的爱情来得快，消失得也快。我们频繁地用短信联系没两天，豆腐花就人间蒸发了。没有留言，没有短信，没有电话。一切的一切，就和我遇到铜锣湾的情况一样。

那一刻，我失落到极点，似乎被全世界抛弃了一样。我甚至觉得我的爱情将永远进入寒冬，永世不得翻身。

豆腐花的事情，直到很久以后，我才猛然想通。原来那么多的纠缠，那么多的百转千回，那么多的情何以堪，在那天聚会结束的一瞬间，早已注定。

豆腐花和我断了联系一个星期后，他给我打电话了。电话里面的声音有些许沮丧："一一，我对不起你。"

我说："怎么了？我就奇怪啊，怎么给你发信息也不回我。"

他的声音越发颤抖："一一，我不能和你谈恋爱了，我对不起你。"

我怔住了，在那几天没有联系的日子中，我无时无刻不在想为什么，无时无刻不在担心豆腐花会像铜锣湾一样消失。可是，现在他回来了，只是为了告诉我他要消失。

不过，最后我得出的结论是，他至少比铜锣湾要上点路子。这让我不再恨他，也不再怨他。良久之后，我才慢悠悠地吐出来一个字："哦。"然后匆匆地挂断了电话。

紧接着，神奇的事情发生了。

版里面一个叫微雨的美眉主动找上我，要了我的QQ，我当时根本没觉得有什么不正常。微雨先和我东拉西扯地说些聚会的事情，我慢慢地想起来她是谁了。

网上的微雨忧郁而悲伤，她的帖子总像李清照还魂一样幽怨。现实中，她是个扔在人堆里不会被人发现的女生，我甚至觉得她至少比我大四岁。我还问她："美眉你是不是研究生？"

微雨完全是一副研究生的模样，架着一副深度眼镜，短短的头发拢到脑后扎成一小股辫子，前额的刘海儿有几缕滑下，有点延时的笑容挂在脸上。微雨是一个看起来不自信不漂亮的女孩。

我不喜欢描述人性的丑恶和阴暗。那时候，所有的阴暗和丑陋被一厢情愿的愚笨蒙蔽得滴水不漏。

我记起了微雨，就和她简单地聊了起来。

突然微雨问我："你觉得寺人怎么样？"

我说："很尽责的版主，而且很幽默。"

她又问："你觉得豆腐花怎么样？"

我沉思了一下，回复道："有点腼腆的小男生。"

紧接着，她发了一句匪夷所思的话："豆腐花好像喜欢你。"

我只能装傻，回复了个："啊？"

她自顾自地说道："那天聚会，我发现豆腐花一直盯着你看。我猜，豆腐花暗恋你。"

那时候，豆腐花和我已经分手了。她说起这些事，多多少少让我有些忧伤，我回复她："暗恋有屁用啊，现在流行明恋啊！我是不可能和豆腐花有任何可能的，哈哈哈！"

那边似乎掉线了。过了好久，她给我发了条短信："我喜欢豆腐花，姐姐，你说我该怎么办？"

我愣住了，一个从来就只有暗恋的份儿的女生，如果喜欢一个男人，会怎么办？如果是我，我会默默地关注他，默默地喜欢他，直到自己不喜欢他为止。

但是，我肯定不会这么告诉她，我说："喜欢就追呗。现在都什么年代了，女追男，隔层纱啊！"

我知道，我说的都是屁话，因为按照直觉，豆腐花是不会喜欢微雨那种类型的女孩的。她文静，但是不算漂亮，身材也一般。

那边似乎很开心："真的啊？姐姐，真的可以女追男啊？我终于有勇气了！"

微雨和我聊天是在聚会后的两周发生的。第三周的时候，微雨羞涩又苦恼地告诉我，她把她的第一次给了豆腐花，但是豆腐花好像还是不喜欢她。

我一听，呆了。

我有点犹豫地给豆腐花发了条短信：“现在有空吗？找你有点事。”

短信刚发完，电话就来了。

他的声音有点急：“怎么了？出什么事了？”

我一听他这么急，就不知道如何开口了。我只能说：“微雨告诉我一件事情，关于你的。”

我试探性地停顿了下来，想看他的反应。

他沉默了一下：“你等一下，我出去告诉你。”

他端着电话，没有挂掉，我听到了开门关门的声音。

“喂，你还在吗？”豆腐花问。

“在。”

“狗子，我对不起你，没想到微雨竟然告诉你了。她真的太那个了，我不喜欢她，也不想和她谈恋爱，但是我真对不起你。”

“这有什么对不起的，我就想问，人家最宝贵的东西都给你了，你为啥不好好珍惜？”我似乎有点恼火。

“真的不是这样的。那天聚会后，微雨就主动喊我一起走，我们都是苏大的，我觉得也没啥。结果回去后，她一定要去我宿舍玩，我就硬着头皮带她去了。再后来过了一天，她又喊我玩。那天我们可能喝多了，我第二天醒来才知道自己已经那个了，我当时就觉得对不起你……”

我听到这里，整个人傻掉了。这都是什么和什么嘛？

我突然想到，为什么豆腐花会在两天后突然消失。那一刻，他根本无法面对我。只是他亲口告诉我这些的时候，我竟然没有流泪，没有很心痛的感觉，没有悲伤。我甚至觉得我已经百炼成钢。

我对他说：“你说这些已经没有意义了。你现在要做的就是对微雨好。”

然后，我果断地挂掉了电话。

我很想把无锡的事和人全部忘掉，我不想去追究到底豆腐花说的是真话，还是微雨说的是真话。这两者所述时间的混乱，让我心乱如麻。

正在这个时候，我的电话又响了。一个算不上好听的声音问我：“狗子，你现在在做啥啊？”

我努力地搜索着大脑库存，想着这人是谁，对我的称呼如此亲密，可我却一点都不感觉熟悉。

我几乎是蒙的，有点犹豫地问：“你是寺人吗？”

“丫头，你真聪明。”那边传来了大笑声。

我被这笑声感染了，原本混乱的思绪渐渐清晰了。

寺人紧接着说：“我这周末去无锡玩，你还有空吗？有空我就去找你啊。”

我客气地说：“行啊，来无锡一定要找我，我肯定要尽地主之谊的。”

寺人是个很厉害的角色，他懂得如何主动出击，懂得如何讨女孩欢心，懂得如何安慰受伤的心灵。版里面的人对他的评价就是多情种，阅女无数的多情种。

我万万没想到的是，寺人是专门来看我的。这让我有点措手不及。

他略带调侃地说：“我要过来啊，我要是不过来，你肯定要被豆腐花抢走。”

他这句话一说，我立刻感觉无限哀伤。

他连忙问我出了什么事，我摇摇头说：“没啥。我不想到处和不熟的人八卦身边的朋友，那样有点小人。”

他非常聪明地话锋一转：“你看，我是专门来看你的，你也不带我到处玩玩。”

那天，我如同梦游一样，带着寺人一路走一路说。寺人在回去的火车上给我发了条短信：“丫头，别犹豫了，跟着我吧，我会给你幸福的。”

我缓过神来，慢慢地回想着寺人的样子。我对寺人根本没有上过心，甚至对他的样子，都没怎么注意过。

他很胖，很高，有肚子，头发有些稀疏，小小的三角眼，淡淡的眉毛，圆圆的、肉乎乎的脸。我实在不能把寺人的形象和我的白马王子放在一起。

我果断地回复了他：“你别调侃我了，瞧你那德行！”

寺人发来一张哭丧的脸：“呜呜呜呜，你嫌弃我，你嫌我丑。”

我于是不再理他。

但爱情这东西，真的没有办法计划，就在我根本就不想谈恋爱，不想有感情纠葛的时候，寺人缠上我了。真的是缠上，一种黏糊糊、湿答答的感觉。

早上，起床的闹钟就是寺人的电话：“丫头，起来了，太阳晒屁股啦！”

中午，还是寺人的电话：“丫头，别忙活啦，赶紧去吃饭！”

晚上，依旧是寺人的电话：“丫头，别加班啦，赶紧回家和我聊天！”

更别提这中间无数的短信和网上的帖子消息了。

从来没有人对我这么好过，从来没有。

从来没有人如此在乎过我，从来没有。

从来没有人对我如此关心过，从来没有。

一块木头，突然遇到这样的人，估计也会拥有人形。寺人成功了，他不懈地坚持了一个月后，我的心扉终于向他敞开了。

当我告诉他我们可以试着谈谈恋爱的时候，他无比开心，他告诉我那是他这辈子最开心的事情。

当然，后来我才知道，这句话，他一定不只对十几个女孩说过。

和寺人的故事，我不忍心再说下去了。

因为他，我知道了原来恋爱可以如此甜蜜。

因为他，我知道了原来被一个人喜欢上，他会为你做任何事情。

因为他，我知道了原来相爱的时候真的恨不得每分每秒都在一起。

因为他，我知道了女孩是用来疼的。

因为他，我知道了男人也能细腻到无微不至，对你呵护周全。

因为他，我知道了男女之间不只有精神的爱，还有让人无法抗拒的身体依恋。

因为他，我决定跳槽去上海，决定离开那个工作了两年零四个月的地方。

因为他，我的人生发生了重大的转折。

08

入职500强

将来的你，一定会感谢现在拼命努力的你。

二〇〇四年的时候，我已经随着柳总辗转了好几个省，投过的标不下二十个。我不停地写投标书，不停地进行技术答辩，以至于我们公司制定的技术规范渐渐成为了行业规范，继而我的工作内容又变得更加繁杂，我们要和招标方沟通，我要帮他们写招标书。

论资历，我绝对是第一批接触招投标工作的先锋军。可能因为这个，我当时跳槽竟然无比顺利。

我在招聘网上建立了自己的简历档案，选好了目标职位，投了无数的简历，有大公司、小公司，有外企、私企、国企。没过两天，就有一个电话打来找我了。

“您好，请问您是诸葛一吗？”

“您好，我是。”我迅速想到这是一个招聘电话，于是快速进入警戒状态，想好好发挥一把。

“Ok! Here is xxx company, we…”

听到这里，我一下子蒙了，我说:“I'm sorry，can you speak Chinese？”

“您听不懂英文吗？”

“我听不太懂。”

“哦，那不好意思，您不适合这个职位。”

啪的一声，电话挂掉了。我还没来得及激动，沮丧和懊恼就铺天盖地地向我扑来。

这件事对我有两个打击，一个是我发现自己竟然连最基本的英语对话都不会了，另一个就是我接这个电话的时候，被娟子看到了。挂了电话，无意间瞄到娟子离去的身影时，我浑身一颤。

小丽姐说：“不知道那个面具会怎么和柳总说这件事。”

过错在一旁瞎掺和：“狗子，你要走啊？我们怎么都不知道啊？别走呀，在这里大家玩得多好。”

面对第一个打击，我选择了去网上发泄。因为要去上海，我混上了一个上海的BBS，那个BBS里的人对我来说都是全新的人。我写了个帖子，说自己如何如何地不堪，甚至连对方公司的名字都没听懂，电话就给挂掉了。

这招很管用，很多人跑来安慰我，帮我出主意，我甚至还收到一条信息，一个ID叫桔子的人告诉我，他英语不错，可以帮助我。

后来我加了桔子的MSN，他不但帮我翻译了简历，还给了我不少面试的英文资料。这件事算是暂时解决了。

面对第二个打击，我小心谨慎地度过了两天，柳总没有叫我去他办公室，卞会计也没找我麻烦。我悬着的心有点松懈下来。但是在下一周的公司会议上，柳总没有指名道姓地给我们提了个醒，大意就是，在公司就要好好干，不要想什么邪门歪道。

那一刻，我觉得说的就是我。

但是，我已经不关心了。因为那一周，我接到了云科公司的面试电话，是一个很清澈的男声：“您好，请问您是诸葛一吗？”

我一听到这样的开头，就想起了面试电话，迅速进入状态。

得到我的肯定答复后，那个男声继续说：“我们公司有一个职位可能适合您，您接触过哪些招投标的项目呢？能稍微讲一下吗？”

我噼里啪啦地说了两个比较有代表性的项目，还故意说了两三个技术关键词，以显示我的专业性。我说一段就听听他的反应，看他是不是一直保持着听的兴趣。最后，他很满意地对我说：“下周一您有空吗？如果可以，我们九点钟有一场面试。”

我犹豫了一下，下周一我要上班，如果要去，至少要请一天假。在这个关头，我不知道请假是不是行得通。他听出我在犹豫，说：“不管你最终有没有被录取，来回车费我们公司都会报销的。”

我再也没有理由拒绝了，赶紧说：“好，那么下周一见。对了，请问我该怎么称呼您？我下周是不是直接去找您？”

电话那头嘿嘿地笑了起来，他说：“我叫周一川，您叫我一川就好。”

一川，乖乖，怎么这么近乎啊？我那时根本没反应过来，直到后来去了才知道，这么称呼是公司固有的习惯，比如你叫张三丰，那么大家就会叫你三丰，不管你是头儿还是小兵。

我激动地把这个消息告诉了小丽姐，小丽姐也为我高兴，但也不免忧伤。那天晚上，我和小丽姐聊到天亮。我们从一开始两人心有芥蒂聊到后来在一起时嘻嘻哈哈，从手挽着手逛街买衣服，聊到我们俩在吃上面如何一南一北地不协调，最后又如何变得协调。我深深地记住了每一个细节。那一晚我和小丽姐聊着聊着都哽咽了，因为我们似乎已经预见到，在不久之后，我们将要离别。

那种惆怅和毕业时的惆怅如出一辙，让人如鲠在喉。

面试那天，天没亮我就起来赶火车了。等赶到的时候，一看表才八点半，离面试的时间还有半个小时。

那天是寺人陪我去的，他不放心我一个人去，请了假。他用鼓励的眼神看着我，给我加油，让我不要紧张。

第一次走进这么大的公司，我怎么可能不紧张。巨大的前台甚至比我原来的整个公司都要大，阳光从高高的落地玻璃幕墙折射进来，原本刺眼的光线照耀在这里是无限的温柔。

我在前台没等一会儿，一个个子不高、干净帅气的小伙子向我走来。他的胸卡上面写着“周一川”。

他微笑着对我说：“早上好，您是诸葛一吗？”

我点点头，有点不知所措地想，我到底是叫他周经理呢，还是叫他一川呢？犹豫了没有两秒钟，我伸出了右手：“您好，一川。我就是诸葛一，真抱歉，我早到了。”

他继续温柔地笑着说：“没关系，早来了正好先去做个测试。”

他把我领到前台右侧的一个走廊上，走了一段后，他打开一扇门，我抬头一看，满屋子的电脑整齐地排列着。我在心里默默地想，大公司就是不一样，一个屋子电脑就这么多，这得有一百多台吧？

一川给我开了机，简短地告诉我下面要做个测试，不用多想，只要选择就好，不要浪费太多时间思考，因为时间不多，题量很大。说完他就走了。

空荡荡的电脑房里只有我一个人。电脑开着，手机我也开着，竟然没有人监考，这公司太牛掰了吧？我连忙打了个电话给寺人，告诉他我要考试了，让他别等我了，我马上就关机。然后，我快速地点开了试卷，题目一个接一个地弹出来，全是关于智商、性格、喜好、气质之类的，数量多得根本来不及思考。我争分夺秒地做了四十五分钟，在最后倒数十秒的时候，终于全部填好了。

我如释重负地关了机，离开机房。

走到公司前台的时候，我发现多了不少面试的人，或坐或站，目测一下，至少有一百人。我跟前台的女孩说我测试做好了。她帮我通报了一下，我就被一个工作人员带去了一间小会议室。

没等多久，周一川就进来了。

他一进来就说：“我拿到你的测试结果了，根据结果，你还是比较适合我们这个职位的。”

我惊讶于他们的工作效率之高，满脸笑容，天真地以为自己过关了。

正当我傻乐着频频点头的时候，周一川接着说：“这一轮面试你通过了，下一轮面试我再选时间通知你。今天人来得比较多，所以工作比较多。”

我知趣地赶紧说:“好的好的，那我先走了。有消息了及时给我打电话，我好提前做准备。”

我们握了握手，这轮面试就算结束了。

我非常开心，因为至少这一轮面试通过了，这对我来说无疑是天大的好消息。

我走出公司，看到寺人蹲在不远处的花坛边。我急忙跑过去，开心地告诉他:“我过了！我一面过了！”

寺人也替我开心，他说:“真好，这是个好的开始。你终于迈出了第一步，我们马上就可以在一起生活啦！”

我至今都记得那天寺人开心的样子，他憧憬着未来，紧握着我的手，不愿意松开。

后来微雨真的把我当成了大姐姐，或者说她把我当成了她的爱情解药，她和豆腐花一遇到什么问题，她就会一股脑儿地向我倾诉。我当时就像个傻子一样，安抚她，宽慰她。只要她受了委屈，我就去劈头盖脸地数落豆腐花，然后他们俩又会好一段时间。

直到后来，大家都不再单纯，我才知道豆腐花犹豫的原因:他和微雨似断非断，是因为微雨家有权有势，在金鸡湖边上有好几套别墅，他放也不是，不放也不是。微雨在发现自己做了所有努力和奉献后，豆腐花依然对她爱答不理，若即若离，她去了美国读研，远离伤心之地。

其实，爱情爱到底，真的是满身伤痕。

毫无意外地，没过几天，周一川又给我打电话了。上一次我已经存下了他的号码，一看到来电，我迅速调整到面试状态。

他告诉我，考虑到我是外地的，再次请假也没那么方便，所以面试安排在这个周末进行。他告诉我这次面试我的不是他，而是人力资源总监和业务部总监。这无疑给了我不少压力。

如约到达云科公司后，我被带进了上次面试的小会议室。这次会议室的桌子上多了一个八爪鱼，我第一次看到那种东西，正纳闷着这是不是监控或者录音器的时候，一川带着一个同事进来了。

我连忙起身，跟他们打了招呼，并且为占用了他们的休息时间道歉，他们客气地说没关系。跟着一川进来的就是人力资源总监。

一川介绍完后，人力资源总监问了我几个问题，包括为什么想跳槽，对云科公司有哪些了解。我早就做了充足的准备，一一回答了他。

人力资源总监又问我：“我们现在的职位在福州，你对工作地点有要求吗？”

我脑子里一闪，心想，幸亏我刚才没说跳槽是因为恋爱啊。

能进这样的大公司，已经是相当难得的了，我哪里还会拒绝。我连忙说我还年轻，去哪里工作不是问题，问题是在什么样的公司里干什么样的工作。

总监对我的答复非常满意，他示意了一下一川，就走出了门。

一川笑着对我说：“你刚才的表现真好，不枉费我的一番推荐啊。”

我满怀感激，激动得几乎眼泛泪花，我满心欢喜地以为自己离成功不远了。

一川话锋一转：“刚才面试你的是人力资源总监，为了节约时间，我们这次把业务总监也拉上了，一会儿他要跟你聊聊，你尽量说一些业务上的事。”

一川开始摆弄八爪鱼，那一刻我才知道，原来这玩意儿是电话。可它又不单单是电话，它是一个庞大的电话会议系统中的某一个小终端。当时，就是这个八爪鱼让我狠下决心，无论如何都要努力留下来。我一定要投入云科公司的怀抱，一定要!

电话终于接通了，那边传来一个高亢的声音：“一川，我上来了，可以开始了吗？”

一川把八爪鱼的一个小触角给了我，他一边示意我跟他学，一边对小圆盘说：“刘封，我能听到你的声音，我们开始吧。我旁边就是面试标案专员的诸葛一，你有什么问题现在可以提，她在线上。”

一川对我说：“这是福建片区的商用总监，如果你进来了，就在他的部门工作。”

我点点头。

我学着一川的样子对着八爪鱼说话，担心对方听不到，我还俯下身去：“您好，我是诸葛一，我能听到您的声音。”

刘封是个急性子，我估摸着他的性子比我急十倍：“那好，长话短说，你以前接触过招投标吗？”

这个问题绝对是问对人了，我噼里啪啦地说着自己的经验，不时稍作语气停顿，一边观察一川的反应，一边听着那头的刘封频频地“嗯嗯”。

“如果你来做标案专员，你有什么打算？”

刘封这个问题特别大。首先，我们不算是同一个行业，各个行业的特性不一样，导致工作内容也不一样；其次，我虽然看过职位简介，但是我能明显感觉到，这个公司对这个职位的定位并不十分明确。抓住这两点，我迅速地在脑子里面列出了提纲，我回答道：“首先，我肯定会按照标案的工作职责来完成领导交代的任务；其次，根据我这些年招投标的经验，天天窝在家里是肯定搞不好工作的，这个工作必须紧跟一线销售，实时掌握市场和竞争态势。”

我刚说到这里，刘封非常激动，他大喊一声：“你等等啊，老新老新，你别走，赶紧进来。我这儿有个面试，你过来帮我参考一下。”

后来我才知道，老新是分公司的总经理，而且一川告诉我，就是刘封的这个举动，让我成为了云科公司那一年唯一一个二面后就接到offer[①]的人。

八爪鱼的音质不算清晰，我听到刘封故意压低了声音：“老新，这个有戏，你过来给我参谋参谋。”

---

① 录用通知。

这时候，一川说话了："老新，你好，我们正在针对标案专员做二面，现在主要是在业务上做一些了解。"

八爪鱼里面传来了一个干净利落的声音。从这一刻开始，八爪鱼变得不再嘈杂，似乎为了老新，八爪鱼给足了百分之百的信道[①]："一川啊，我就是顺路，主要还是你们聊，我在旁边听听就好。"

一川在旁边低声对我解释说："这是分公司的总经理，老新。"然后他对着八爪鱼说："刘封，还是交给你吧。"

刘封的兴奋劲儿似乎还没有过去，他高亢的声音再次响起："那么，你对销售市场有什么看法？"这个问题又是一个巨大的坑，那一刻，我看到一川皱了皱眉头。

我快速思考了几秒钟，胸有成竹地说："不同的行业、不同的产品所面对的市场也是截然不同的。比如我现在所在的公司做的这个系统，它是一个专业性很强、技术性也很强的产品，那么技术就是核心了。如果能够把我们公司的产品标准变成行业标准，做好这样的营销公关工作，那么对竞争者来说无疑会成为巨大的威胁……"

那一刻，我只知道，对于如此复杂的问题，我只能往自己所知的行业和产品上引。除此之外，别无他法。

刘封接着问："你现在所处的行业和我们公司有很大的差别，这个你怎么协调？"

我想了想，回答道："首先，在我目前的工作中，我每天都会面对计算机，而且我是学电子信息的，计算机课程是我们的专业课，我觉得凭借我的专业知识，要学习新的产品知识不难。其次，不同的行业有不同的操作模式，我觉得像云科公司这么大的企业，前期肯定会有一些业务上的培训，我完全相信我能够在这些专业培训中快速成长为一名合格的员工。"

说到这里，我停顿了一下，心里琢磨着有没有必要再画蛇添足一下，

① 信道：通信的通道，是信号传输的媒介。

这时候一旁一直没有吭声的老新发话了：“你好，我是老新，我有个问题，你一个小姑娘，千里迢迢来到福建，你家人同不同意啊？”

老新一问，我就愣住了。之前我和爸妈说我要跳槽，但是我根本没来得及告诉他们工作地点是在福建。我只能硬着头皮说：“其实，这个职位在福建，我也是今天才知道的，所以还没来得及和家人沟通。”

我稍作停顿，然后继续说：“但是，一方面我已经独立在B城工作了两年多，离家已经不是困难的事了，另一方面父母都有自己的工作，所以也没有太多的顾虑……”

那一刻我一心想要这个职位，诚恳至极。

老新听了我的回答，说：“我没什么问题了。刘封，你还有什么问题？”

刘封一听，连忙用他那高八度的声音说：“我也没有了。”

这时候一川说话了：“那好，今天就这样结束吧，再见。”

“再见。”

我附和着说“再见”。我的这一句“再见”，在一个月后就真的变成了“再见”。

一川对我说：“老板们都面试完了，我还有一些人事上的问题要和你沟通一下。”那一刻，我的心情还处于很大的起伏中，好似一场战役过后余生的小兵，等待着最后的考验。我点点头说：“好！”

一川微笑着，似乎带着关心，用他那清脆的嗓音问：“如果最终通过了，你对薪水有什么要求？”

这个问题我想过很多次，含蓄的回答和正面的回答都有考虑。我想我毕竟很在乎这个工作，我一定要争取，所以我可以放低姿态：“薪水的问题是很重要，我相信针对这个职位公司肯定有明确的规定，我愿意服从公司的安排。”

“那么，你的期望薪资是多少呢？”他似乎更加关切地问我了。

我犹豫了一下，说：“我是大专生，工作到现在工资最多的一次是两千。如果让我自己选，我觉得能上涨百分之三十就不错了。”

“好的，那就差不多三千。我再和你说一下这个职位的一些人事细节……”

其实，我那时候的工资哪有两千，我拿得最多的时候也才一千二，三千块对我来说，无疑是天上掉了个大馅饼。我当时就想，三千啊，那是多么多么多的一笔钱啊!

可是，我实在是一只井底之蛙。一川关切的眼神，其实是在暗示我可以说得高一点，当然，这都是进公司后我才知道的。一川说，一般公司面试，如果面试者说了自己的心理价位，那么就算这个职位的薪资水平高于他的预期，公司也会按照面试者的心理价位来给他定薪酬。

这件事我牢牢地记在了心里，因为，终有一天，我会用到的。

我回到吉公司工作，在收到最后的offer之前，我不能浮躁。

没过几天，一川就给我打电话了。他有点激动地说：“恭喜你，葛一。”一川叫我葛一，好亲切啊!

他接着说：“你已经通过了所有的面试，我现在打电话通知你，稍后会把正式的offer发给你，你可以做最后的决定。”

我赶紧说：“谢谢，谢谢。我一定会去的。”

挂了这个期待已久的电话，我的内心产生了一种前所未有的希望，一种对新生活的希望，一种想脱胎换骨的希望。

第一个电话我是打给寺人的，因为所有美好的新生活都基于他。然后我打给了爸妈，爸妈那天心情特别好。爸妈说，他们从来没有这么自豪过，自己的女儿竟然能够去一个在中央台做过广告的公司上班。那可是大公司，那个面子，可大了!

我为爸妈的开心而开心，那段时间，他们的兴奋点一直停留在我的新工作上面，以至于我还没有正式报到，七邻八舍就都知道我去了一个大公司，所有人都为我们高兴。

我开始着手整理手头的工作。我一直在想，就算柳总在发福利的时候那么吝啬，就算这个公司再不好再不堪，我至少收获了一帮交心的铁哥们儿铁姐们儿，至少我的业务能力得到了很大的提高，至少在工作的第二年，我还帮助我们系在公司争取了六个实习生的位置，公司带给我的利益，远远多于带给我的坏处。

无论如何，我都应该感谢柳总，不是他，我也走不到今天。但是，那个公司，我最想感谢的，还是朱帅。没有他招我进来，就没有后来的我。

离别总是伤感的。在B城的最后一晚，我叫上同事在公司旁边的一个小餐馆大吃了一顿。

平时吃饭，大家都嘻嘻哈哈的，那天大家坐下后却出奇地安静，没有人愿意提"离开"这样的字眼。小丽姐实在憋不住了："狗子，你走了别把我们这些人忘了。"

高蛋一听，不改损我的一贯作风："我说啊，狗子这一去绝对是讨了新欢忘了旧爱啊，我可不指望这厮还有点良心。"

过错第一次一本正经地说："不过狗子，大公司不比我们这些小企业，人际关系复杂，你去了以后要注意好好保护自己，不要被别人欺负了。"

朱帅跟着说："如果遇到什么困难，尽管和我说，多少会有我们帮得上忙的地方。"

阿诗平时是个话不多的男生，他点点头说："是的是的，有什么需要我们帮忙的，尽管开口。"

尚飞一直一声不吭，现在终于发话了："这周是狗子要走，下周是我……"

岭子打断了尚飞的伤感，不无懊恼地说："你们这些人都说了，我说啥啊？"

就在我恨不得抱着大伙埋头痛哭的时候，岭子这句话让我扑哧一笑。

我酸楚地笑着说："大家别伤感了，我这次去福州是为了建根据地的，以后你们要是来旅游，至少可以省个导游和住宿费。"

那顿饭吃完了，大家都不想散去，有人提议去唱K，于是一伙人折去了钱柜。

一帮即将送别友人的男人女人K歌，可以想象K歌房里是如何地声嘶力竭，如何地伤感哀怨。尚飞点了一首臧天朔的《朋友》。那带着忧愁又无限豪放的歌声响起，我哽咽了，大家的眼中泛着泪花，所有人都跟着尚飞唱：“朋友啊朋友，你可曾记起了我。如果你有新的彼岸，请你离开我，离开我！”

那天B城的夜空无比清澈，我抬头仰望星空，点点的繁星散落天际，如此遥远又如此熟悉。我不无憧憬地想，明天的这个时候，我会在怎样的一片土地上仰望同一片繁星？

第二天，爸妈开车来B城，帮我把整理好的大大小小的行李带回家。堆在房里没觉得行李多，往车里一放，竟然塞满了一辆小面包。看着那么多的东西，我终于知道为什么每月都会入不敷出，甚至偶尔还要靠老妈的工资卡度日了。我心想，以后赚钱了，我一定不能乱花，一定要存下来，留给爸妈。

临行前，我妈给我打了一个电话，说是我家隔壁的隔壁的后面刘奶奶的三儿子，他在福州的一个部队里面，是个小官，他已经找人帮我联系好了住的地方。

听到这里，我泪花就泛出来了，我说：“妈，等我安定下来，你就过来玩。”我妈哽咽了。我知道，爸妈是舍不得我离家这么远的。毕竟，谁也不知道这次离别会有多久，他们也不知道福州有多远。在他们看来，我去的那个地方，远到要坐飞机坐火车，远到千山万水，远到不能触及。

我默默地祈祷：希望我的远行能让爸妈再次和睦相处。希望他们永不吵架，希望他们永远快乐。

带着那份offer和一箱简单的行李，我踏上了去往上海的火车，到云科公司报到。这是我第三次走进云科公司，在踏进大门的那一瞬间，我突然鼻头一酸，我终于成为了这里的一员！我终于也变成500强企业的员工了。那一刻，我的内心无比自豪。

一川依旧亲切地笑着把我带进一间小小的接待室，他一边递给我一大份资料一边说：“这是公司和你的正式合同，你可以先看一下，决定了再签字。”

我接过那一沓纸，毫不犹豫地写下了自己的名字。

一川看我连看都没看一眼就立马签了字，笑了笑，意味深长地对我说：“葛一，你是我招聘这么多年，最成功的一个，你知道吗？”

“啊？”我一脸的错愕不解。

他耐心地说：“你这个职位，全国有一千多人应聘，其中百分之四十的人是本科生，百分之六十的人是硕士，没想到最后是你成功了。”

我一听，连忙说：“一川，我这次真的要谢谢你，谢谢你对我的理解和帮助。”

一川连连摇头：“你要谢的不应该是我，而是你自己。还要谢谢老新，最终决定录用你还是老新的意思。”

我一听，脑海里面立马浮现出一个德高望重的身影。是的，要谢谢老新，要谢谢刘封。但是，我最需要感谢的还是眼前的一川。那一刻我几乎热泪盈眶。

一川看我有点激动，友好地拍拍我的肩，继续说：“你这次过去，公司报销机票，并且在你找到住处之前，公司可以为你安排酒店。这是地址，这是联系人，下周一正式报到，你可以再准备准备……”详细地告诉我所有的细节后，一川说：“去了那边，如果有什么困难，你可以联系我。”

那一刻，所有华丽的感激之词都堵塞在嗓子里，我只是压抑着激动说：“谢谢你，一川。”

“一路顺风，保重。”一川像老友一样向我道别。

走出云科大厦那一刻，我回头看了看大楼上的公司标志。我想，这个标志将深深地刻在我的心中，与我融为一体。

出发那天，在虹桥机场，寺人陪着我一直走到了闸口，他再也不能陪我走了，我假装轻松地说：“你放心吧，我会照顾好自己的，你也保重。有时间一定要来看我。”

之前寺人一直在为我打气，而在那一刻，他却变得很伤感。我打算跳槽，是他让我一定要勇敢前行，是他让我一定要无所顾忌。而现在，在机场的闸口前，在人潮中，我看到了寺人滚烫的泪水。

我再也抑制不住内心的悲伤，痛哭着抱紧了寺人，他也紧紧地抱着我。那一刻，我们顾不了太多，任凭周围的人投来异样或不解的目光。

可是，时间就是这样，等你想去好好珍惜的时候，它却早已流失殆尽。我抹着眼泪，在最后一声催机中，艰难地和寺人分别了。从那一刻开始，我的内心没有了欢喜，没有了自豪，没有了憧憬。我变得忧伤、寡言……

在狭小的机舱里，我不停地思考，想着我的失去，想着我的朋友、我的亲人、我的爱人……我紧皱着眉头，鼻子充血，眼睛生疼。

邻座的老帅哥以为我是第一次坐飞机不舒服，不停地向我投来关切的目光。我不好意思地憋着内伤向他点头微笑，示意自己没事。老帅哥看出我很难过，他宽慰我说：“离别总是伤感的，等你再长大一点，你就能承受了。”

我惊异地看着他，带着埋怨说：“我已经是成年人了，难道我长得特别像小孩？”

老帅哥不置可否地笑笑，然后问我要去什么地方，去干什么。我当然不会傻傻地跟他说实话，于是忽悠他我是来出差的。他问我是哪个公司的，我就说了原来的公司，他当然不知道。他问我是做什么的，我故意说了一大堆专业术语，他听得云里雾里，然后悻悻地说：“高科技啊，有前途。”

于是，我们不再多话。

难熬的两个小时终于过去了，飞机降落在长乐机场。在出舱门的那一刻，一股热浪袭来。当时是四月，我还穿着毛衣和外套。我看过福州的天气预报，没想到和实际情况的差距如此之大。

从机场到市区还有一个小时的路程，我登上机场大巴，选了个靠窗的位置。我要好好看看这个地方，这个我一无所知的地方。

汽车并没有在高速路上开，而是走的不算太宽的两车道，一路上都是大大小小、或远或近的山。我是喜欢山的人，这可能也是我最终愿意待在这个地方的原因。我曾经想过，我一定要在一个有山有水的地方快乐地生活，永远永远。

快进市区的时候，我看到了高楼大厦，看到了宽宽的大马路，看到了稀疏的行人。明亮的阳光照在高楼的玻璃上，然后反射到马路上，到处都是白花花的一片，非常刺眼。

公司在环球广场，不一会儿就到了。

那个地段算是福州的CBD[①]了，二〇〇四年的时候那里的房价才三千一平，现在三万，真是今非昔比。

我进了环球广场，直接按了电梯，十九层。一出电梯就看到硕大的公司Logo，前台坐着一个美女，听说我是来报到的，把我带到了里面的会议室坐着，然后去叫领导了。

一个中年男人挺着肚子进来，在他声音响起的那一瞬间，我知道他就是刘封。那声音一如既往地高亢，一如既往地充满激情："你好，葛一。我是刘封，之前通过电话的。"

我笑着说："您好，一川让我周一报到。"

"哎呀，这个一川，你别急着报到，先去找个酒店落脚吧。这几天你还要找住所，工作上的事情慢慢来吧。你如果地方不熟，住的地方可以让

---

① CBD，中央商务区。

韦明帮你弄，再不行，就让韦明帮你找中介去。”

我不知道韦明是谁，正想问，刘封的电话响了，他急急地和我说：“哟，我有事要先出去一下，我去把韦明叫来，你等等啊。”说完他就出去了。

刘封开门的时候，我听到会议室外面叽叽喳喳的女声：“你们部门来了个美女哎！”“真的啊？”“骗你干吗？”

我苦笑着想，我这种还算美女啊？我要是美女，天下就没有丑女了。

正纳闷的时候，一个个子很矮、胖墩墩的、有点地中海发型的男人进来了，这个人就是刘封刚刚提到的韦明。

韦明给我大致讲了讲办事处的情况，和其他部门的同事打过招呼后，就带着我去了商用部。那排座位都空着，只有一个女生在。韦明介绍说她是秀芳，部门助理。

秀芳很淑女，她说话的时候语速不紧不慢的，而且有点刻意压着嘴唇。秀芳见到我说：“你好，葛一，你终于来了。这个位置招了都快四个月了，老板们都急死了，现在好了，我的救星来了。”我不解，听她继续说：“现在工作全压给我一个人做，我都快爆炸了。我现在工作一团糟，都不知道你那块怎么整理，太复杂啦。这样吧，我先教你商机系统吧。”

我一听，把行李往边上一扔，跟着秀芳开始学了。

原来商机系统是公司刚刚建立的一个系统，秀芳就是被这个系统搞得焦头烂额的。新建的系统，各方面都还很不成熟，大家都和瞎猫一样，这也不懂那也不懂。

这对我来说不是难事，因为我之前的工作就包括这些内容，虽然一个是大系统，一个是小系统，但是原理相通。就在我和秀芳认真地鼓捣着商机系统的时候，一个滑溜溜的声音在耳旁响起：“哟！我们部门来美女啦？”

我和秀芳抬起头来，秀芳讥笑着说：“我说建江啊，你这老不正经的，人家美女来了没两天估计就要被你吓跑了。”

我礼貌地跟他点点头，说："我叫诸葛一，是新来的标案。"

"哟！上海过来的啊？"

"是啊，上午的飞机，刚到。"我听出了建江的宁波腔，朝他笑了笑。

"噢噢，我都忘了介绍自己了，我叫建江，是负责教育的销售，你们忙，你们忙。"建江转身要走，突然一本正经地对秀芳说："我说秀芳啊，你也太不够意思了吧？人家小妹妹刚过来，你就拉着人家卖命啊。"

秀芳扑哧一笑："好好好！你们这些男人啊，一天到晚就知道怜香惜玉，都没人管我们这些老弱病残啊。"

我站在一旁，说也不是，不说也不是，很是尴尬。

正在这时候，我的电话响了，一看，是一个陌生号码。我接了电话，里面传来一股浓重的福州腔："你好，我叫阿辉，肖剑是我连长。他让我帮你找房子的，你现在在哪里啊？"

我一听立马说："对对对，我现在在环球广场。"

"那好，你就在那里等我，我马上过来带你去住的地方。"

我连忙说"好"，秀芳一听觉得不好意思，就让我先去看房子了。

我匆匆跑到楼下，看见一个黑黑的高高瘦瘦的小平头，知道他就是阿辉了，因为一般当兵的都黑得要命。我连忙对他挥了挥手，他疾步走了过来。阿辉长着一张标准的福建人的脸，高高的颧骨，瘦瘦的身材，眼睛很小，鼻子很大，还微微地有些龅牙，定睛一看，脖子上戴着根很粗很粗的金项链。他看了看我，笑了笑，熟练地伸过手来要拿我的行李。我连忙说不用，可是哪里抢得过他。

他说："我先带你去住处吧。"

我点点头，跟着他走了。我们上了一辆出租车，车子几乎拐了个弯就到了目的地。那是华林路上的一个温泉公寓。在我看来，这是个高档的住宅区，有门卫亭，有汽车进出刷卡器。而且这里和一般的小区不一样，这个小区的楼距拉得很开，前后楼完全不遮光。红色的建筑看起来竟然那么像我的大学，我不由得对这个地方产生了好感。

一进小区，阿辉就开始向我介绍：“这里有摄像头，大门二十四小时开着，保安是二十四小时值班的，后面的小门只开十八个小时，晚上十点以后就不要走小门了。围墙和拐角都安装了摄像头，所以安全问题你可以放心。”

听着他噼里啪啦一边指点一边讲，我心想，乖乖，戒备这么森严，福州的治安这么差啊？“对了，肖剑叔叔是你连长啊？我还是小时候见过他，他出去当兵后就没见过了。”

“肖剑是我的老连长，我已经退伍了。”阿辉笑了笑。怪不得他戴着那根粗链子。阿辉接着说：“老连长对我有恩，你又是老连长的家里人，我一定会帮你的。你放心吧，这里很安全。”

我感激地点点头，阿辉带我上了三楼。那个房间好大啊！四室一厅一厨两卫，锅碗瓢盆、桌椅柜床都有，东西很新很全很干净。我连忙说：“这房子好大啊，我估计租不起吧？”

阿辉笑了笑：“等你有钱了再说吧。反正我们家也不住这里了，你随便选个房间住吧。”

“那可不行！”我连忙摇头，“你不收房钱，我肯定不住的。”

“你别和我谈钱，谈钱伤感情。”阿辉坚决不肯。最后被我逼急了，他说：“你就给六百吧，就当帮我交个物业费。”

我一听，傻了，这么大的房子才六百？他是不是傻了啊？我说：“好吧，那就先六百吧。等我拿钱了，再涨房租，好吧？”

但是，阿辉死都不肯，甚至我要给他押金，他都不要。我只能作罢。

看我安顿下来了，阿辉不好意思地说：“不好意思啊，我晚上约了人，不然我肯定带你去吃饭。马路对面有个永辉超市，你可以去那里买点吃的用的。”说完阿辉就走了。

世界突然变得安静了，远处的车水马龙声也依稀渐远，我打开行李，打算先稍微收拾一下。

拉杆箱的拉链一打开，一张纸条就掉了出来。我拿起来一看，鼻子立刻酸了，是寺人写的。

丫头：

你打开箱子的这一刻，应该已经找到住的地方了吧？出门在外，不比家里，要时刻注意安全，记得晚上把门反锁哦！

永远爱你的　寺人

看到这里，我一天的伪装终于瓦解了。我蹲在地上埋着头，呜呜地大哭起来。那一刻，我好孤独，偌大的房子，偌大的福州，我没有一个认识的人，只有手中那张纸条陪着我。我突然觉得自己不该来这里，折磨自己，折磨爱人。

外面的天早已漆黑，我没有一丝饥饿感，根本不想出去吃饭。我拨通了寺人的电话："喂，寺人，我找到住的地方了，我看到你的纸条啦！"

"丫头，我现在在外面有事，你要记得吃晚饭啊，我晚上再和你说。"寺人匆匆挂了电话。

我又打电话给爸妈："爸妈，我到了，住的地方找好了。"

爸妈絮絮叨叨地说了好多话，他们在电话那头抢着要和我说话，我终于笑了。黑暗中，我穿着鞋窝在床头，不想开灯。

我又打电话给小丽姐："小丽姐，我到了，住的地方找好了。"

小丽姐也说了好多话，让我注意安全，一个人要好好照顾自己。

挂了电话，我又开始翻电话簿。我就这样一个电话接一个电话地打，打给所有的朋友、同学。我一个个地告诉他们我来福州了，我马上要换号了，等等等等。我不能让自己的周围一片寂静，我害怕寂静，害怕一个人。

我打着打着，电话竟然打不出去了。天哪，电话欠费了！再一看时间，十一点半，马上就是深夜了。

这可怎么办？寺人还说要给我打电话的啊！我得赶紧出去买电话卡。正在我抓狂的时候，我的电话响了，一看，是寺人。

我连忙接了，还没等我说话，电话那头就急急地说："丫头，我一直打你电话都打不通，你没事吧？"

我连忙解释："不好意思啊，我一个人太无聊了，就找小丽姐聊天，结果打到话费都没了。你怎么打通的啊？我不是停机了吗？"

"你真是个笨丫头啊！我一看你停机，飞也似的去给你充钱了。你没事就好，吓死我了。"

那时候寺人是真心对我好。我冷了，他就让我把手放在他肥肥的肚子上；我饿了，他深更半夜也要起来给我做饭吃；我懒了，他就让我睡一天一夜，等我醒来的时候把热腾腾的饭菜端给我，让我在床上吃；我病了没力气了，他不顾别人的眼光抱着我去医院……

他是那个一直喊我乖乖和傻丫头的男人，他是这辈子对我最好的男人。

他也是这辈子最对不起我的男人。

第二天，我一早就去了单位，认识新同事，接手新工作。工作的第一天紧张而忙碌。中午下班的时候，韦明叫大家一起去楼下的湘菜馆。

大家一下子高兴起来。"今天沾谁的光啦？去湘菜馆啊！"不知道谁说了一句。

又不知道是谁回了一句："你小子昨天没来吧？来了个小美女啊！"

我有点羞涩地和秀芳一前一后走向门边，如果在以前，我肯定会上去忽悠两句，但是不知道为什么，那时候我只会害羞，只会默不作声地微笑。

直到后来我才醒悟过来，来福州的前半年，我整个人的性格都变了，或者换句话说，我整个人的性格都扭曲了。我再也不是那个终日嘻嘻哈哈、插科打诨的假小子了，我变成了一个少言寡语，把什么都憋在心里，一个人的时候会抓狂、会傻哭的忧郁女。那段时间，我非常非常地忧郁，我没有觉得新工作改写了我的人生，没有觉得新工作给了我机遇和改变。

我甚至深深地认为，这份新工作毁了我的一切，毁了我美好的一切。

后来我才明白，这所有的阵痛、所有的懊悔，都是为了等待自我重生的那一刻。

中午是正式的迎新饭，等大家都陆续落座后，韦明帮我介绍了一圈。刚介绍完，韦明的电话响了，他接了起来：“老新，我们要开始了，你来不来啊？”原来电话那头是老新，那个德高望重、声线清晰、干净利落的老新。

韦明说：“老新马上就到，我们先点菜啊。”

办事处不很大，人也不算多，大家一起吃饭一桌正好。

不一会儿，老新来了。看到老新的那一刻，我傻了。老新看起来三十多岁的样子，眼神坚定，双眼炯炯有神，头发干净利落，眉毛是温柔的周总理眉，完完全全是个大帅哥啊！哪里老啊？为什么叫老新啊？

大家都叫他：“老新，赶紧的，来晚了就没得吃了。”

老新笑着走到桌边，扫视了一圈，目光落在我身上，他一边拉开椅子一边说：“你就是葛一吧？怎么样，我们这里氛围还不错吧？”

我忙要起身，秀芳拉了我一把，我又坐下了：“是的是的，今天第一天工作，已经感受到同事们的热情了。”

“习惯就好，工作氛围最重要，一定要开心工作。”老新笑呵呵地说。

正说着，菜上来了，大家狼吞虎咽，谁也不谦让谁。我端着饭碗，一边吃一边想，这里真好，虽说是大公司，但是大家的距离很近，他们应该会变成我的好朋友吧？

来福州没多久，刘封就通知我去北京出差，做新员工入职培训。得知这个消息的时候，一旁的秀芳满脸羡慕，她幽幽地说：“你真幸福，我们就没这种机会了。”

我迷惑不解，一问才知道，原来秀芳和另外几个女生都是非编人员，就是非正式编制人员，非编人员很少有系统培训，而且福利待遇也差很多。我突然觉得这很不公平，他们干的活不比正编人员少，工作也很努力，为什么会被区别对待？

后来，我专门为秀芳的事情问过韦明，他说这是体制问题，非编人员也有可能转为正编人员，但是需要机遇。

参加过入职培训的人会告诉你，入职培训才是真正踏进公司的第一步，而且绝对会让你今后的事业甚至人生受益匪浅；没有参加过入职培训的人会告诉你，入职培训就是洗脑。

进行入职培训前，要去上地参观本部，当时心里怀着各种憧憬。等真正培训了，大家被拉去了协和医院旁边的一个招待所，那个医院就是后来那英和土非生孩子的地方，可那时候哪里知道那么多。我们大概六十个人，全部住在里面，从早上八点练操开始，到晚上九点讨论结束，那个星期天天如此，精神高度集中，学习内容非常多，真的不是一般的培训。

我还记得第一堂课破冰，老师让我们尽量详细地介绍自己。我至今记得我当时说了句豪言壮语："我的理想就是未来两年内在上海买套房子！"

现在想来，这个理想多么可笑。当时我一心想着干两年就回上海和寺人结婚，当然结婚就要努力赚钱买房。可是谁知道，就是因为这一周封闭式的培训，我和寺人的距离越来越远。

寺人喜欢让我汇报每天的行程，和谁在一起。培训要求手机全程关机，晚上九点半以后才开机，而且每天都有作业要大家一起演练，第二天课堂上要演示，所以几乎每天都折腾到十二点以后才睡觉。我每天都和寺人通话，但都是只讲短短几分钟我就睡着了。从那时开始，寺人就对我不满意了，我们的分歧越来越多。

09

有一种爱叫痛彻心扉

一场华丽的邂逅，一段静默的收场。你我原本生长在不同的世界中。你往东。我往西。从此，擦肩过客。

培训的内容很广，专业培训很少，更多的是针对团队合作的，还有一些管理、沟通之类的课程。第一天课程结束后，我和玉迅速变成了亲密战友，我们住一间屋，用少得可怜的睡觉时间侃天侃地侃男生。

第二天我就发现一个男生经常注视我。当我们眼神接触的那一刻，他对我微微一笑，是个帅哥！细皮嫩肉浓眉大眼的，但是我实在想不起来他的名字了，六十人太多了，我只能先记住我们组的成员。于是我和玉聊他，玉一听，乐了，原来他叫方云过，和玉是老乡，也是上海人。玉这么一说，我明白了一点，我想可能是我说要在上海买房吸引他注意了吧。

我和玉经常聊男生，包括方云过，包括军。军戴着眼镜，头发有点自来卷，是个超级开朗的哥们儿。后来了解到，原来方云过是交大毕业的，怪不得那么文艺范儿，而且他上的是少年大学，大学读了两年就去美国做交换生了。那对我来说绝对是神话啊！我立马对方云过崇拜得一塌糊涂。军一听他说话就知道是北京人，而且是北京土著，胡同里长大的。军特能侃，特能逗女生开心。于是我们四人迅速地组成了四人小组，一起吃饭，一起上早操，一起讨论作业。

那时候我很花痴，我感觉到方云过和军对我的感觉不同，比不上恋人，但是绝对高于朋友。S.H.E不是唱过一首歌叫《恋人未满》吗？用来形容我们这种关系，再恰当不过了。

但是那时候我有寺人了，我只能装傻。

最后一天是晚会，大家都要准备节目。我们提前好几天就开始为晚会忙活，大家都特别兴奋，特别投入，有唱歌的，有跳舞的，有演小品的，有说相声的。我和军对唱了一首歌，后来大家起哄，又要我唱，我又清唱了一首刚学的闽南小调《甘愿》。唱着唱着就想到了寺人，我眼泛泪花。

是甘愿，所以能美满
不甘愿，才会说伤感
我爱你，心就特别软
……

我是唱给远在上海的寺人听的，结果唱到了别人心里。晚会以后，方云过对我莫名其妙地关心，他问我是不是有什么心事，我笑着摇了摇头。

第二天就是分离，那次分离是我经历的第一个没有悲伤的分离，我们各自都带着满满的信心，满怀豪情地奔赴自己的岗位去发热发光。从某种角度来说，这无疑是一次成功的洗脑，只是这是一次积极向上的洗脑。

我带着满腔热情回到了福州，没有休息就投入到工作中，激情无限。

那天晚上，我拉着出差的行李回到住处，一看头发长得不成样子了，时间也还早，就跑去了楼下的理发店。

洗完头，一个年轻的小伙子过来帮我剪，我还沉浸在入职培训的激情中，和理发的小伙子侃天侃地的。剪刘海儿的时候，小伙子站在我前方，他抬着胳膊，衬衣袖子滑落下来，我看到他手臂上一排排的针眼，一个个烂得起脓的溃疡。

我立马怔住了，僵在那里。这小子是吸毒的还是有艾滋病啊？

我一声不吭地想着应该怎么办。突然灵机一动，我暗地里拨了一个电话给寺人，过了会儿挂掉了。我猜寺人一定会打过来的。

结果左等右等都没有来电，我管不了那么多了。我起身给了钱，打算走。小伙子忙说："你刘海儿还没剪好啊，你还没吹头啊！"

我说：“我有急事，先走了，以后再来吧。”

我逃命似的跑回了住的地方。

我用水拼命洗我的脸，洗我的耳朵，洗头发，洗了好几遍。洗完了，我的脑子里还是那些恐怖的针眼和溃疡。我这才拿起电话，一看，原来刚才寺人没有接我电话，更别提给我回了。我一看八点了，估计他在回家的路上吧。

我心惊胆战地想给爸妈打电话，一想不行，说了他们要担心死了，于是我打给小丽姐，噼里啪啦地说了刚才的遭遇。小丽姐宽慰我，还和我聊同事的事，尚飞后来真走了，没一个月阿诗也走了。自从我走后，公司的气氛变得很压抑，大家都想着我回去。

我没憋住，突然就哭了。入职培训的激情早就烟消云散，那一刻，我的内心又充满了悲伤。小丽姐也哭了，她是个很彪悍的女人，从来不哭的。那一天，小丽姐说听到我哭，她好难过。

令人难过的不只如此。那天晚上，寺人一直没有回我电话。

我守着电话，一直等，直到睡着，直到天明，没有来电。我沮丧得一塌糊涂，但是我不想再打电话给他。我总觉得如果他不理我了，我去撩拨他，只会徒增他对我的厌恶。我给他发了条短信：“一直联系不到你，没事吧？”

然后，就是无穷无尽的杳无音信。

我想起了许多许多。自从我来福州后，寺人说好来看我的，可是好几次，他要么是去晚了，根本买不到火车票，要么就是突然说要加班，没法来，票都买了只能去退。

我的希望一次次落空。寺人和我打电话发短信的频率也随着时间的推移逐渐变低。而且，慢慢地我们没有了共同语言。我们遇到的人不同，所在的地方不同，做的事情不同，相同的就是吃饭、睡觉，于是我们聊吃饭，聊睡觉，除此之外就是渐渐变淡的思念之情。

第二天我都没有接到寺人的电话，我开始往坏处想，是不是出车祸了？是不是生病了？是不是遇到什么大事了？没道理啊，没道理两天没消息啊！

这么一想，我再也不顾忌什么了，赶紧给他打电话。打了好久，一直没有人接，我执着地不挂，终于，电话接通了。

我赶忙问：“寺人，你怎么了？怎么消失两天了？吓死我了！没事吧？”

寺人压低声音说：“没事，我在开会，一会儿聊。”

我一听，开会啊，那挂了吧。

那天我几乎没心思干活，一直等寺人的电话。快下班了，他还没给我打。我心里很急，但是又不愿意给他打电话，毕竟他说好给我打的。

晚上十点多，我再也熬不住了，拨通了他的电话。这次他接得很快，而且让人惊讶的是，他根本就忘记了给我回电话这件事，他匆匆地说：“我妈来了，我现在不方便和你说话，以后再说。”还没等我说话，他就把电话挂了。

我坐在床上，呆呆地拿着电话——他妈来了！他妈来了！

寺人爸妈都是上海知青，去柳州下乡的。我见过他的父亲，但是没有见过他的母亲，只是寺人和我说过，他母亲看过我的照片，她说我是一个可爱漂亮的女孩。

那个说我可爱漂亮的阿姨，为什么她一来，寺人就不方便和我说话？我百思不得其解。

好奇心害死猫，这句话真是真理。第二天晚上，我又给寺人打电话，手机没有人接，我就打去他家里，嘟嘟嘟响了没几下，就有人接了。

我急吼吼地对着电话说：“寺人，你是不是电话没带啊？”

“您好，您是哪位啊？”电话那头传来一个端着腔的中年女上海音，我一听，愣了，这不是寺人妈妈吗？

我连忙笑着说：“阿姨，不好意思啊，我以为是寺人，我找不到他，以为他没带手机。”

“哦，你就是诸葛一啊。我说啊，你们现在这些女孩子怎么这么不懂事不要脸啊，明明人家男孩不喜欢你了，你还要死皮赖脸地贴过来，你有没有自知之明的啊？”

电话那端噼里啪啦的一顿训斥，我完全蒙了！等我醒悟过来，电话早就挂了。这是怎么回事？那个说我可爱漂亮的阿姨为什么这么说我啊？我的心不停地颤抖，我的手也开始抖动，我又帕金森了。怎么办？怎么办？

我坐在床上，缩成一团。我不知道发生了什么，寺人妈妈为什么这么说我？他妈妈为什么对我印象这么差？我脑子里一片空白。

突然，电话响了，是寺人。

我颤抖着接起了电话，电话里面传来了寺人急促而又紧张的声音：“丫头，你没事吧？我妈和我说了，我和她大吵了一架！”

我没忍住，哭了：“阿姨为什么那么说我啊？为什么啊？”

我几乎是喃喃自语。

寺人急了：“丫头，你别做傻事啊，我是爱你的！你别管那么多，知道吗？”

我傻了：“这是为什么啊？我觉得我没有做什么出格的事情啊！寺人，你知道这是为什么吗？”

“呜呜……”电话那头传来了哭声，“我对不起你，丫头，我是爱你的，我永远都是爱你的啊！”

那一晚，我是哭着入睡的，或者说我是哭了一夜，因为根本难以入睡。

接下来几天，寺人对我特别好，短信很多，电话也有了，我渐渐感觉自己正常了，虽然我百思不得其解，但我还是变得正常了。

晚上，我继续一个人下班，一个人走路回家，一个人下楼吃饭。虽然每天的程序都一样，但是那一天却显得那么那么地不同。

我在楼下的沙县小吃吃饭，一顿饭花不了多少钱，一个烫菜，一个煎蛋，一碗饭。正吃着，突然隔壁的饭店传来了一声沉闷而又巨大的声响——“乓”！许多人跑出去看，我以为是鞭炮声，便自顾自地吃饭。

突然身边一阵骚动，有人大喊一声：“赶紧打110！”我这才赶紧朝门外看，门外已经聚集了好多人。沙县小吃的那个伙计一脸惊恐地跑进来：“杀人了！杀人了！有人拿枪杀人了！”

听到那句“杀人了”，我立马筷子落地，心中的恐惧瞬间爆发。我的腿又开始哆嗦，进而是整个身体。怎么办，外面杀人了，我怎么回去，我怎么回去？

我的第一反应是打电话给寺人。打了，没人接。我又想着要不要给爸妈打，一想，不能，不能让爸妈担心。于是我打给小丽姐，我害怕地说：“小丽姐，我怕死了，外面杀人了！外面有人拿枪杀人了！”

小丽姐问我有没有看到，我摇摇头：“没有没有，我听到了响声，以为是放炮的，我怎么办？我不敢出去啊！”

小丽姐不停地宽慰我。我知道找小丽姐没有用，突然想到了阿辉。我立马给阿辉打了电话，说：“阿辉，小区楼下杀人了，我在沙县小吃吃饭，怎么办？我不敢动了，我不敢回家。”

阿辉一听，连忙说他马上过来，让我躲在小吃店不要乱动。挂了电话，我才稍稍安心了点。阿辉好歹是武警出身，他来了，我就不怕了。

不到五分钟，阿辉就跑进了小吃店，他像个救星一样地出现了。我立马跑过去抓着他的手臂，但是依旧止不住身体的抖动。旁边的人都异常恐惧。有人说杀人的人还在附近，有人说被杀的人流了一地的血，有人说是仇杀，有人说是情杀。那一刻大家都惊恐万分，又好奇地四处打听消息。我根本不想听这些，我只想走，离开那里！

阿辉送我上楼，他看着发抖的我说：“你没关系吧？”

我点点头，说：“没关系。”一想不对，又摇摇头说：“有关系。”

他说：“你看你，怎么都给吓傻了！你别怕，小区里面很安全的，到处都是监控，又有防盗窗。你记住啊，一会儿我走了，门要反锁，谁来也不要开。我实在没办法，我是赶场子赶过来的，还要回去，不然我肯定多待一会儿了。有什么事，你就打我电话。我就在这附近，过来很快的。”

我一脸抱歉地说：“你赶紧走吧，我没事了，回来了就没事了。谢谢你啊，真的不好意思，老麻烦你。”

阿辉走了，我始终不知道他忙的什么，因为每次和他见面都是急匆匆的。我又变成一个人了。偌大的房子里面，只有我一个人。我关了所有的门，缩在床上。我只能抱着自己，因为这里，除了自己，没有别人。

半睡半醒间，电话响了。我摸索着一看，凌晨一点，寺人的电话。

我沙哑着嗓子“喂”了一声，那边沙沙地响，我以为信号不好，说：“寺人，是你吗？是不是没有信号啊？我听不见你说话。”

咔嗒一声，电话断了。

我再打过去，关机。

好奇怪！但是那时候可能因为受惊了，我全然没有发现问题。

第二天，我给寺人打电话，问他怎么凌晨给我打了个电话，什么话都没说就关机了。

他惊讶地说：“啊？没有吧？可能是手机坏了，我今天就去修，最近老是出现这个情况。”

我想马上就要国庆了，国庆就放假了。我问他：“马上国庆了，我正好早一天放假，要不我去你那儿吧。正好遇到阿姨，我好好表现一下。”

寺人一听，连忙对我说：“国庆我们公司组织去九寨沟。”

我一听乐了。“九寨沟好地方啊，我也想去，能带我不？”

“不能啊，公司组织的，不能带人啊。”

“那我自己出钱跟着你们行吗？”

“不行吧，我们二十九号就走了，你肯定赶不上啊……”

“啊？那岂不是这个国庆都见不到面了？”

“没关系，还有机会啊。傻丫头，别忘了，我永远爱你的。”

那一整天，我都在好奇，为什么寺人不肯和我见面，我知道他的理由太牵强了。

我想他自己也发现了。打完电话后，那天一条短信都没有。

晚上十点多，我还是没忍住，给他打了一个电话。

“寺人，还没睡觉吧？”

“你是哪位啊？”一个高八度的女声质问道。我愣住了，这个声音不是阿姨的。

寺人迈着沉重的脚步冲了过来：“丫头，刚才那人是我同事，你别误会啊！”

“什么？同事？”我的耳朵紧贴着手机，想听出一点动静，可惜一切都是徒劳，我傻傻地问：“同事怎么这么晚还在你家啊？”

“我马上就送她走，回来给你打电话。”

啪！电话挂了。

我心里七上八下的。同事，说了是同事，那就是同事。但她的声音明显就是带有敌意的，而且她是故意接我电话的，不然寺人不会冲进来。凌晨的电话是不是也是她拨的？他们是不是已经上床了？我的脑子转得飞快。

终于，寺人的电话来了。寺人在电话那头沉默了，就像做错事的小孩一样，沉默了。我也沉默了，我们就通着电话，没有人说话。

最后，我说：“你不说话，我就挂了，这样耗着也是浪费钱。”

“别！丫头，别挂！我不知道怎么说。”

我问他：“你是不是有了新的女朋友？”

他不回答。

我问他：“什么时候开始的？”

他不回答。

我问他：“你们真的是同事？”

他也不回答。

我受不了他的沉默，号啕大哭了起来。我挂掉了电话。

寺人给我打电话，我掐掉。他又打，我又掐掉。我喘不过气来，从床上翻滚到了地上，哭到失声。寺人又打来电话，我看着那个名字，气若游丝。

我接了电话，寺人在那头喊："丫头，你别吓我，你没事吧？"

我挂掉电话，从地上爬了起来，蹒跚地走到窗边，窗户外面是一圈铁栅栏，跳不了楼。我还是开了窗，空气一股脑儿地灌进房间。我已经哭到无力，撑着手臂，呆呆地站在窗前。

电话又响了，还是寺人。

我平复心情，接起电话，声音冷得像冰窟："我没事，你早点睡吧，就这样了。"

"丫头，你听我解释，你别挂，你千万别挂！都是我对不起你，我明天就去接你回来，好不好啊？"

"你是不是和她上床了？"我悻悻地问道，"你到底是喜欢我还是喜欢她？"

他又沉默了。

"好吧，既然你什么都不说，我们分手吧。反正你也不愿意见我，何苦还纠缠着。"

电话那头，他开始哭，我一直听着他的哭声，良久，他说："好吧。"

听到那两个字，我的腿彻底软了。我跌倒在窗台前，没想到这两个字从他嘴里说出来威慑力这么大。

我开着窗对着窗外号啕大哭。整栋楼的人一定都听见了，但是我连死都死不成，声嘶力竭地哭，又算什么？

已经十二点多了，大家都睡了，我内心的痛苦无法排解，我哆哆嗦嗦地拿起手机，拨给了爸妈。这一刻，我需要他们，我再也承受不住了。

爸妈早已睡了，一听我声音不对，立马变得紧张起来。我爸让我别哭，问我到底怎么了。我像个小孩子一样，委屈地说："爸，我和寺人分手了。"然后就是一阵大哭。

我妈急了，抢过电话："你好好说，别哭，怎么分手了？"

我抽泣着说：“他……他好像和别人好了！妈，我们分手了，我们分手了！就在刚才，我们分手了！”

至今我都记得爸妈如何宽慰我，每一句话都印在我的心中，我妈甚至还说：“那小子第一次来咱家，我就不喜欢他，真的，分了也好。我终于可以说我不喜欢他了。别哭了，乖，别哭！”

我爸也尽力逗我笑。我让他们别担心，明天就可以见面了。我爸立马说：“明天我们去虹桥接你，本来还想你会在上海待两天再回来的，这下终于不用了，终于可以早点看到我的乖女儿了！”

我爸第一次说我是乖女儿，我又有点激动了，但是我忍住了。我不想再让爸妈担心，我已经让他们如此担心了。

那天晚上特别漫长。

第二天幸好不用上班，我没带多少行李，匆匆地赶回了江苏。在上海机场，我一出站口，就看见了爸妈、小叔、姑姑、姑父、表妹、表弟。一大家子人都来了。

我硬撑着，眼睛红红的，惊讶地说：“怎么都来了？”

爸妈说：“他们都不放心你，都要来接你。”

我一听，心里一酸，又哭了。

那个国庆，家里所有人都来陪我散心，我们后来去周庄待了几天。他们都知道我失恋了，我好尴尬，但是又觉得好温暖。可能对我来说，治疗失恋最好的解药还是亲情。

那天彻头彻尾地痛哭后，过完国庆，我就像换了个人一样。我回到福州，退掉了温泉公寓的房子，和阿辉道别。我重新找了个房子，开始了新的生活。

那时候，我们部门一个女生洁有个高中同学刚来福州，也要找房子，于是我们俩就凑一起了，在古田路上找了一套三室两厅的大房子，两千一个月，我和她平摊房租。后来她又有个好朋友要找房子，我们就把小的那间给了那个女孩。这样，那个女孩分摊掉四百，我们两人每人八百的房租。

我很开心，虽然我现在的住处离公司远了很多，虽然我的房租涨了很多，虽然自己的地方小了很多，但是我终于不再是一个人了，我终于不用过人影对话的生活了。而且，遇到这两个女生，也让我见识到不一样的生活，让我渐渐地远离了失恋的痛苦。

虽然多年后，心中那片处女地还会隐隐作痛，但是我学会了坚强，甚至在寺人苦求复合的时候，我都硬着心肠没有回头。我突然觉得，在那个痛苦的国庆后，我一下子长大了。我再也不是那个黄毛丫头了。我有自己的人生，有自己的生活，我要为自己负责，为自己打拼!

刚刚搬家的那一晚，我听着S.H.E的《一夜长大》，激动得怎么也合不上眼。

爸妈从一开始就很喜欢寺人，寺人虽然长得丑，但是心地善良，甚至我第一次带寺人回家的时候，爸妈还给了寺人见面的红包。寺人很不好意思，因为寺人带我去见他爸爸的时候，他爸也没给我红包，所以他不能收。最后左推右搡地还是收了，但是寺人立马带我去买了一件冬天的外套，把那八百块都花我身上了。

后来，爸妈听我说分手了，心中不忍才骗我说一开始就不喜欢他的。直到后来，在我感情一塌糊涂的时候，我妈还记挂着寺人。

豆腐花我从来没有恨过，因为我觉得他有情有义，他不能和我继续，就明明白白地告诉我，我喜欢这样的坦荡。

我恨了寺人四年多。一天，他给我打电话，说要去南京看我，当时我拒绝了，那一刻我突然发现那个我一直恨着的人根本就不值得这么去恨。他也是人，他也会喜新厌旧，他也会黯然神伤，他也会追悔莫及。后来我们还见过几次面，吃过几次饭。再后来他追我，我拒绝了，我对他说如果想和我继续做朋友，请不要再用爱情伤害我。

国庆以后，我整个人完全变了。我再也不是那个忧郁女，再也不是跳槽前那个没心没肺的傻丫头了。我变了，变成了自己都说不出的样子。

我至今还记得老哥去看嫂子后性情大变的模样，当时就想，这到底是一股什么样的负能量啊，能让一个痴心汉变成彻底的花心男。宽慰别人的时候，我会说：“别难过了，忘了吧。”等自己遇到了，却什么也不想说，只想一直沉默。也因为这样，我的人生重心发生了重大的变化。之前来福州，我是一心想回上海的，是想把福州当成一个跳板，可是现在，我开始真正地生活在这片土地上，我和她同哭同笑，和她融为一体。

刘封是第一个发现我国庆后有变化的人，他有次在吃午饭的路上还关心地问我是不是遇到了麻烦事。

我摇摇头，笑着说：“感情问题，哈哈！”

刘封一听，乐了：“四条腿的蛤蟆不好找，两条腿的男人还不多！”

我一听也乐了。也是，男人多的是，何必在一棵树上吊死？于是我对刘封说：“反正我现在又单身了，你们以后玩一定要带着我，而且要时刻帮我物色对象。”

刘封也哈哈大笑起来。

于是，我渐渐地开始观察周围的人了。原来我不愿意投入感情，因为我觉得自己根本就不属于那里，没有投入就没有伤感，所以前半年我一直很封闭。除了工作上的接触，他们的活动和饭局都和我无关，我能不去就不去。对我们办公室的男生也是如此，我从来不加入他们的调侃，从来不和谁多说话，我以前尽量想做到有没有我一个样，反正我来去匆匆。

我的心结打开了。从此，每周同事的活动我都会参加，无论是远足爬山还是出海钓鱼，我都一个不落。不仅如此，我每个月都找人去深山老林徒步，或者去无人渔岛探险，似乎一刻都闲不住。我的生活一下子变得多姿多彩，更为重要的是，我的工作也变得如鱼得水。

我们部门新招了三个电话销售，是用于支持建江这样的销售代表的，刘封将这些新人分给了我。因为这些岗位都是非编，公司对其没有清晰的职能安排，于是刘封让我给他们制定工作职责，并且让他们直接向我汇报。我成了一个小得不能再小的官。我的年纪比他们小，学历比他们低，唯一镇得住他们的就只有丰富的工作经验了。

心结打开后，我的食欲也随之打开，嘴巴一刻都不想停。零食就别提了，一拉抽屉全是，销售代表们回来后肚子饿了就直接奔向我这个粮食基地。公司茶水间的八宝粥薯条喜多多几乎都是我一个人吃了的。不仅如此，我主食也特能吃，每顿至少吃两碗饭。福州的米是泰国米，单位的中午饭全是在周围的定点饭店炒菜，我一下子就胖得海了去了。悲剧的是，无论我怎么胖，该凸的不凸，该翘的不翘，肉全整脸上去了！

周围的人都说福州养我，我来没一年就迅速地“膨胀”了。

另外，我还开始大手大脚地花钱，钱存得也慢了。我开始买PORTS的裙子，SCOFIELD的外套，FEGER的裤子，Swatch的手表和各种各样的包包鞋子，我变成了一个购物狂。一次在厦门SM广场，我买了四件eni:d不打折的夏装，花了三千多，还买了四五双FED的鞋子。当时跟我一起逛街的一个女孩家里正好装修，她不无惊讶地说：“天哪！你真舍得，你今天花的这些钱，够我家所有的地砖墙砖加上乳胶漆了。”

这个女孩叫疏影，她告诉我名字的来由时，吟了一首小诗：“疏影横斜水清浅，暗香浮动月黄昏。”如此优雅如此安静，我不由得想到她家一定是个文人世家，再想想自己的名字，顿时觉得暗淡无光。

疏影刚在环球旁边的华城国际买了套小户型，我听她说装修，立马产生了兴趣。开盘三千，但都是小户型，三十五平米的样子，全部被人买了。她是本地人，好不容易找到个熟识的包销商，人家加价五万卖给了她。她那小房子花了十五万。

我的心有点痒。看着手中的大包小包，真想立马去退了，好歹还值个几千块啊。我连忙打听首付多少，那个包销商手上的房子还卖不卖，疏影说他还有十二套，估计应该卖。如果我想买，她就去帮我找人。

我一听就来劲了，立马去查自己的存折。一看，才两万，完全不够付首付啊。我打了个电话给我爸，我爸一听我要买房，还是在福州，就不同意。他说买在那么远的地方，以后没人住怎么办？我后悔啊，如果我说是去买车，估计我爸就肯了。我爸这人爱车不爱房，直到现在他钱没赚多少全都花车上了。

借不到钱我就愁了，去看疏影的房子，心中无限地憧憬。

可能是房子的关系，我再也不大手大脚花钱了，我办了另外一个银行的卡，每个月强制定存，只留下少部分的钱用于生活。因为这个念头和这笔钱，二〇〇六年回到南京我做的第一件事就是买房，不用太大，只求地段。

国庆后我搬去了古田路，遇到两个美丽的女子。后来我渐渐发现一个规律，在福州的每一次搬家，都让我认识到了不一样的福州，了解到了不一样的圈子，所有的一切都像故事书一样，我一页一页地翻过。

菁菁是洁的同学，仙游人，我看到她的第一眼觉得非常惊艳。我羡慕地感叹道：“菁菁，你绝对是我见过的最漂亮的福建女孩。”

菁菁开心地露出两颗可爱的整齐白净的门牙：“哪有啊，你也很漂亮啊。”

我当然知道她那句是假，但是我那句绝对是真。

这是怎样的一个女子啊，大大的眼睛，长长的睫毛，深深的双眼皮，小巧而又坚挺的鼻子，和一个怎么看都看不厌的嘴巴，算不上樱桃小嘴，但是绝对精致，精致的妆容看不出任何瑕疵。

菁菁开心地和我说：“我也觉得奇怪，我们那里穷山恶水的，就只有我们一户人家的人长得不同。我妈妈家的人都长得特别漂亮，我的姐姐比我还要漂亮。”

“哦？你还有个亲姐姐？”我追问道。

“是啊，她嫁来了福州，刚生了一个可爱的小公主！真的超级可爱，我都快爱死她了！”菁菁不无兴奋地说。

我随口问了一句：“你姐姐家远不远啊，要是我亲姐在这里，我才不会出来租房，不是能省点钱吗？”

菁菁愣了一下，然后调皮地晃着头说：“我喜欢自由嘛，一个人住多自由。”

她似乎知道我看出了她的心事，两人便不再说话，各自回房睡觉了。

后来闲聊，菁菁说他们那里有一个传说。南宋末期一个小皇帝曾经逃到仙游躲避战火，被那里的山清水秀所吸引，在仙游住了一段时间。后来被蒙古人追赶，不得已又再次南下，因为走得匆忙，有一些随行的妃子没有来得及跟上，于是便在当地住下，成为山村中人。这个故事不由得让我想起那个战火纷飞的年代，一群妃子围绕着小皇帝载歌载舞的场景。我又仔细地看了看菁菁，嗯，确实美！于是我便相信了那个故事，并且觉得菁菁的人生因为这个故事而注定不同寻常。

菁菁是个非常极端的矛盾体，她很美丽，可是她又很悲伤。

有一个周末，她关着房门，窝在里面两天都没有出来，我时不时地还能听到里面的哭泣声，我有点担心，便走过去敲门。

没有人应，我开门一看，她在被窝里面安静地睡着。我赶紧关门走开，心想是不是我幻听了，还是楼上的动静？

那天深夜，我又突然听到隔壁一声巨大的哀号，我立马从床上跳了起来。顾不上穿鞋子，几乎是飞了过去，撞开了她的门。

开门那一瞬间，我看到菁菁瘫软在地，面无表情，气若游丝。我吓得半死，连忙去拉她，可任凭我怎么拉，她都一动不动，只有眼泪不停地滑落。

我拉她，没用；我劝她，没用；我哄她，还是没用。我急了，大吼道：“就算发生了什么事情，也不能这么作践自己啊！你再这样不吃不喝，你就这么死在这里，除了我还有谁知道？还有谁来同情你？”

菁菁终于看到了我似的扑了过来，紧紧地抱住我，痛哭起来。我一下子六神无主了。

她痛苦地说：“我要失去小灰了，我要失去小灰了！”

我立马想起上个星期刚刚来过的小灰，一个阳光、神经有点大条的帅小伙。小灰还在集美上学，他业余是跳街舞的，还参加过福州的一个比赛，拿过一个团体奖。

我连忙问她出了什么事。她拼命地摇头。

我用手紧紧地捧住她的脸，问：“怎么了？到底怎么了？你别这样啊！”

她又一次把头埋进了我的怀里，良久，她才开口：“诸诸，我太苦了，我真的太苦了！”那一刻，我抚摸着她的秀发，像个大姐姐一样抱着她，安抚着她，缓慢地拍着她的后背。她接着说：“我的姐夫喜欢我，我该怎么办？小灰知道了，小灰昨天知道了！我怎么面对小灰？我该怎么办啊？”

我连忙问到底怎么回事，她慢慢地给我道出了事情的原委。

周五那晚，菁菁姐姐叫她去家里吃饭。快傍晚的时候，她姐夫来接她，这本来挺正常的，但是那天她姐夫带她去了闽江公园。

闽江公园？我突然想起前几天有个独身女子在那里被先抢后奸。怎么会去那么远的地方？她姐家不是在西湖边吗？菁菁会不会失身了？不然为什么哭得这么惨？

菁菁说，她当时也觉得奇怪，于是就问姐夫为什么来这里，她姐夫说自己有点郁闷，想透透气。到了闽江边，车停下来了，她姐夫不开车门，菁菁就问他要不要下去。刚一开口，她姐夫就强吻她了。她不停地挣扎，结果无意间拨通了小灰的电话。她和姐夫在车里说的话全被小灰听到了。

小灰都快疯了。说到这里，菁菁又哭了。

我只有安抚她，不停地安抚她。渐渐地，她哭累了，在床上沉沉地睡去。我这才折回自己的房间，明天还要上班，再不睡就起不来了。可是，我躺在床上怎么都睡不着。

菁菁的说法太让我疑惑了，根本就是漏洞百出。既然小灰知道菁菁被欺负了，按照常理他应该恨那个姐夫才是啊，为什么要和菁菁分手？小灰每周都会从集美过来，唯独这周没有，说明他们闹矛盾了。菁菁的话到底多少是真多少是假？

第二天下班回到家，菁菁还窝在床上，我煮了两包农心方便面，端一碗给她。她接过面，又流泪了。

菁菁慢慢地对我说，她想了一天，觉得自己对不起姐姐。那天闽江公园的事以后，她和姐夫就装作没事人一样地回去吃饭了。她看着姐姐和小宝的样子，感觉很愧疚，觉得自己太对不起姐姐了。

我连忙说：“你不要这么想，愧疚的应该是你姐夫，是他对你下手，他太不要脸了。”

菁菁吸了吸鼻子，继续说：“但是我不知道怎么和我姐姐说，我不晓得怎么开口啊！”

正讲到这里，菁菁的电话响了。她看了看来电，接了电话，带着哭腔说：“嗯，我在家……好的……”

我以为是小灰，结果菁菁说是她姐夫。

什么？！竟然是她姐夫。我不能理解菁菁怎么用这种语气和她姐夫说话。这明显就是恋人的撒娇嘛！

结果，菁菁拉着我，哀求道：“诸诸，你一定要帮我，一定要帮我！”

“帮你啥？”我大惑不解。

“姐夫一会儿接我去吃饭，我一定要带上你，我怕他再对我动手动脚。我怕死了，你在，我就不怕了。”

“啊？带我这个外人不好吧？而且，我估计你姐夫也不认识我吧？多尴尬啊！”我有点窘。

“不行，你一定要陪我去，一定要！”菁菁不由分说，拉着我就往外跑。

小区门口，一辆黑色的凌志S460停在路边，没有熄火。菁菁一看，撒了我的手跑了过去，拉开前门，对走在后面的我喊道："诸诸，快点。"

我只好硬着头皮上了车。

上车，开车，无话。过了一个红绿灯，她姐夫用低沉的声音问道："这就是你室友啊？"

菁菁没回答他的话，而是说："诸诸人可好了。正好她也没吃饭，你不介意带上她吧？"

我坐在后面，无比郁闷，敢情我是临时被拉上的啊？

"当然没关系啦。"他抬高了声音，带点笑意地说。

我一听那声音，觉得有点熟悉，但是一时间想不起来在哪里听过。我局促地笑了笑，正好看到他姐夫从后视镜里看了我一眼。我一愣，那张脸好像还真见过。但是我不记得了，难道是我们的代理商？我于是笑着说："菁菁，你姐夫是不是我们的客户啊，我看着还有点面熟。"

我一说话，他姐夫就"哦"了一声："我记起来了，原来你就是那个忧郁的小孩啊！"

我一听，傻了，这算什么称呼？从小到大，还没有一个人说过我是忧郁的小孩。

"啊？姐夫，你们认识啊？"菁菁惊呼道。

"不算认识，一起坐过飞机，是吧？"后一句明显是问我的。

我这才猛然醒悟，原来是他。那一刻，我们都在感叹世界之小。

没多久我们就到了目的地，天已经黑了，我也没注意路，只知道在福州东部。那是一个庭院，房屋布局错落有致，四周是古时的那种围墙，不算太高，也不算太矮，走进去要经过几条幽静的小道，还有一座拱桥。那一刻，我仿佛置身苏杭，没想到福州还有这么一个僻静又精致的场所。

我感叹着，不由得想到，这个老帅哥真是情场高手。在飞机上和陌生女子聊天都那么在行，更别说对周围的女人下手了。反正我对菁菁这个姐夫，没有一点好印象。

我们在一座两层的木结构的阁楼上找了一个房间。窗户开着，能看到院子里面的荷花池，庭院里灯光点点，夜显得如此之美，这是个文艺范儿十足的地方。

落座后拿起菜单，发现那里不只是喝茶的地方，也提供西餐中餐。我刚吃过方便面，还没消化，但是，我陪着菁菁坐在她姐夫对面，不吃东西的话会很尴尬。反正已经胖了，我毫不犹豫地点了一大堆吃的。我想，你们聊你们的，我吃我的，我就不尴尬了。

我一刻不停地吃，时不时地附和两声，点点头。如果没有看到那些碟碟碗碗，我就找不到自己存在的目的和意义了。

但是我不傻，我听到了他们的谈话。原来菁菁一心想做模特，正好姐夫的企业挺大的，在上海、福州、深圳都有分公司，而且菁菁听姐姐说姐夫的企业马上要推出一个新产品，菁菁一心想去代言，希望能够让她的模特道路更顺畅一点。

那天晚上，他们就在谈做代言人的事。菁菁说她不要钱，她就想做着玩。但是姐夫不希望她做模特，他想劝她去他们公司做文员。

我很纳闷，这谈话不是挺正常的吗？那菁菁之前哭得撕心裂肺的是为什么啊？

那天回来后，我和菁菁就不再谈上次哭的事了。没过几天， 菁菁就去他姐夫的单位上班了，早出晚归，做文员。做了不到一个星期，菁菁就不愿意了。那天我起来刷牙就扯着嗓子喊她起床，她窝在被子里面不肯起来。

我开门进去，她一脸睡意地说：“诸诸啊，我不想去上那个该死的班啊，你就让我再睡睡吧！”我想，反正公司是你姐夫的，偶尔迟个到也没啥，谁知道她是真的不去了。后来她姐夫再来接她出去，我就没有跟着了，两人约会的频次渐多。直到有一天，我下班回家，一开门，发现小灰竟然在家！

我问他：“菁菁还没回来啊？”

小灰说：“是的，我没打电话给她，我想给她个惊喜。”

我赶紧跑进我的屋子，给菁菁发了个短信：“小灰来了，速归！”心想，这下完蛋了，小灰看来是原谅菁菁了，不然过来干吗，菁菁还和她姐夫卿卿我我的呢！那时候我还觉得小灰挺可怜的。

可是有时候，你真的捉摸不透别人的内心。萍水相逢，只看表面，哪里能知道其中的隐晦。

我本来以为菁菁看到短信很快就会回来，结果，小灰和我吃完泡面，还不见她的影子。小灰就问我菁菁最近怎么了。

我说菁菁找了个新工作，可能刚开始做，要加班吧。

正说着，菁菁推门进来了。小灰脸上堆满了笑去迎她。我坐在那儿傻了，这都什么事啊？这不明明是菁菁犯错了吗，怎么小灰一脸谄媚啊？

菁菁直接跑进房间，嘭的一声关了门，小灰连忙追了过去。紧接着就听到里面稀里哗啦的一顿拉扯，菁菁开始发飙，不停地骂不停地摔东西，小灰一直认错。

那一刻，我那八卦的神经骤然紧绷，生怕漏听了任何一个细节。原来是这么回事！

简单地说，就是小灰跳街舞的时候和一个女孩出轨，菁菁发现了，想报复，就找了对她垂涎已久的姐夫，在闽江边故意拨了那个电话，然后又故意不从，借此得到那个做模特的机会。

天哪！我立马觉得自己纯洁得像个处女。这都是些什么破事儿！

更神奇的是，那天晚上他们激战了好几个回合，第二天竟然和好了。

我实在无法理解新新人类的思维，自此以后，我再也不主动和菁菁谈论私事，因为我发现我们在这一点上根本不是一个星球的。

但是，在别的方面，女人还是有共性的，比如说臭美。

10
情人节

真正的爱情，不是一见钟情，而是日久生情；真正的缘分，不是上天的安排，而是你的主动。

参加入职培训时认识的那些朋友，我们经常会联系，这本来也很平常，只是突然有一天，方云过给我发了封特殊的邮件。我打开一看，里面有两张照片，都是他抱着一只小小的雪纳瑞，一张低着头抱着，一张面朝镜头。

我看着照片，又想起了他。那天晚会上，我唱《甘愿》的时候，共鸣的那些人里面就有他。我不知道他给我发这个是什么意思，猜来猜去，觉得至少是好感吧？

于是我中午就跑去名店街上的娃娃店，买了一只小小的雪纳瑞的布偶狗狗，给他寄了过去。然后给他回了封简短的邮件，说狗狗很可爱，我送它一个礼物。后来因为狗狗，我们经常在sametime[①]里面聊天，都是些无关紧要的话。

再后来，总部要办春节晚会了，老新那年对我特别照顾，我们分公司带了十几个人去北京看春晚。那时候我妈正好去福州待了几个月，我就带着我妈去了北京看春晚。那个春晚，我看到了张信哲，还看到了方云过。

去之前方云过就知道我要去，当时我还满怀憧憬，虽然我知道和他在一起的机会很小，但我还是希望能发生点什么。偌大的工人体育馆，散场的时候人流推着我走，我和方云过一直打着电话，说自己在什么地方，两人在哪里见面。终于，我看到他了。

① 一款语音视频软件。

我很开心，朝他挥手，他跑过来，那时候离入职培训已经快半年了。他和我在角落里聊着天，告诉我他在北京定居了，那只狗狗现在特能吃，他要跳槽了，去Symantec①，offer已经拿到了。

我不无惊讶，这才多久他就要走了。一个熟悉的身影走了过来，我一看，是玉。我看着玉看方云过的眼神，知道他们肯定是恋人关系了。虽然内心懊恼，我依旧很开心地和玉打招呼，因为毕竟我们是好朋友。

我和玉说，我看到了那只狗狗的照片，玉笑着看看方云过，说那是他们一起养的。我立马懂了，顿时觉得自己无限多余，我借口我妈还在，就撤了。

后来没几年，玉也离开了公司，他们回了上海，结婚生子，儿子非常可爱，和玉一样有着可爱的单眼皮小眼睛。那应该是单眼皮中最可爱的那种了吧？

他们真好，有了最完美的结局。我无比羡慕。

这些偶尔的忧伤就如同滚滚长江里面的小小暗流，不一会儿就消失得无影无踪。

我同时参加了好几个俱乐部，还和楼上华联证券的大叔们打成一片。这些人都是爱好野外活动的人，我们去的都是野山野岛，至今回想起来都是那么美好，仿佛一切还在眼前。

福州最大的好处就是驱车往外不超过三十公里，随便去哪个方向，走哪条路，都能到达野外爱好者的天堂。如果我想攀岩蹦极绳降，那就去找A俱乐部的人；如果我想去各种无人的深山老林徒步，就去找B俱乐部的人；如果我想去各种神奇的海岛探险，就去找华联的大叔。他们这些人，各有各的特长，各有各的路线，如果只跟着他们玩一次，那是远远不够的。

① 一家美国公司，总部在加利福尼亚。

其中最搞笑的一次是我悲惨地在稻田里面摔了个狗吃屎。

那天是A俱乐部的一个活动，领队阿祥黑得发光，是一个高高壮壮的帅哥，一看就是个身经百战的勇士。我们一伙十来个人，驱车前往福州西边一座未知的山岭。车是上不去山的，我们只能把车停在一个农家的打谷场边。然后一伙人整装待发。

我们一路前行，踩着各种山路，有时候甚至没有山路。四周的鸟鸣和树叶的沙沙声让人心旷神怡。不一会儿，阿祥就叫我们停下来，他要去准备装备，我们这些闲人就四处散开，在周边各玩各的。我好奇地跟着阿祥，看看他想鼓捣些什么。那天我们是去溪降的，就是找个好点的小瀑布，然后从上面降下来。

阿祥见我跟来，就和我聊了起来。原来溪降是一种很危险的运动，和我以为的简单地从天而降完全不是一个概念，什么水流向啦，什么着陆点啦，什么平衡啦，什么配合啦，我听得一头糨糊。阿祥说，真正的溪降只能他们几个专业的人玩，今天带我们来只是感受一下的，就是在小瀑布边上没有水流的地方绳降。

我似懂非懂地点点头，但是我对溪降充满憧憬。我脑海里面甚至出现了这样的画面：在激流的瀑布中，一个人影若隐若现，不停地和水流抗争，不停地和湿滑的岩石较量……可惜这次不行，我不无懊恼。我这人就是这样，别的没有，有的全是胆子，我愿意尝试所有的事情，包括危险系数超高的。我甚至想过一个人徒步珠峰。

就在我胡思乱想的当儿，阿祥搞定了所有的基础设备，就等着一帮队友来了。我毫不犹豫地要第一个上，但是我被拦住了。原来，第一个上的必须是领队，他要把每个队员可能遇到的问题全部解决。

他轻松熟练地下去了。他预估了所有的可能，将一路的树枝、活动的石头、湿滑的苔藓都清扫了一遍，然后他就像猴子一样，嗖嗖地爬了上来。我看得一惊一乍的，对他佩服得五体投地。接着队员可以上了，我当仁不让地要第一个尝试。阿祥一直在笑我，但当我系上绳子，站在栅栏外的那一刻，阿祥的笑容消失了，他突然变得专业、仔细、认真。

绳子的一端是我，中间扣在一棵大树上，另外一端扣着阿祥。那一刻，我的小命就交给了阿祥。

阿祥严肃而专业，让我分外安心。我按照他教我的方法，一点点地松开手上的绳子，尽量找结实的石头落点。可能我真有点天赋，我的第一次落地竟然非常成功和平稳。其他人看我这个黄毛丫头都这么顺利，一个个都积极地要上。

但是，这么玩，我不过瘾啊!

那天晚上，我们搭帐篷住在山脚农户家的打谷场上。我们点起了篝火，烤着从地里挖出来的红薯和大山芋，好不快活。围着篝火，大家唱啊，跳啊，玩起了真心话大冒险。

轮到我了。我被问到最喜欢的男人是谁。那一刻，我的脑海里立马跳出了铜锣湾的脸，我一惊，竟然不是寺人!

肯定不是寺人。

我苦笑着说，他叫铜锣湾，远在千里之外。他是一个早已把我遗忘的人。

大家都起哄，说我说谎，让我表演节目，我拍拍屁股，站了起来。“唱就唱呗，你们要帮我伴奏啊。”我笑着说，然后声嘶力竭地唱起了S.H.E的《不想长大》。

我不想，我不想，不想长大……

渐渐地，篝火不再旺盛，大家都疲惫地回到自己的帐篷。

我坐在帐篷口，抬头仰望夜空。山林中的黑夜如此美丽，四处静悄悄的，只有虫子的鸣叫和风的沙沙声。皎洁的明月高悬在空中，淡淡的浮云快速飘移，满天繁星，清晰得能看出各自的颜色，有的发出微微的红光，有的发出清凉的蓝光。

我想起了铜锣湾，想起了和他的最后一通电话。那天，我正窝在寺人的床上，懒懒地不想起来，寺人在厨房里面做早饭。电话响了，我一看，是铜锣湾。这家伙好久没联系我了，不知道怎么突然想起给我打电话。

我接了，铜锣湾那鸭子般嘎嘎的声音响了起来："狗子啊，起床了没有啊？"

我说："没有哎，还在赖床啊。"

他把我损了一通，然后问我最近在干啥，我回了他一句："我在忙着谈恋爱啊！"

铜锣湾一听，愣了几秒，然后嬉皮笑脸地说："你小子倒挺滋润的啊，谈恋爱了啊！什么时候把你男朋友拉出来遛遛，我们一定要考核一下，不合格就赶紧踢了。"

我嘿嘿直笑。寺人进来了，他一听话筒里面是个男声，满脸嫉妒地说："丫头，你和谁打电话啊？说得这么开心，我嫉妒了啊。"

我于是匆匆挂了电话。自那以后，我们再也没有联系过。

从山里回来后，我一直想着要给铜锣湾打一个电话，心情异常复杂。

等电话接通了，我反而镇定了。

"狗子，这么晚了，怎么还不睡啊？"

"我闲得无聊，给电话簿里的每个人都打了一遍，正好轮到你了。"我嬉笑着说。我说的不是假话，自从来到福州，我就养成了打电话的坏习惯。只要我一个人待着，我就必须抱着电话煲电话粥，一刻也不能停。同学、老同事、朋友几乎都被我骚扰过，唯独没有铜锣湾，他就像我心中的那颗地雷，我一直不愿意触碰。

现在好了，单身了，我终于解脱了。

"狗子，我只能和你讲一会儿，隔壁床的睡着了。"

"啊？你在出差啊？"

"是啊，我在出差，但是我现在在医院里面，明天再和你慢慢说啊。"

我“噢噢”地挂了电话。百般无聊，我又拨通了阿圣的电话。

阿圣在我心中绝对是圣。什么圣？一方面当然是情圣，还有一方面就是业务圣了。

阿圣业务之精通绝对是我的专业向导。他就是我们北京的头儿。当时在全国像我这样的岗位总共有十二个，这是一个承上启下的职位，简单地说就是将总部的当季政策进行下传。当然不是简单地转发邮件，我们对产品信息、政策文件、营销模式进行推广，对分公司的同事和代理商进行培训，给区域的客户开讲座。就是因为这个工作，我的职业规划才渐渐清晰——立志成为专业讲师。当然这个和我现在的工作一点都不冲突。

不知道从什么时候开始，我和阿圣从上下级的同事关系变成了朋友关系。可能是因为阿圣没有架子？可能是因为阿圣调皮捣蛋？可能是因为我和阿圣年纪相仿？我们几乎每个季度都要开一次会，另外还有许许多多的行业会议，销售部门的人不愿意参加都让我去，因为我去了回来给他们培训也一样。就这样，阿圣和我成了无话不谈的朋友。阿圣还是第二个叫我“丫头”的男人，这不由得让我对他产生了好感。我和他海聊了半天，困得不行，便沉沉睡去。

果不其然，第二天我一下班就接到了铜锣湾的电话，原来他们在北京开会，三十几个人一起开会，全部食物中毒，住院洗胃洗肠。这厮怎么这么倒霉？不联系还好，一联系尽在医院。

我和他又开始聊同学，聊到了秀秀。秀秀竟然要结婚了，而且还是被人逼婚的。秀秀死也不愿意结婚，女孩就故意怀孕，要挟他结婚，然后他们匆匆订了婚，发结婚喜帖。女孩迅速地去流产，而秀秀迫于面子，不得不从。

我们都觉得秀秀这辈子没戏了。后来的实际情形也证实了这一点，无论是在家里还是在外面，只要是女生给秀秀打电话，都不能超过三十秒，因为秀秀的老婆每月都查通话记录，秀秀不敢大意啊！

我们为秀秀的悲惨遭遇不胜唏嘘。铜锣湾说：“马上情人节了，你和你情人怎么过啊？”

“我们早就分了啊！别提了，反正我是不想谈恋爱了，还是你们这帮朋友靠谱。”我耍耍小心机。

“我就说嘛，你找的那人长不了，早分早好啊！”他幸灾乐祸地说道。

然后我们说了一些无关紧要的话。刚挂了电话，我的电话又响了，我想，这人是谁啊？这么晚了很少有人给我打电话啊！我一看，竟然是桔子。

我和桔在网上一直保持着联系，互相留了电话，也一直没有打过，没想到他竟然给我来个了电话，我连忙接了起来。

“喂，是狗子吧？”

“是啊是啊，你的声音好成熟啊，不像你啊。”我调侃他。

“乖，这还是第一次有人说我成熟呢。对了，你最喜欢什么颜色？”他突然无厘头地问道。

“我喜欢黄色啊。”我回答道。我想，难不成他要帮我买东西？不至于啊，我们虽然网上关系很好，但是现实中好像没有见过面。不不不，我们见过，我们在上海聚过会，当然是小范围的聚会。

那次聚会只有我一个是女的，其他五个都是男的，还都是精英。有喜来登的区域负责人，有律师事务所的金领海归，有在IT界翻云覆雨的IBM男，有在全球跑个不停的销售。

当时我对他们仰慕得不得了。我有个叔叔在毕马威①，二〇〇一年的时候开着辆上海牌照的白色宝来，那时候宝来对我来说绝对是豪车。我还有个叔叔在IBM，他用的小电脑只比我的两只手掌大一点点。他们都是靠着自己的努力在上海奋斗的，我都是用仰视的目光去看他们的。

虽然我和这帮人在网上侃得昏天黑地的，但是那次之后的聚会我再也

① 毕马威：一家网络遍布全球的专业服务机构，专门提供审计、税务和咨询等服务。

没参加过，因为我混得不如他们，在一起压力太大。

桔一听我喜欢黄色，就呵呵两声，说“好”。

凭直觉我感觉他要买东西给我，赶紧问道：“你不是要买什么东西吧？”

他说：“没什么，不是过几天就是情人节了吗？”

我一惊，我和他还没到那步吧？于是我再三说：“别买东西啊，别破费啊！”就是没说出那句“我不喜欢你”。

因为我也不知道我喜不喜欢他，在现实生活中，我对他的印象几乎为零。我只知道他老是飞来飞去地全世界跑，老是很忙很忙半夜才有空，因为我是夜猫子，所以和他聊天的机会比较多。

可是，怎么突然就要给我过情人节了呢？我百思不得其解。

一周后的情人节，我破天荒地收到一件礼物，航空快递来的。在同事羡慕的目光中，我激动地打开了那个盒子，是一只黄色的手表。

我极度郁闷，如果知道他要买手表，我一定让他买白色的啊，黄色的多难搭配啊！这就是女人，得了便宜还卖乖。我连忙给桔子打电话，结果关机，估计又在飞机上。我给他发了个短信：“礼物收到了，不是说不要买的吗？先谢谢你啊，以后还你。”我算是欠他一个人情了。

电话响了，我以为是桔子，结果是铜锣湾。

铜锣湾开心地说：“怎么样，狗子，收到花了没有啊？”

我白了一眼：“你是不是嘲笑我今天没收到花啊，别来气我了！”

铜锣湾一听，声音高了八度：“什么？你真没收到花？”

“是，是，本姑娘人矬，没人送花，这下你满意了吧？”

“靠！我马上找快递去，我给你寄了个花啊。”还没等我反应过来，铜锣湾就挂了电话。

什么？铜锣湾给我寄花了？我不是做梦吧？这小子情人节给我送花，他不是真的喜欢我吧？那一刻我开心死了。虽然没收到花，但是至少铜锣湾说给我送花了，那可是我人生的第二束花哎!

铜锣湾的电话又来了。他沮丧地说：“该死的快递，说今天送花送爆掉了，今天送不了了！狗子，对不起啊！”

我心里那时候正乐着呢，哪管晚一天的事啊，我说：“你给我送花，我开心死了，晚一天没事。谢谢你，我也送个东西给你吧。”

“别，我在北京培训，鸟不拉屎的地方，还是算了吧。”

然后我就这么等啊，等我情人节的花。我每天上班的第一件事就是跑去前台问有没有我的花，反正全办公室的人都知道有人要送我花了，大家都以为我谈恋爱了。多好的一件事啊!

结果，第一天没有，第二天没有，第三天，还是没有!

我都等得绝望了。我打电话给铜锣湾，可怜兮兮地说：“铜锣湾，你不是要我的吧？都三天了，还是没有收到花啊！”

那小子一听，也急了，说去帮我催。后来，他告诉我，今天也没人送，要明天才能送。

我那开心劲儿早就过了。第四天，我到了公司，想想还是问问有我的花没有，一问，没有。我心想，唉，别提了，都四天了，就算送过来，花也快谢了。越想越难过，结果熬到快下班的时候，前台美女给我打电话了：“赶紧的，来啊，有快递！”

我噌地一下站了起来，往门口走去，心里想着，这个狗屎快递，我一定要骂死他，哪有情人节礼物十八号才送到的啊？太变态了!

才走到门口，我就被一个巨大的红色盒子镇住了。

那是多么巨大的盒子啊，足足有我个子这么高！这是什么花啊？马蹄莲?

我顾不上骂快递了，赶紧拆开盒子，里三层外三层的，随着盖子的打开，漫天的雪花飘了起来。哦，不，是漫天的羽毛飞了出来。好美啊！我一下子愣住了。

“哇！好美啊！”前台美女感叹道。这时候，几乎所有在上班的同事都出来看热闹了。

“乖乖，这花太美了吧？”有人感叹道。

那束花全部是用羽毛包裹着的，梦幻的羽毛中间有十一只可爱的小熊，每只小熊都穿着不同的衣服。我第一次看见这样的花！

所有的男同事都发出赞叹，所有的女同事都无比羡慕，甚至有女生小声说：“乖乖，江苏的男人就是浪漫啊，连送的花都这么特别。太让人羡慕了！”

我的花立马被同事们拿去传递着欣赏了。我看了看盒子，一堆羽毛中有一张卡片若隐若现，我连忙打开，一看——

狗子：

这下你满意了吧？

铜锣湾

敢情这花是我求着他送的啊？我心中愤愤不平，但是看到同事们羡慕的表情，我打算原谅他。谁让他给了我如此大的惊喜呢？虽然这个惊喜足足迟了四天。

不知道是不是那次情人节的原因，后来我们的联系频繁了很多，同事们都以为我谈恋爱了。其实铜锣湾从来没有说过“做我女朋友吧”这种话，但是我却真心想维持这种不明不白的关系。我想，在我的内心深处，铜锣湾就是我最喜欢的人吧？

而这个我最喜欢的男人，却让我又恨又痛，对于这点，阿圣是最好的见证人。

后来我和桔子也联系上了，他笑着说这礼物算是给我的生日礼物。于是我就说等下次去上海了，一定要请他吃个饭。桔子哈哈大笑：“算了，别等了，三七约了我过两天去一趟厦门，到时候你有空就来聚聚。”

我一听，连忙说：“好啊，那我正好可以请你们吃个饭，带你们玩玩。”

他不置可否地笑笑。电话挂了，我心里有点忐忑，他是来看我的吗？他为什么突然这么主动？他是春心大发了，还是受什么刺激了？

三七就是那个喜来登的金领。他的身材像寺人，笑容和酒窝也像，但是他比寺人好看很多。我虽然只见过他一面，但是对他的花痴已经无法用语言描述。而桔子就是三七最好的朋友，他们经常一起出差、出国。之前我和桔子聊天，聊得最多的还是三七，我总是旁敲侧击地问三七的爱好和行踪。桔子肯定知道我喜欢三七。自从联系上铜锣湾，我将所有的花痴对象都冻结了，我想我得一心一意地花痴铜锣湾去，不能分散用力。

但是，正当我心意已决的时候，建江有次和我聊天，他说：“你们这些小美眉，就应该趁年轻的时候普遍撒网，集中捕鱼。”

我一听也有点道理，我已经差点吊死在一棵树上了，不能再犯同样的错误了。想到这里，我连忙上了MSN，联系三七，问他是不是要和桔子来厦门玩。

三七还是老样子，回复道：“等工作忙完了就去，到时候你一定要来哦！”

我心里美滋滋的，心想要是铜锣湾谈不成，三七就是下一个目标。

我在心里默默地把能“勾搭”上的男人排了个序，把建江和阿圣都算上了。我一遍又一遍地想，如果前一个不行我就“勾搭”下一个，要多久？再不行，再勾搭下下一个要多久？不算不打紧，一算吓死人，如果我每个都谈半年的话，周围靠谱的男人到我三十岁都谈不完一圈！

想到自己“货源”如此充足，我这才安心地抱着被子，呼呼大睡去了。

我美美地捧着一大束花无比自豪地走在大街上，来来往往的人都投来无比羡慕的目光，就连出租车司机都停在我旁边问：“小妹要不要坐车啊？”把我美得啊！正当我美滋滋的时候，吧嗒一声，马路边芒果树上一个大芒果砸我脑袋上了。我哎哟一声赶紧捂头。醒了。

敢情我刚才是在做梦啊？我不无懊恼地看了看时间，八点半。今天周五，熬一天，明天又可以出去happy啦！想到这里，我就嗖地一下蹦出了床。

我的出门速度是五分钟，因为我喜欢睡懒觉，穿好衣服抓抓头发就往外跑了，洗脸刷牙的程序都安排在公司，这样既延长了睡觉的时间，又不会迟到，我不由得为我的创意打了个一百分。

急匆匆地走到公司楼下，由远及近的《天空之城》的铃声传来，我立马掏出电话，一看，是铜锣湾。

这小子自从上次送花后，有一阵没一阵地联系我，我一会儿花痴，一会儿伤心。这小子，真是拿着别人的软处不觉得累啊。

"狗子，周末有空不？"

"周末当然有空啦！我们又不加班。"

"我周末去看你啊。"

"啊？什么？"

"你嫌周末太久啊？那好办，我现在就去找你吧。我反正在北京机场，机票买了也可以改签的。"

"什么？你培训结束啦？"

"是啊，太无聊啦！培训了三个月，我都要憋死了，赶紧找地方玩玩，你不方便我就不去了啊。"

"别，我方便，你来吧，我去接你。"

高层电梯信号不好，挂了电话，我才跑进电梯，结果一看，八点五十九分了！这小子别害我迟到啊。

到了公司，我以激光的速度冲去刷卡，啪！胸卡直接凑了过去。还好，没有迟到。我不由得舒了一口气，跑回座位，拿上水杯、牙刷和毛巾，跑去茶水间。

我边刷牙边美滋滋地想，哦，上帝啊，我的爱情鸟终于要来了！洗脸的时候我还自顾自地唱了起来。秀芳进来倒水，一看我这副傻样，笑道："葛一啊，你是不是花痴了啊？大清早的，什么事这么乐啊？"

我一边抹脸一边对她唱道："我的爱情鸟啊，马上就来到啊！哦也哦也！哦也也！"

秀芳哈哈大笑："你那个江苏帅哥要过来啦？"

"秀芳，你太聪明了，他竟然今天就过来！我下午要请假，刘封不在，你帮我说一声啊。"

"看你乐得，门牙都要没了，悠着点啊！"

哈哈哈哈，我还悠着啥，我能不高兴吗？别说铜锣湾来了，那时候我在福州待了一年半，除了我妈来过，没一个人来看过我。

刚坐在座位上，我猛地一想，他来看我，我是不是要表示表示啊？我不能空手见他啊！于是我对秀芳说："我先出去下啊，大概一小时，有人找我打我手机啊。"说完赶紧拿着包出去了，一路打车到东街口。

我记得我姑说过，如果送男人皮带，意味着能绑住他一生，于是我冲过去看皮带。可是转念一想，我们现在最多算老同学，送皮带是不是太不合适了？

我又看了看皮夹子，不行；又去看Zippo，但是他好像不抽烟。Zippo旁边是瑞士军刀，我对这玩意儿很着迷，因为出去徒步看人家都用它。我选了把黄色的夜光军刀，拿在手上沉甸甸的。柜台小妹听说我是送人的，给我拿来一个盾牌似的铁盒子，帮我包扎好，还打了个红色的蝴蝶结。

买好东西我打道回府，一看，刘封回来了。我立马神秘兮兮地跑过去，说："老大，我找你有个事。"一般我要找刘封帮忙的时候就不叫他刘封了，叫他老大。

他一听我这口气，哈哈直笑。他说："别和我套近乎啊，我早就知道了。你对象要来是吧？"

我连忙回头瞪了一眼秀芳，那家伙正在偷笑呢。我连忙说："是呀是呀，我也是措手不及啊，人家要给我惊喜哎。”

“行吧，我倒没什么，今天周五，你把老新交代的数据弄好就行了。”

我如领圣旨般跑回座位，屁颠屁颠地开始工作了。

中午吃饭的时候，我胃口大开，菜还没有上来，我已经连吃了三碗饭，一桌子的人都在笑我“八大碗”。

那是一次公司拓展。我们找了个拓展基地，是一座巨大无比的山，去的路上大部分的人都吐了。那时候办事处人少，正好坐满一辆二十多个座位的中巴车。司机师傅就和开F1一样，将我们从车子的左边甩到右边，大家一会儿“啊”一声。司机师傅毫不理会，继续夸张地耍着他的方向盘。

到了目的地，所有的人都双腿发软，我们连忙和旅行社联系，接我们的时候千万不要用这个司机了。就这样，大家胃里翻江倒海地开始了拓展。

这个拓展和别的拓展很不一样。我们分成两个小组，要在三小时内找到大山里面四个据点里的所有宝藏。所谓的宝藏其实就是扑克牌。一个小组一幅地图，大家协同进行，总共要找到二十张牌。在五点钟的时候，要将二十张牌和小组的十二个人全部带到根据地。哪队先到达，哪队就是胜利者。

这游戏太有意思了，那完全就是个野山啊!

爬山就不说了，我们还要爬树，还要钻黑乎乎的山洞，还要越过小溪，还要在一个恐怖的古屋中四处寻找，甚至还有人颤巍巍地爬上了古屋的屋顶，在屋顶发现了一张宝贵的扑克牌。

组员积极讨论，相互协作，寻宝途中充满惊喜。

最后，时间直指四点半。队长决定先带着十八张牌和几个走不动了的队员赶往根据地，我们几个身手敏捷的队员去找剩下的两张牌。如果找不到，四点五十的时候也要火速撤离。因为天就要黑了，不能在野山里待到天黑。

我们分头找。皇天不负有心人，我在另外一组扫荡过的基地中找到一张宝贵的扑克牌，我立马发出信号：“布谷布谷！”

不远处传来回复：“布谷布谷！”

太好了，有人找到了另外一张。我连忙发出一声狼叫：“啊呜！”赶紧回巢。

我们赢了！

晚上在山下的一个饭店吃晚饭，大家都饿得头昏眼花。饭先端上来，农家的碗很大，一碗比普通的三碗还多，没有菜，我硬生生地吃了四碗饭。后来上菜了，我又吃了满满两碗。

我每次把碗装满，他们都发出一声惊叹。那天我体力消耗太多，需要“恶补”。后来不知道怎么传的，我变成了八大碗，就连老新都说拼酒拼不过建江，吃饭吃不过葛一。

扒完饭，一伙人走回公司，五四路两边种着芒果树，我正好走到一棵芒果树下，“啪嗒”一声，一个熟透的芒果掉了下来，硬生生地砸到我的头上。大家都笑我，说我马上要走狗屎运了。

这一幕和早上的梦境竟如此相似。我琢磨不出这是好的征兆还是不好的征兆。我捂着头，赶紧从地上捡起那个芒果，心想，好样的，刚吃完饭，你是知道我想吃芒果了吗？我回去马上就把你消灭掉，哼！

回到公司，带上军刀和那个砸到我的芒果，我马不停蹄地赶去坐机场大巴。铜锣湾说三点多到，我要去接他。

一路上我感慨万千，离上次见面至少有三年了吧？这三年来物是人非，我不再是从前的我，他还是以前那个他吗？正胡思乱想着，到机场了。

我站在候机口，听着广播。北京的飞机马上就降落了。正等着，远处一个熟悉的身影走了过来。一如既往地悠然，一如既往地随性。

我夸张地咧着嘴巴，摆出笑脸，挥动着手臂。他看到了。

二月的福州早已很热了，我穿着薄薄的羊毛短裙，配上黑丝袜和靴子，上身穿着一件打底衫和一件轻薄的黑色修身羊毛西装。而铜锣湾穿着一件黑色的羽绒服，里面是一件厚厚的高领毛衣，下面穿着牛仔裤。

他兴冲冲地走过来，脸上全是笑，看起来真俊真阳光！我恨不得上去拧一下他的脸，看看能不能拧出水来。

没有拥抱，没有拉手，我在大巴上胡思乱想的见面姿势通通没有。铜锣湾龇牙咧嘴地说：“这里真热啊，我都快热得受不了了。”

我哈哈大笑。铜锣湾的汗流到了发尾。他头发挺长的，刘海儿随着湿热的海风飘了起来，嘴边的小酒窝若隐若现的，我有点看傻了。我这辈子最难抗拒的就是酒窝男，寺人如此，三七如此，铜锣湾也是如此。我栽在这酒窝上了，我就想着一定要生个有酒窝的宝宝，所以我一定要找个有酒窝的娃他爹。

正当我痴痴地看着他的时候，他伸手递给我一个东西：“喏，带给你的。”

我好奇地接了过来。

“一把紫砂茶壶，女壶，我好容易求来的。”他有点得意地说。

我一听，赶紧拿出那把军刀：“喏，这个给你的。”

他接过盒子，开心地笑了：“我也有礼物啊？”

我不管他乐了，连忙问他：“你行李呢？”

“就这些啊，我没行李。”这小子竟然没带行李，就单拿一个小皮包。

“你个甩货[①]！走，赶紧坐大巴去。二十分钟一班，错过了又要等了。”我连忙带着他坐车去了。

一路上我们都兴奋地聊着过去的事，我发现他记得的事情还挺多的，我说：“我终于等了你一次，这次是还你上次等我的。”

---

①“甩”在南京方言中是搞笑、疯癫、不正常、有毛病的意思。

他莫名其妙地问:“什么?我什么时候等你了啊?”

“啊?你不记得啦?我那时候去B城做毕业设计，你在火车站等了我四五个小时啊!”

“你就掰吧。就你那时候那样儿，我还去等你啊?你不是在做梦吧?”他又开始嘲笑我了。

我不笑了。他不会真的不记得了吧?我认真地看着他的脑袋，想看看有没有伤口什么的，但是头发有点长，看不见头皮。虽然过了这么多年，但好歹是个开颅手术，应该有疤吧。

铜锣湾见我盯着他看，笑着对我说:“你是不是犯花痴，犯到都不认识我啦?”

我悻悻地哼了一声，没敢把那问题问出来。这小子到底记得多少，又忘记了多少?

没多久就到市区了。我给他订的酒店在单位对面，外贸中心酒店。那时候我可没想过要帮他省钱。到酒店前台登记，前台小妹说:“请出示两人的身份证。”我立马窘得要死，赶紧说:“我陪他来的，就他一人住。”

他笑着打开钱包，拿出证件。我一看，天哪，这小子带这么多钱啊?钱夹是长款的，夹层里有两大沓人民币，一边一沓。

我连忙说:“这边治安不咋地，你干吗带这么多钱啊?”

他说:“这不是怕不够花吗?”

前台小妹看了我一眼，那眼神是如此熟悉。

上午我在商场买军刀的时候，隔壁珠宝柜台旁边站着一个戴着粗大的金项链的男人，操着一口浓重的闽南腔说:“随便看好了，随便挑，反正我有的是钱。”然后那男人从皮夹里拿出厚厚一沓钱，说:“这三万块，随便你买了。”

那一刻，周围的人都盯着那男人旁边的女人看，当然包括我。那眼神，就是看二奶的眼神。对，就是这眼神!

我窘迫得无地自容，赶紧拉着铜锣湾去了房间。

开门进去，我一看装修，嘟嘟囔囔地说："什么五星级，就这样啊？还不如让你住山水大酒店去呢。这里真破！"

那个酒店是老式装修，红色的地毯，红色的家具，看起来完全不值四百多的房费。我说："去退了吧，不行你住我那里，我有个小房间，但是我妈正好来看我，你不怕我妈就和我回去。"

铜锣湾扔了包，跑进卫生间，关了门，我听到嘘嘘的声音。他说："你别折腾了，就住这里啊。"

我肚子饿了，拿起酒店果盘里面的苹果，"咔嚓"咬了一口，问道："你饿不饿啊？我带你去吃饭。"

他出来了，一听说要吃饭，"好啊好啊"地应着，连忙拉着我出门。

旁边的湖东路上有一家砂锅粥店，他家的砂锅粥真的很好吃，我就带着铜锣湾去喝粥了。

我想我应该尽地主之谊，给他搞了个膏蟹蛤蜊粥。然后点了两三个小菜，我们边吃边聊。

我们聊到了星子，星子有了自己的公司，事业蒸蒸日上，唯一不完美的是他被一个妞绑得死死的，完全无法撒开手泡妞。我和铜锣湾为他扼腕痛惜，就像我们同情秀秀一样。

小妹还是那样，中意和他截然不同的女生。他瘦瘦小小的，却老是找高高壮壮的女生，而且，他悲哀地被当作提款机，自己却毫无怨言。

还有康总，虽然看着片子里别人吃屉屉他还吃得下大肠面，但是他竟然有很严重的洁癖，这使得他的找对象之路荆棘密布。

菜鸟是最风生水起的。他毕业回家就接了老爸的场子，是一个很大的手机卖场，做起了大老板。女人更不用说了，向他投怀送抱的多如牛毛。

时间过得飞快。我一看表，都九点半了，于是叫服务员结账。铜锣湾自然不让我结，但是我哪里肯让他埋单，我说我可以报销。其实我哪里能报销，我又不是销售，又没有费用。但是我真心觉得，来了我的地盘，我不请客，天理不容。

随后我们走出粥店，粥店门口就是树汤路，沿着这条路一直走，过了温泉公园就是我住的地方。我和他道别，他笑着说：“你不是说福州治安不好吗？我送你回去吧。”

“我怕你不认识回来的路，还是算了，没多少路。”

“你妈在，我不送你回家反而不好，走吧。”

他径直往前走，方向完全错了。我连忙拉住他，带他过马路，每走到一个路口我都给他交代清楚，生怕他回去的时候不认路。一路上，他还是一如既往地走得比我快。

二月的夜风吹着脸颊，凉爽温柔。我跟在铜锣湾后面，仿佛回到了学校那条小路。我盯着他的手，要不要去牵？要不要去牵？这一幕，如此熟悉，如此清晰。

又到一个路口了，他回头看了看我，问道：“下面怎么走啊？”

我看着右边的温泉公园，说道：“要不我们去温泉公园转转吧。”那一刻，我好希望我们能发生点什么。

春天的温泉公园，虽已夜深，却依旧热闹，走不了几步就能遇到锻炼的人，要么就是搂着抱着的情侣。我还打算找个僻静之所跟他来个情不自禁的，现在倒好，想搞点事是不可能的了，我只能问他明天的行程，他倒好，说随便。

哪能随便啊？总共就只有两三天，福州城里没什么好玩的，要出城才行，我又没车，只能去厦门了。厦门是个好地方，好山好水好大海，我提议去厦门，他不置可否。

我们折回主路，他送我到楼下，目送我上楼，走了。我开了门，兴奋地问老妈吃了饭没有，老妈说吃了。她问我怎么这么晚回家，我一五一十地说了。

老妈不作声了，我连忙问她怎么了，她幽幽地说：“你们处朋友玩玩，我没意见，但是我不希望你和他当真。”

为什么啊？我大惑不解。我难得喜欢一个男的，老妈怎么就不同意呢？

“你傻啊，”老妈看了我一眼，“他脑子动过手术的，身体不好。你敢要啊？”

我一听，愣住了。这事我还真没想过。我心想老妈这人也太世故了，动过手术的人就不能要啦？动过手术的人就不能结婚啦？想那么多干吗？真是的！

我一想明天要去厦门，赶紧开了电脑，去找住处。这可是我们第一次单独相处，一定要搞点情调。

我立马想到了鼓浪屿。鼓浪屿上有不少公园，公园里面有很多靠海的木屋别墅，以前去玩的时候经过过，反正这次我豁出去了。于是我连忙查找别墅的信息，网上正好有个当地人的电话，打过去，四百八一晚，独立屋，就在海边。站在阳台上看海，多惬意啊！我毫不犹豫地订下了。

然后我赶紧打电话给铜锣湾：“到酒店了吗？”

“快了快了。”那头的声音一听就在马路上。

“啊？你路痴啊？这都半小时了，还没到酒店？”我惊恐地说道。

“快了快了，马上就到了。”他连忙说。

“你走到哪里了？”

“就刚才那粥店啊，向左拐还是向右拐啊？”

我的上帝啊，走了半小时才走到粥店！“如果你面朝粥店，那就向右拐。”我尽量说得详细一点。

这小子，别给走丢了，否则我就亏大了。这不刚订好的别墅吗，人没了，我和谁住去啊？还好，过了一会儿，他找到酒店了。我终于舒了口气，告诉他：“明天住的地方订好了。海边别墅，爽吧？四百八，有没有问题？”

“独栋的别墅？乖乖，你怎么搞到的啊？”他有点吃惊。

“你别管了。难得来一次，好歹留个念想，不说了，你到家了就好了。明天八点出发，别睡懒觉。睡觉啦，晚安。”我先发制人，因为我喜欢睡懒觉。

“好好，晚安。”

我挂了电话，兴奋得睡不着。之前去厦门吃过很多好吃的，我一一找好地点，然后记了下来，这样明天就可以直奔主题了。

11

两个人的鼓浪屿

面朝大海，春暖花开。

这天早上，我前所未有地六点就醒了，然后就再也睡不着了。我想，这么早闲着也是闲着，要不给铜锣湾打个电话？念头一起，就赶紧拨了。

“铜锣湾啊，起来没？”

“早就起来了，我这都轧了一圈马路了。”那头的声音特别地清爽。

“啊？你这么早就醒了啊？那好，我也赶紧起来，我们六点半在你酒店门口集合。你酒店对面就有车去厦门，别跑远了啊。”我叮咛道。

我立马起来，洗漱，狼吞虎咽地吃了我妈煮的粥，匆匆和她道别。临走前我还假惺惺地问她：“妈，你要不和我们去吧，厦门好玩哎。”

“又不是没去过！你们年轻人一起去玩，我一个老太婆去干啥？”

得到我妈的回复，我心满意足地走了。

我才不担心我妈呢。自从来了我这里，她把在福州能认的邻居、亲戚都认了个遍。十几年前在我家住过一段时间的一个泉州朋友，我妈跑去人家家里玩了几天才回来。

我急匆匆地连跑带颠地赶了过去，老远就看到铜锣湾坐在酒店门前的广场凳上，单手撑着个脑袋，看着来来往往的人。

他看到我了，我也不忸怩了，拉着他往马路对面走：“走，赶紧的，这个点正好有车去厦门。”

他就傻傻地被我拉着衣袖，跟着我。

我这人就是这样，做什么事都风风火火的，而铜锣湾毕业以后变得沉稳了许多。唉，改变啊，这就是改变啊！

上了大巴，我已经满头大汗了，再一看他，他流的汗比我还多。他穿那么多，不热才怪呢！一落座，我就和他说，反正时间还早，到了厦门我就带他去买T恤。

一路上，我就像个气象小百灵一样，絮絮叨叨地讲着沿途的风土人情。在福建的那几年，我几乎一天都没闲着，只要有活动，我必定是最积极的那个，跟销售们全省到处跑。什么野史、正史、花边新闻、小道消息，我全扒了个遍。坐那趟车要花两小时，我喝了车上的两瓶水，反正是送的，不喝白不喝。铜锣湾一路就和傻子一样，听着笑着，偶尔掺和两句。

好不容易到了厦门。厦门比福州还热。还好我明智，只穿了件阿迪达斯的短袖黑外套，下面一条运动裤。我热了就把外套脱了，我一看铜锣湾，还是那厚厚的羽绒服，还是那高领厚毛衣，和我绝对是两个世界的人。我立马拉着他去中山路，找了家大一点的店带着他买了一件短袖。

厦门何尝不是一个诱惑人的地方。如果不是要陪铜锣湾玩，我肯定立马冲进去奋战三小时。他买的那件某品牌的短袖才百来块钱，几乎是二折的价格啊！那时候的厦门绝对是购物者的天堂。

然后，我就带铜锣湾去吃了大名鼎鼎的大鼎菜。就在厦门日报社的边上，我跟老新和建江来过一次，绝对好吃！大鼎菜类似于火锅，一个硕大的鼎放在桌子中间，汤底是一种米糊状的东西，把新鲜的海鲜扔进去，熟了就捞起来吃。虾啊、牛蛙啊、蟹啊、蛤蜊啊，什么都可以往里放。

一落座，我刚要兴奋地跟他说今天主要吃海鲜，我就想起这小子海鲜过敏。昨天点菜的时候没问他，我直接点了膏蟹粥，结果饭几乎全是我吃的。整整一锅啊，今天不能再这么搞了！

我悻悻地说："完蛋了，我才想起来你海鲜过敏，我还想再开开洋荤的。"

铜锣湾说："没事，大不了我少吃点。"

"不行不行，这地方我来过，主要就是想带你来吃个特色，这样吧，我们点牛蛙，我自己吃牡蛎，中不？"

“好。”这个问题协调好了，我们就开吃了。

一想起那菜，我就流口水，我吃大鼎菜一定要点牡蛎的，因为牡蛎的香味会留在米汤里面。等把全部的菜吃完，再把剁碎的青菜扔进去，那种美味，简直无与伦比！

吃到后来，那小子突然慨叹道：“这家店真不错！要是有钱，我就回去开一家分店。”

那一刻，我觉得我成功了，我让一个既对海鲜过敏又不喜欢吃海鲜的人爱上了吃海鲜。我容易吗我？

一顿猛吃，肚子已经圆鼓鼓的了，一看时候不早了，我们立马赶往鼓浪屿。

一到岛上，我就赶紧打了那个大姐的电话，跟她约好在码头碰面。不一会儿大姐就来了，一口厦门腔，非常好听。厦门话和泉州话有点不一样，厦门人讲闽南话就像无锡人说无锡话，比较含蓄，音调没有那么高，有一种软软的、糯糯的味道，就像岛上的麻糍[①]。

我们跟着大姐沿着延平路一直走，不久就走到了皓月园，进去后才知道，原来住在里面可以免这个公园的门票，嘿嘿，又赚到了！

沿着一条幽径七弯八拐地没走多远，就看到一排独立的小木屋。

哇，好浪漫的地方啊！我看到还有两层的木头别墅，忙问大姐，这两层的木头别墅多少钱一晚。

大姐说：“两层的便宜，旺季就不说了，你要是来，算你五百八一天。”我一听，值啊！这一大家子来住的话，就太爽了啊！

正当我啧啧称赞的时候，大姐在管理处拿了钥匙，给我们开了门。这是幢小阁楼一样的小别墅，不算很高，一进门就是两张小小的床，一张紧邻着窗，洁白的床单整齐地铺着。木屋使用的木材是没有经过任何油漆的杉木，散发出一股淡淡的木香。

---

① 麻糍：一种糯米食品，浙江、江西地区的特产。

阳台外面就是大海!

我迫不及待地推开小门，走到阳台上。我终于可以面朝大海，和心爱的人春暖花开啦!

我正心花怒放呢，就听到大姐关门的声音了，我忙进屋一看，说：“我钱还没付呢，人就走了啊？”

“哈哈！大姐看我们人好，只收了四百六。”铜锣湾笑着说。

这个大姐真好，我心想。于是激动得根本顾不上休息，我就带着铜锣湾出了门。

鼓浪屿到底有什么好玩的，我也说不出，但是，我深深地觉得，鼓浪屿的美应该是建筑美和人文美。

二〇〇五年年初的时候，鼓浪屿还没有被过度开发，那时候还没有什么张三疯的猫，还没有那么多酒吧和咖啡店，还没有那么多土特产店，还没有那么多一家挨一家的家庭旅馆。

那时候走在寻常人家的巷子里面，还能听到学童学琴的钢琴声；还能听到大妈们闲聊时温软的厦门话；还能看到无人居住、破旧不堪的老别墅；还能看到别人院子里面长得高高的木瓜树，树上结着没成熟的木瓜；还能找到人迹罕至的后山，山上全是祖坟；还能站在几乎没什么人的海滩上，听着澎湃的大海的声音。

那时候，那时候总是那么美好!

我和铜锣湾没有目的地闲逛着，穿过无数个小巷，凭感觉朝着北方走。反正岛是圆的，朝着一个方向一直走必定会走回码头。

慢慢地走上了山路，山很平缓，低矮处还种着各种各样的蔬菜，山腰上就全是墓碑了。天有点暗了，不能往回走，我们只能翻过那座矮山。

我不知哪里来的勇气，一把抓起了走在前面的铜锣湾的手。

他立马回头看了我一眼，我有点羞涩地说：“山上这么多坟，有点瘆人。”

“怕啥，你还信这个啊？看你那熊样！”他嘲笑我。

我才不管他，拉着他的手不肯松。

好容易下了山，我发现他手上有汗，而且越来越多，我立马撒了手，这小子肯定紧张了！这都下山了，没理由再拉着他了。

他还是一声不吭，我气得牙痒痒。但是我不能发作，还有美好的晚上要过呢。我要淑女，对，淑女！

山下就是个游乐场，全是小孩玩的东西，秋千啊，跷跷板啊，单双杠啊，我立马占领了一个秋千。

我有秋千瘾，看到就一定要坐，小时候就喜欢。我叫铜锣湾过来推我，他就老老实实地过来了。一个人坐不好玩啊，再加上一个木头人，真没劲！

我便拉着他玩跷跷板。俩大人，玩跷跷板，多逗啊！可那跷跷板就是大人能玩的，很高很长，我玩得不亦乐乎，铜锣湾也终于傻笑了起来。

我们一直玩到天黑，肚子咕咕叫了，我就拉着铜锣湾往菜市场走。他小子路痴，这时候就明显能感觉到他的无助，我就像个大侠一样带着他，心里好不得意！

饭菜并不好吃，牡蛎也不是很嫩，抹抹嘴巴，看到外面巷子里突然多了好多人。我是个爱凑热闹的人，连忙问了问上菜的小妹，小妹说今天周末，大家都去做祷告。

嘿！这个我没做过。我连忙问铜锣湾要不要去，他点点头。

于是我们就顺着人流七弯八拐地走，最后还真找到教堂了。教堂很大，我和铜锣湾蹑手蹑脚地进去，随便找了个空位坐下。我们去得晚，座位在靠门的地方，座位上是一张封印的白纸，拿起来一看，原来是圣歌的歌词。

我听不太清前面的人说的话，只知道大家都默默地低着头，我和铜锣湾也跟着低头。

教堂里面非常安静，我甚至能听到铜锣湾的呼吸声。我偷偷地看了他一眼，他闭着双眼低着头，不知道在想些什么。

正在这时候，前面的人开始唱圣歌了。

圣歌的音调好熟悉，我和铜锣湾也跟着唱了起来。我突然发现，很多耳熟的英文歌用的竟然就是圣歌的调，太神奇了。

大家一首接一首地唱着圣歌，我和铜锣湾相视一笑，那一刻，真的开心到爆!

渐渐地，前面的人开始离去，我们继续随着人流往外走。我非常诧异，原来在这个岛上，有如此多的信徒。

头顶皎洁的白月，我们回到了皓月园，隔壁的几栋小屋都亮着灯，那一刻，无比温暖。

推开阳台的门，我面朝大海，深深地吸一口气，连忙回头叫铜锣湾出来。

回头的那一瞬间，我看到隔壁小别墅的阳台上摆着一圈红色的蜡烛，一男一女席地而坐，顶着月光喝红酒。

天哪！他们也太浪漫了吧？

铜锣湾出来一看，嗤地一笑:“这有啥？”

这有啥？人家那多浪漫好不？我看了看不解风情的铜锣湾，真难想象这样的人还会给我送花，真是难为他了!

我们就这样站在阳台上看海，听着大海的声音，我觉得百无聊赖。于是我便扔下他，回房洗澡去了。洗完澡出来，那小子还在阳台上站着。真不知道他那个榆木脑袋里面装了些什么。我钻进被子，叫他去洗澡。他悻悻地进来，不敢看我，径直走进浴室。那一刻，我悲哀地想，今天千万别搞砸了啊!

越是不想搞砸，结果就越糟。

铜锣湾洗完澡出来，穿着棉毛裤、棉毛衫，活脱儿一个内衣广告代言人。而我穿着短袖睡衣!

我连忙问他:“你不热啊？”

他钻进靠窗的那张床:“不热。”

行，不热就不热。我竟然不知道该说什么，于是说了句：“睡觉吧，不早了。”

他“哦”了一声，便不再说话。

我听着海浪的声音，听着沙滩上突然传来的男女的嬉闹声，心想，他们真开心！慢慢地，入夜了，我感觉非常冷。海边就是这样，早晚温差大，凌晨的时候最冷。

我的脚冻得冰凉，怎么焐都焐不热，于是我低低地说：“你冷不冷啊，我的脚都要冻死了！”

话音刚落，铜锣湾嗖地一下从床上坐了起来：“啊？你冷啊？”

“嗯，我还以为你睡了。”

他没回答我，迅速地从床上跳了起来，来到我的床边，掀开我的被子，钻了进来。那一刻我无比紧张。

只是铜锣湾竟然跑去了床尾，还没等我反应过来，他就抱起我的脚，往他肚皮上一放！

我僵住了。我想到了寺人，只有寺人才会这么对我。我有点想哭。

我的嗓子像堵住了一样，想说什么，可是却怎么也说不出。半天，我沙哑着嗓子问：“你肚子不冷啊？”

他说：“这算啥？”

然后呢？然后说什么？我沉思着，问他：“你还记得骑自行车的那个晚上吗？”

“什么？”

“你不会忘了吧？那次你骑车带我的，和阳阳他们出去玩那天。”

“你不是犯花痴吧？我怎么可能骑车带你！”

“你真的不记得了？你确定？”我追问道。

“我脑子抽了骑车带你，你以前那么丑的！”他笑道。

我一听，立马踹了他一脚。

“哎哟！”他惨叫一声，“你真踢啊？小样，我难道会怕你？”

那小子竟然挠起了我的痒痒，我躲也躲不了。结果，“啪嗒”一声，我滚到了地上!

铜锣湾哈哈大笑起来。

我愤愤地爬起来，跑到另一张靠窗的床上去了。“你乐吧，你就给我乐吧，哼！”

那小子竟然也爬了过来，并且还是爬去了床尾，然后嗖地一下又把我的脚拉了过去。我老实了，不再乱动，他就老实地抱着我的脚，不再嘲笑我。

我正想着要不要再聊点什么，就听到铜锣湾均匀的呼吸声，我轻轻地喊了声“铜锣湾——”，没反应。“睡着了？”还是没反应。我悄悄地坐了起来，月光透过窗户洒在雪白的被单上，他侧着身，睡得沉沉的。看着他傻乎乎的脸，我心中不无感慨：明天他就要走了，明天他就要走了，会不会再也见不到他了？他会不会再像以前那样消失？我深情地看着他，看着这个我似爱非爱的人，我悄悄地掀了被子，睡到他那头。

看着他的后背，我情不自禁地伸出手臂，轻轻地环住他。碰到他的那一刻，我感觉他动了一下，但是之后就没有动静了。他就像睡死了一样，还是均匀地呼吸着。

我不管那么多了，我只要现在，只要轻轻地抱着他，明天，谁知道明天是什么样的呢？

窗外传来海鸟的叫声，我睁开眼睛一看，竟然变成他抱着我了。我轻轻地把他的手臂拿开，动作刚进行到一半，他呢喃了一声，我立马扔了他的手，坐了起来。

我能感觉到他醒了。我靠着窗，羞愧地望着窗外，不敢看他的脸。他倒满不在乎，咕哝一句：“你怎么醒得这么早啊？”

“两人睡一张小床，不舒服哎。”

“我倒觉得昨天睡得挺舒服的。”说完，他也坐到窗前，我们的脑袋差点靠在一起。窗外海浪阵阵，湿湿咸咸的海风吹在脸上，有一种暧昧的感觉。我看了看他，俊俏的侧脸，微微上扬的嘴角，好看得就像做梦一样。我幽幽地问："今天你会走吗？"

"按理说该走了。"

"哦。"我有点沮丧。

"但是反正我也没买回程票，你要有空陪我，我就明天再走。"他坏坏地笑着说。

啊？真的？我感觉无比惊讶。我陪他问题倒不大，周一我们还算不忙，下午去公司也可以。

"真的不走啊？"我问道。

"你有空我就不走。难得来一次，还没有好好玩玩啊。"他突然有点认真地看着我。

我被他看得有点窘，连忙低头说："好吧，你不走，我明天就请假陪你。"

女人就是这样，根本就抵挡不住男人的诱惑。为了男人，工作都可以不要了啊。正当我在心里默默地骂自己的时候，突然眼前黑影一动，他竟然直接吻了我！咸咸的湿湿的海的味道……好久好久，才慢慢退去。我窘迫至极，无处可逃，心里就像缺氧了一样。我呆呆地坐在窗前，急促地想要做点什么，但是我却像僵住了一样，傻傻地等他开口。

可他吻完我就看着窗外，傻傻地看着海，没有解释，没有下文。

那一刻，我觉得自己好蠢。而我至今都不知道他当时是怎么想的。退了房吃过早饭，我们就和什么事都没发生过一样，一起跑去坐轮渡。

站在甲板上，吹着海风，我的长发随风飞扬。我回头看铜锣湾，他竟然傻傻地盯着我看，我朝他微微笑了笑。那时候我在想：明天你会消失吗？明天的明天，你还会消失吗？你还会记得早上的吻吗？你还会记得你来看过我吗？

不知道为什么，想到这些，我的眼眶就有点湿润。我始终觉得自己还活在梦境之中，始终觉得铜锣湾的存在很不真实，我狠狠地掐了自己一下。铜锣湾好像看到了，他笑了：“狗子，你又在做啥啊？”

“我觉得我在做梦……”那一刻，我好想把自己所有的想法、所有的苦恼、所有的郁结都告诉他，但是我不能。我只能陪着他开心地玩，不能提及以前的伤痛，因为他根本就没有向我表白过，他只是留下了一个吻，一个没有任何承诺的吻。

我们去了中山公园，去了厦大，去了“三民主义统一中国”，我几乎带着他跑遍了半个厦门。但是，时间过得如此之快，快得让人来不及回忆就消失殆尽。

入夜了，我们走在曲折的华新路上，周围的老别墅散发出厚重的味道。一切变得如此安静，偶尔有一只猫从矮墙上面跳过，远处的狗吠和车水马龙的声音渐渐模糊。昏黄的路灯下，我就这样跟着他，一直走，一直走。

铜锣湾还是一如既往地走得很快，只有在岔路口才会停下，回头看看我。我一直看着他的后背，想着明天就要分离了，分离以后就是未知，我怎么也兴奋不起来。

终于，他停住了，笑着问我：“你累不累？要不回酒店吧。”

“累倒不累，只是天也不早了。”我似笑非笑地说。

“那回去吧。”他招手叫了路过的出租车。

酒店在白鹭洲附近，车子起步没多久就到了。在前台办手续的时候，我一边拿身份证一边轻轻地对铜锣湾说：“现在男女开房好像不要结婚证了。”

铜锣湾笑着看看我，接过我的身份证。

房间不小，窗外就是美丽的筼筜湖，因为经常有白鹭在这里出现，所以这个公园就叫白鹭洲公园。

我问铜锣湾要不要去公园玩。

他死猪一样扑向床，嘴里咕哝着：“今天不去啦，早点睡觉吧，累死了。”

好好好，那就休息吧，反正我也累了。

我说：“你累你就先洗漱吧，我来削芒果。”

白天买了一袋小台芒，我想反正有刀子，正好吃了算了，于是便拿起新买的军刀，吧唧吧唧开始削芒果。

铜锣湾在一边看得出神，他说：“你怎么这么削芒果啊？”

我笑着说：“福建人都这么削的啊。”

先从芒果侧边沿中间削一道，然后将芒果劈成三片，中间的核就剩下了，两边连着皮画格子，用手指从皮后面一顶，果肉就出来了。

我对他说：“你赶紧去洗漱吧，洗完了出来就有芒果吃了。”

“好好好。”他连连点头。

不一会儿，我削完了，铜锣湾也从浴室里出来了。我回头一看，立马窘得要死，这家伙竟然穿着三角裤!

我想起以前在学校，去送他生日礼物的时候，他就是这副德行。我没好气地说：“你悠着点啊，我可是手里带刀的啊！”

他扑哧一笑，丝毫没有害羞的意思，屁颠屁颠地走了过来，拿起我削好的芒果就往嘴巴里塞。我被他搞得哭笑不得，只好跑去卫生间。

等我洗完澡穿好衣服出来，那小子已经躺在床上了。

我故意躺到另一张床上，还没躺好，砰地一下，他弹跳般地蹦了过来，钻进了我的被窝。

我没好气地白了他一眼，然后迅速地跑到刚才他躺的那张床上，结果，那小子也跟来了!

“你是不是觉得好玩啊？”我没好气地问他。

“是挺好玩的啊。”他有点赖皮了。

“我说，你这啥意思？”我努力做出一本正经的神情问道。

“你说啥意思就啥意思。”他坏笑起来，嘴角的酒窝出现了！他的头发有点湿，就像刚刚涂过摩丝一样，大大的眼睛直勾勾地看着我，我知道，他又要吻我了……

还没来得及反抗，我就被他包围了，那一瞬我顺从地瘫软下来，几乎瘫在他的怀中。

良久，我轻声问他：“我是你女朋友吗？”

他深深地吸了口气，再慢慢地呼出来，没有回答我。

我立马坐正了，直勾勾地看着他：“你喜欢我吗？”

他想了想：“不算讨厌吧。”

这叫什么话？！

我有点生气了：“那你跑来看我干什么？”

“这不是太无聊了吗？”

“那你情人节送我花干吗？”

“这不是给你撑场面吗？”

“那你吻我干吗？”

“……”他一下子愣住了，“也谈不上喜欢，我也不知道。”

我脑子轰地一下，就像炸了一样。你不喜欢我还吻我啊？你不喜欢我还送我花啊？你不喜欢我还来看我啊？你是不是脑子被烧了？

我什么都顾不上了，直接把他的头掰过来，东找西找地想要找到一个疤痕。我想看看，这小子是不是真的脑子坏了。

这倒好，任凭我怎么找都找不到。

他笑着问我：“你找虱子啊？”

我气呼呼地说：“你头上怎么没有疤？”

“干吗要有疤？”他坏坏地看着我，一副皮笑肉不笑的样子。

“你不是动过刀吗？你难道忘记了？”

“我啥时候动过刀啊？”他一脸的莫名其妙，就像什么事都没发生过一样。

“难道你忘了给我写的邮件？难道你什么都不记得了？”我有点急了，他要真骗我，我就被他玩惨了。

“……”他陷入沉思，眼神有点迷离，“那都是以前的事了，提那些干吗？”

他说得倒轻松，都是以前以前以前！我以前为他担心，以前为他流泪，以前为他睡不着，敢情以前都是假的啊？

“你是不愿意提，还是不记得了？”我心有不甘地问。

他笑了笑，看着我：“那你是真傻还是装傻啊？”

我恼怒地一拳捶了过去，可我根本就没有得逞。他顺势抓住我的手，不知道哪里来的力气，把我拉过去紧紧地抱在怀里，由不得我动弹。

“好好好，我投降，你就饶了我吧，我再也不问了。”我只能投降。

他这才松开我，我根本不敢看他的样子，赶紧钻进被窝，掖好自己那端的被子，不再管他。

我知道，该来的总归是要来的。我的心怦怦直跳，明显地感觉到后背那灼热的目光，甚至，我的手心和脑门上都渗出了细细的汗。

可是，那一刻就像凝固了一样，他毫无动静，我只能听到自己的呼吸声。我百无聊赖地翻了个身，对他说：“这样你也不好睡，我们还是一人睡一张床吧。”

话刚出口，他就紧紧地拉住我的手臂，不让我动。我怎么挣扎都没用，然后，他默默地把我抱起，让我的头枕着他的手臂。“这样就好睡了。”他的嗓子有些嘶哑。

我整个人都在他的怀里，头枕着他结实的手臂，头顶是他的呼吸。

我诱惑着问他：“你有没有什么想法？”

“你想要什么想法？”他沙哑着嗓子反问。

我无言以对，抬起头，看着他的下巴，上面留着稀疏的胡楂儿。我伸出手摸了摸那胡楂儿：“那让我摸摸胡楂儿吧。”

那晚，我们就以各种拥抱的姿势睡了又醒，醒了又睡。我始终枕着铜锣湾的手臂，他是我遇到的第二个和我同床共枕但不行动的男人，我猜不透他们的心思。我一直在想，他们是珍惜我呢，还是不珍惜我呢？

12
没有硝烟的战争

生活不是一种刁难，而是一种雕刻。

第二天，我送铜锣湾去机场，临近别离，心中无限不舍，我迟迟地不愿意说再见。铜锣湾办完手续就一直和我站在安检门外，两个人都想说点什么。

突然，他一拍脑袋：“军刀我带不走啊！”我一想也是，他没有行李，就不能托运，最后实在没办法，我只能拿着军刀，等回福州后再给他寄，这叫什么事？

实在不能再拖了，铜锣湾笑着说：“我走了，如果回来就去找我玩。”

“嗯，我知道了。”我点点头，努力地微笑着说，“走吧，别最后一个上去，该被人骂了。”

“好，拜拜。”说完，他扭过头，走进安检站。我看着他过了安检，过了检查口，然后消失在拐角。他始终没有回过头看我。

我感到无限失望，拿着军刀，惆怅地踏上开往福州的大巴。

我刚回到福州，铜锣湾的短信就来了：“到上海了。”

“注意安全，一路顺风。”我只能这么回复。

我良久地看着那条短信，不断地揣测：他是不是怕我担心？还是想我了？或者这么做仅仅是出于礼貌？

我再也没有等到铜锣湾的短信。

那一刻，我觉得自己好累。我疲惫地回到公司，同事们都投来暧昧的微笑，好像我刚刚蜜月归来一样。

我却觉得无比痛苦，就好像被人捅了一刀，那人跑开了，我却留下了深深的伤口。

晚上我跟老妈说起这件事，老妈说：“我倒觉得建江这人更靠谱。”

“什么？”我一下子没反应过来，“建江？建江离过婚的哎！妈，你愿意让我嫁给一个二婚男啊？”

“二婚怎么了？二婚的男人是个宝！我觉得在你这些同事里面，建江还是比较靠谱的一个。”老妈开始乱点鸳鸯谱了。

“那你怎么不说老新啊？我倒觉得老新更靠谱。”我酸溜溜地说。

“也是，老新也不错！”老妈差点就一根筋到底了，“可惜啊，老新结婚了。”

“你还知道啊？”我讥笑老妈。

“我说啊，你那个同学还是算了吧。我不看好他，你自己心里要有点数啊！”老妈不忘叮咛我。

“好好好，我这是谈恋爱，又不是嫁人。再说了，人家也没说让我做他女朋友啊，八字还没一撇呢！”我半真半假地对老妈说。

老妈这才安心地点了点头，睡下了。

可我怎么都睡不着，我不想又像以前那样，铜锣湾突然消失，最后只留在我的记忆中。我想我应该为自己争取一下，就算失败了，至少我努力过，至少我掏心掏肺过，不是吗？

我躲在被窝里，给铜锣湾发了条短信：“你睡了吗？”

然后，我一直看着手机，十分钟过去了，二十分钟过去了，半个小时过去了，一个小时过去了……我的手机就像死了一样，没有任何反应。

我不知道自己在梦里有没有哭过，反正早上醒来的时候，枕头是湿的。

第二天依旧音信全无，第三天也一样……我度日如年地数着日子，想着怎么和他联系，怎么向他开口，甚至想过放弃这里的工作，回去找他。

就在我心里一团乱麻的时候，桔子打电话给我：“三七说这周有空，我们约好去厦门，你有空没啊？”

我疲惫不堪，不想再提厦门，我怕去了会想起铜锣湾。我委婉地拒绝了，还假惺惺地说：“我周末正好去宁德开会，你提前一星期说就好了。你们多吃点海鲜啊，帮我吃点。”

挂了电话，我瘫坐在座位上。这一次，我是不是孤注一掷了？

我把自己的想法告诉了建江，试探性地问他，有没有机会回江苏。

建江笑眯眯地看着我，他又要逗我了：“你这次决心大了？为了那个小白脸？”

“你怎么知道是小白脸，真是的！”我没好气地说，“不帮忙就算了。”

“不过说真的，我建议你不要急，老新好像明年要去江苏的。你可以等到明年，到时候时机成熟了，走起来就快了。”

“啊？还要等到明年啊？”我失望地说道。那一刻，我恨不得立马就能回去。

“你个小丫头沉不住气怎么行？你这样是吃不定男人的。”建江像教练一样训导我，“不过，我下个月在无锡有个会，要不你去帮我开，我正好落得个清闲。”

我一听，乐了。“还是建建对我好！行，那我去了啊，你可别后悔啊，不去看不到美女了啊。”我调戏他。

“我不像某人，看不到小白脸，工作都不想干了。”建江可不是吃素的，我笑着瞪了他一眼，哧溜一下，跑了。

下个月可以去无锡啦！我的心情一下子豁然开朗。我给铜锣湾打电话：“铜锣湾，我下下下星期去无锡开会，你有空没？有空去找你玩。”我乐得都忘记骂他负心汉了。

“下下下周是几号啊？”他好像在翻日历，“你行程定了？”

“还没有呢，我估计是周五左右，要是你周末方便，我可以去找你。”我忐忑地等着他的回复。

“行，你来吧。我周末一般都有空，来了给我打电话。”他好像终于下定了什么决心似的，肯定地答应了我。

我心里面乐得像爆米花一样。

我那几天根本没心思工作，甚至还找了刘封，试探性地问他调岗的事。刘封也笑眯眯地意味深长地看我，我赶紧自招：“还不就为那点破事儿嘛！”

“如果你真的要走，答应我一件事。”刘封点了点头，认真地看着我说。

“什么事？”

“如果你这次成了，你要请我吃喜糖。”

我还以为什么事呢。“你太逗了！要是空运运不来，我亲自给你送来！”

刘封告诉我，江苏现在的一个部门总监勋，以前也在福州待过。我一听勋就知道是谁了，我和他有过一些接触。他以前负责另一个种子业务，后来调回主业务了。

刘封说他去找勋，只要勋收我，他就肯定放我。

我一听，头点得如捣蒜泥，对他千恩万谢。

转眼就到了去无锡开会的日子。

开行业会其实挺好玩的，全国各地的行业经理都来了。开一次会相当于走遍全国各地，大家都带来了土特产，至少口福是有了。

我没有参加游山玩水环节，就借口回老家先撤了。

当然我不是回老家，当然我是去找铜锣湾，当然我心里充满期待。

那天，我坐着班车从无锡出发，快到车站的时候，我给铜锣湾打电话，他说他已经到车站了。我心中暗喜，连忙告诉他，我十几分钟后就进站了。

挂了电话，我美滋滋地向车外张望，想看看车到哪里了。客车的门突然开了，司机扯着嗓子喊：“到站了到站了！下车，全部下车！”

我连忙拖了行李下车，站在马路上，我蒙了，这是什么车站啊？

马路被挖得乱七八糟，路上都是法国梧桐，马路对面就是一条河，这边除了一个公交车站，一座带标记的大楼都没有，公交车站名竟然就是“长途车站”。

我立马给铜锣湾打电话，说：“我到了。”

铜锣湾说：“我没看到你啊。”

我急得站在一个高高的石墩上，使劲地挥手：“我在挥手呢，你看到了吗？”

“没看见。”

“你旁边有河吗？我在河的对面。”我突然想起铜锣湾是路痴，“你别动，你告诉我你旁边是什么楼，我去找你。”

我问了路人，问了保洁员，问了黑车司机，二十分钟后，我终于找到了他说的那座大楼。我拉着行李箱急冲冲地跑过去，终于看到铜锣湾了！

看清他的那一刻，我突然鼻子一酸，眼睛也湿了。

我恼他不认路，害我苦苦找了二十多分钟。

我恼他玩失踪，害我追随至此。

我恼他无情无义，恼他没心没肺，恼他所有的所有。

我强忍着的眼泪，在和铜锣湾坐上公交车的那一刻决堤了。

我不顾别人探究的目光，默默地哭着，他惊慌失措地到处找纸巾，几乎翻遍了所有的口袋。他把纸巾递给我，我怄气不肯拿，他又抖抖纸巾让我接，我还是不接。

他无奈地拿着纸巾，轻轻地帮我擦干眼泪，轻声地问：“你怎么莫名其妙地就哭了啊？”

他不问倒好，他一问，我的眼泪又决堤了。我突然好恨他，恨他狼心狗肺，恨他装疯卖傻。他几乎是抖着手胡乱地给我擦着眼泪：“好了好了，不哭了，不哭了，我不问了，是我不好，是我不好……”

他一边说，一边像安慰小孩一样拍着我的后背，我才渐渐止住了眼泪。

“对，全是你的错！”我恶狠狠地夺过纸巾，怄气一样地擦干了眼泪。

很快就到他家了，原来是个老式的小区，我小心地问：“你爸妈不介意你带女孩回家啊？”

“我不和他们住一起。”他回答得倒干脆。

“哦。”我赶紧快走两步，跟上他。

他的屋子不大，一套两居室，房子完全是老式装修，但是收拾得干干净净，井井有条。

“是不是知道我来了，故意打扫的啊？”我嘲笑着问他。

“你是不是以为男人都和星子一样？”他白了我一眼，就不理我了。

我看他有点恼，连忙热脸贴着冷屁股似的问：“你不会生气了吧？”

“我只是不喜欢被人冤枉。”

我哪里冤枉你了啊？不就说你特意打扫的嘛，这有什么啊？真小气！

他不管我，帮我把行李拿去卧室，问道：“你想去哪里玩？”

这也太跳跃了吧？真是个古怪的男人。我说：“去山里吧，我喜欢山。”

“也行。”说完，他就带着我出了前门。他住在一楼，外面有个小院，院子里停着一辆雅马哈。

坐这个好，两人还能亲密接触一下。但是他刚才突然那么冷，我要是再主动岂不是会让他看扁？

我的内心戏正在翻江倒海地上演着。这时我听到了引擎的发动声，他早已骑了上去。他递给我一个头盔，对我使了个眼色。

我只能乖乖地坐到后座。我心想，还是不要抱他，我犯贱我才去抱他，哼！

我四处找可抓之处，就是不碰他，他倒好，见我坐好了，立马加大油门，甩出了门。

不知道他是有心还是无意，他超车，偶尔还开个S形，我被他甩得左右直晃，但是我不能抱他，死都不能抱他。

终于，他停了下来，取下头盔，甩了甩头。

小样，还跟我装酷啊？

“这是什么地方？”我被眼前的美景吸引了。我们在一个山坳里面，小溪清澈见底，被溪流冲磨得平滑的鹅卵石千姿百态地散落在河道中，野花含苞待放，绿植吐露新芽，偶尔一只大鸟从空中飞过，发出长啸。

“这里没什么人来，听说以后这里要变成一个水库。”铜锣湾看我喜欢这里，好容易多说了几句。

“要不我们爬山吧。”我一看是野山，就超有斗志。

“你要爬这座山啊？”他有点惊讶。

“是啊，赶紧的，来吧。爬到哪儿算哪儿，天黑前一定下来。”我不管他同意不同意，拉着他的衣袖就把他往山上扯。

就这样，我硬生生地拉着铜锣湾往山上走，如果细心点可以发现，山上还是有小路的，应该是护林员走过的小道，所以还不算危险。

我们爬一会儿歇一会儿，没多久就到达了山顶。山上好大的风，临近黄昏，阳光也不再刺眼，我还想在祖国美好山河的怀抱中感叹一下，谁知那个不知趣的铜锣湾在一边催促道：“再不走就天黑了啊。”

我的好心情都被他催跑了。我噘着嘴，不乐意地跟着他往山下走。

没走几步，我不走了，不管地上干净不干净，直接往地上一坐。

他倒好，直直地走着，也没回头，都快走到看不见我的地方了，那小子终于回头了，他看我坐着不动，大声喊道：“怎么了？”

我心里气他，就吼一声：“脚扭了。”

他一听，跑了过来，终于有点关心地问：“没事吧？能走吧？”

“不能，下山不好走，要不你扶我吧。”

铜锣湾没办法，只能照办，我故意将身子的重心压在他身上，没多久他就累得喘气了。

他看看我，再看看山下，又看看太阳，说：“这么走太慢，还是我背你吧。”

我一听乐了，这是个好办法啊，终于可以出口气了！

铜锣湾背着我走完了下山的路，其间休息过无数次，他满头大汗地把我放下来，长长地舒了口气。

我偷笑不已。

回城吃完晚饭，我们便慢慢地往他家走。

我装作有点脚疼，朝他龇牙咧嘴，想引起他的注意，这小子倒好，虽然不再快步走了，但是根本不理会我的表情，悠闲地慢慢地走着，和我只隔着一肩的距离。

我完全不管他的超脱，顺势挽起他的手臂，他竟然问我这样累不累。

我说："不这样更累。你要我不累你就背我好了，我不介意的。"

他一听，无奈地随我怎么挽着他了。

回到家里，没有了外面的喧嚣，立马变得安静异常，安静得甚至有点瘆人。

我打开行李箱，拿上自己的衣服就去洗澡。等我洗完澡出来，他人不见了，我到处找了找，人哪里去了啊？

正想着呢，门开了，他回来了。

他看着我一笑顺势要进去，我直接看到了他的手，安全套！

天哪，他跑去买安全套！

那天是我们第三次在一起，用铜锣湾后来的话说，如果第三次他还不行动，他就对不起我了。

其实，不管他有没有行动，他都对不起我，但是那时候我根本不考虑后果，我要的只是过程，因为，自始至终，我都没想过我和他会有未来。

因为，他没有说爱我，他没有说喜欢我，他没有说对我负责，他没有给我任何承诺，他只是轻轻地搂着我，傻傻地看着我，甚至略带犹豫地问我："可以吗？"

我后来问过他，如果我说不可以，会怎么样。他说他不喜欢强求，不可以就是不可以。

“就算箭在弦上不得不发也不可以？”我追问。

“嗯，只要女人不愿意就不可以。”他有点迂地说。

我觉得他有点不像男人。

但是他不像男人的地方不光是这个，当我躺在他怀里，幽幽地问他我们是不是在谈恋爱的时候，他又蔫了。

他回避地反问：“你觉得呢？”

我无言以对，但我还是要说，我不能这么不明不白：“我觉得是吧。”

“你觉得是就是喽。”他竟然这样耍无赖。

我觉得自己彻底牺牲了，我当时一直在想他到底是只想玩玩我，还是只是不善于表达。

可是我还没来得及把这件事想通，第二天我就要走了。

这直接导致我做了后来的决定。在赶去机场的路上，我不停地想，我要回来，我要回来搞定这个男人，就算最终死了，我也要死得明明白白。

而这个决定又一次改变了我，改变了我的工作，改变了我的生活。

几乎，我每一次巨大的改变都是由男人引发的。

爱情，原来就是我的软肋。

回去后，我迅速给勋发了一封邮件，详细讲述了我现在的工作内容和自己的工作能力。我明确地告诉他，我想去投靠他，而且刘封也同意了，唯一的问题就是不知道有没有合适的职位。

勋当天就给我回了邮件，他告诉我他目前正在招人，但招的都是销售，没有销管的职位了，如果我愿意改行，他同意我去。

我和勋之前有过一些接触，几乎每次都是在见客户或者参加代理商培训会的时候。他听过我的演讲，知道我经常参与招投标，深知我是一个不需要过多培训的潜在销售。

我立马去找刘封，和他说了江苏的机会，刘封沉思了一下，然后告诉我，现在这个时机算不上好，也算不上不好。说好是因为公司对销管这个岗位马上就要有动作，也就是销管将划归电话销售，没有了季度考核，薪资自动降低，如果这时候转销售，这个问题就可以避免。说不好是因为我之前没有做过销售，他不希望我为了回去而回去，而宁愿让我等老新动了以后，待时机成熟了再回去。而且他告诉我，一定要想好，销售是条不归路，想回头太难。我当时的感受就和赶赴刑场一样。

我没有过多考虑便打电话给勋。

勋听说我决定了，他很开心，毕竟我们曾经共事过，对彼此的思路和方式都有所了解。下面的问题就是要老新同意，还要江苏的吴总也同意。

勋让我搞定老新，吴总他去搞定。

我于是赶紧去找老新。我对老新实话实说了，我说是因为个人原因，公司上下的人都知道有个江苏男孩在追我，老新当然也知道。

老新一直是个很开明的老板，他关心每一个下属，知人善用，没有架子，平和开朗，但这不代表他没有原则，不代表他不够严厉。那时候，福州分公司就像一个大家庭一样，没有钩心斗角，没有明争暗斗，没有刀光剑影。老新爽快地同意了。

我赶紧把这个好消息告诉勋。

可是，勋告诉我吴总那里有麻烦，我必须经过他的单独面试才可以过来，当然，可以是电话面试。

依旧是在一个小会议室里，依旧是那个八爪鱼，吴总的声音很低沉，低沉到有点阴郁。

“诸葛一是吗？”他叫了我的全名，我有点别扭，他没等我回答便继续问：“你能说说你现在是做的哪些工作吗？”

“好的，吴总。我现在的工作内容大致上和南京办的飞燕一样，主要负责分公司经营预测和蓄水池管理，同时还包括内部和外部的产品及营销培训，另外我还带了三个电话销售，负责管理他们的日常工作。”

“那你没有做过销售喽？”他的语气让我明显感觉到他的眉头挑了

起来。

“纯粹的销售肯定是没有做过，但是我从做第一份工作开始到现在，无时无刻不在和销售打交道，我现有的工作让我更系统、更全面地了解了销售工作，但是我肯定需要在销售技巧上进行加强和学习，以便更快地适应销售岗位的需求。”

“你能喝酒吗？”

“如果有需要，可以喝一点。”

“多少？”

“这个我从来没有算过，我酒量可能不行，但是酒胆倒有点。”

“嗯，好，那今天先这样吧。”

就这样，这个简短的面试结束了。

我立马把大致情况和勋说了一遍，勋让我等他的消息。

这一等就是两个多星期，等勋告诉我吴总同意了的时候，我正在一个大学里面做百校巡展，我连忙跑出大礼堂，激动地听着这个不太令人激动的消息。那时候我能感觉到吴总对我不是很满意，不然做这么简单的决定他不会花两个多星期的时间。我一遍又一遍地感谢勋，因为肯定是他努了力，吴总才最终同意。

谁知道，就因为这个，我被急速地卷入了一场没有硝烟的战争。

而这场战争，由不得我参不参加，因为，从我进公司的那一刻起，我就已经入局。

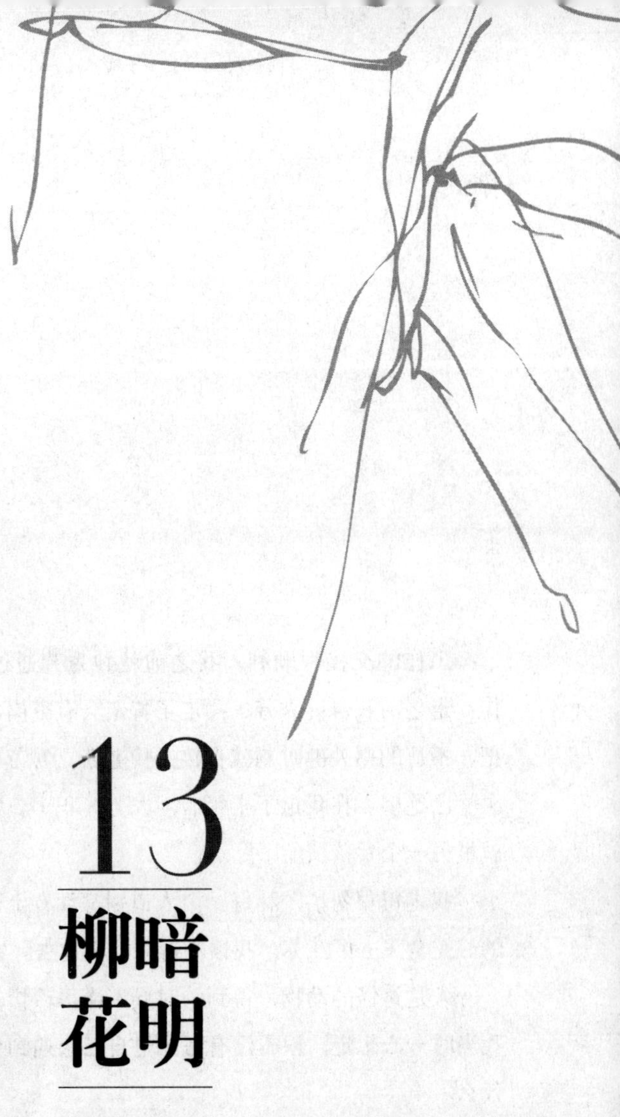

13

柳暗花明

世间一切皆两面。在满怀希望的时候，最有可能遭逢绝望。在陷入绝望的时候，或许希望就在赶来的路上。

工作的交接很顺利，我之前就和秀芳通过气，她暂时接手了我的工作。走之前我告诉秀芳，我走了肯定会有空岗，让她把握这个机会努力一把，不行的话关键时刻就直接去找老新。秀芳在公司待了五年，对调岗的事早已绝望。在我走了半年后，秀芳离职了。她走后没多久，我那个编位就被另一个女孩顶上了。

我走得很匆忙，和每一个人道别都没有坐下来搞一个正式的饭局。我的心完全飞去了江苏，我恨不得立马飞过去。

人是奇怪的动物，得到的时候不懂得珍惜，失去的时候才感觉痛苦。我当时一心想走，根本没有考虑过自己会遇到什么，会错过什么，会后悔什么。

然而现在我懂了。我遇到了人生的瓶颈，我错过了福州的情谊，我为自己的冲动感到后悔，而这一切的代价，都由我一个人来承担，因为，最初，做决定的人是我自己。

阿圣得知我要去做销售的时候，他已经来不及劝我了，他说着和刘封一样的话，甚至更直白地告诉我，他不看好我转岗。

阿圣是我的百宝箱，所有我和铜锣湾的问题，我都拿去请教他。一方面他是男人，男人比较懂男人，另一方面他比我成熟稳重，看问题比我透彻，他成了我的心灵导师。

听他这么一说，我突然觉得自己周围遍布荆棘，而之前对销售工作的一腔热血，顷刻间全部变成高山壁垒，我的心情一下子沉到谷底。

阿圣提醒我：“这里不是福州，你要小心谨慎，有问题来找我吧。”

因为一时找不到住处，我就住进了飞燕家，她原来和我岗位一样，我们的关系在几次季度会议后变得相当铁。我住在她家，一住就是将近一个月，我深深地觉得自己给她带来了不便，毕竟她刚刚新婚，就算是好朋友，住在家里也多少有点不合适。我那时天天找房，终于在国防园那边找到一个合适的房子，当时还有一个零售的同事也要住，我们俩一合计，就住到了一起，那个女孩叫阿雪。

工作伊始，除了产品不是新鲜的，客户、代理商都是新的，我要重新梳理，我要仔细筛选，我要和我的电话销售好好配合。

一接到那个工作，我就天天在外面跑。我负责的客户是企业和军工，军工我没有基础，只能靠代理商去活动，但是企业不同，企业分布在郊县，分布在乡下，代理商都不愿意去，我只能自己做。

很多时候，为了走访一个客户，我必须早上坐大巴去目的地城市，接着转郊县车，然后转农村线，再坐小三轮或者黑车。我经常一早出去，晚上很晚才回到住所，即便这样，效率还是非常低。

但是，我没有办法。我想过买车，但最终我还是买了房。我需要一个安定的住所，一个让我不再漂泊的地方。曾经在福州，我一个月搬了六次家，那种心寒我永远都不会忘记。我当时就发誓，这种事情此生不能再有。

我差不多攒了八万，一回南京就开始看房。钱不多，首付压力大，买不起大房，而且当时南京现房特别少，再加上时间不多，我总共就看了三个楼盘，一个新街口的“天空之都”，两个夫子庙的单身公寓。第二次去“天空之都”的时候，我付了五千的定金，一个三十多平的房子，朝北，总价五十四万，除了朝向不好、总价太高，别的都很喜欢。后来看到夫子庙的单身公寓总价才三十万，压力会小很多，而且面积也差不多，才选了后者。还好付的定金还能拿回来，没有损失。夫子庙那房子虽然是现房，也要二〇〇七年才交付，我于是又过了一年左右的租房生活。

买完房，我的口袋里连二十块钱都找不到，信用卡刷了一万五，向秀秀借了一万五，向老爸借了一万五。我所有的资产都变成了负数，而且，签订合同后，我每个月还背负着近四千的贷款。

我感觉到前所未有的压力，不得不努力干活。

我踏踏实实地每天都去跑客户，渐渐地，我的业绩开始有所起色，但是无论我如何努力，我的业绩都不怎么好看。

吴总给我打电话，我去了他的办公室。

“你来了两个月了，但是业绩不行啊。”他很直白地跟我说。

我深吸一口气，老老实实地说：“我的客户是企业，前期公司在这一块几乎是零产出，我这两个月都是在一个个地扫名单，我理出了一些头绪，但是还需要时间完善。”

吴总根本不理会这些，他冷冰冰地说：“销售讲究的是业绩，如果你不适应的话，现在改变主意还来得及。”

这句话撂在那里，我的心都在颤动。第一次，我的努力变成了浮云。老板看中的是什么？业绩!

业绩是怎么做的？有人关心我，偷偷地跟我说：“你是我见过的最傻的销售代表了，他们都是搞好代理商关系，每月压货。你天天去跑客户，结果代理销的别人的货，你二不二啊？”

我大吃一惊。这才发现，我只顾埋头苦干，却忘记了公司的根本，忘记了我原来的根本——代理商。

我当然是从总代开始做。这次和之前的走马观花不同，这次我是带着目的去的。

我至今还记得和其中一个总代的老板聊这件事的情景。

“顾总，我看了你们去年的销售数据，在企业和军工上是零产出，这不符合现实情况吧？”这个老总我接触过很多次，所以我开门见山。

“这两个行业不好做啊，都是拼价格，我们一般都不去考虑这些，只做政府单我都来不及。”我知道，他又在忽悠我。

我笑着说：“可是昨天我和蓝天集团的陈主任吃饭的时候，他倒和我提起了你。”我试探他的反应。

“我做这个行业这么多年了，比你在公司的时间不知道要长多少，在业界都是老面孔了，肯定认识一些人的。”这个老狐狸，还是敷衍我。

“难道上周陈主任交代的那个项目，不是给你了？不会啊，我记得他和我说的就是老顾你啊，要不我打电话确认下？”我作势要打电话。

“哎哟，下单的事情要问问下面的人了，可能有这么回事，这点小事就不用麻烦陈主任了，我去问问下面怎么弄的。”老狐狸面不改色。

行，我跟着他，我脸皮厚，我不介意为了一个十几台的单子一路跟到底，好歹我付出的得落到实处。

我赶在顾总前面跑去订单部，问：“刚才和顾总聊到蓝天的项目，我过来问问进展。”

“蓝天集团的项目昨天已经发货了……我去确认下……”那个女人说得快，没看到顾总的眼神，我回头向顾总撂了一句：“这个项目，你看着办。”不等他解释，我就走了，因为我知道他的解释绝对是瞎扯。

当然，光靠原有的代理商是行不通的，我将区域内的代理商都找了个遍，渐渐地培养起自己的代理商。

我找了许多手头上有真实客户的小公司，一个公司至少有三四个核心客户，我配合他们，并且给他们提供一些体系内的培训和支持，当然我提供的都是他们感兴趣的。

这些小公司原来都是零散的，各自为政，并且在某些客户和市场上相互冲突，在工作的第二个阶段，我一个一个地理顺了这些网络，细分了客户，并且在各地发展了几家有直接进货权的新的代理商，让他们专注地做企业和军工行业，尽量在资源上避免和原有的代理商发生冲突。

尽管如此，我还是抓着十五个大型客户，这些客户通过不同的模式进行采购，我必须确保这样的采购活动没有流失，因为不光行业内的竞争很激烈，内部竞争也很激烈。我的价格资源不好，政策力度不够，就只能通过接触客户去了解前端市场，把握自己的区域市场。

我负责四个地市，包括下面十几个县级市，我所有的时间都用来工作了，只有在难得的周末去找铜锣湾。我尽量一个月去找他一次，尽量保持这样的关系。他还是老样子，对我没有什么承诺和表示，我和他还有他的一个小朋友玹三个人经常在一起，一起吃饭，一起聊天，一起看电影，一起逛街。他的朋友，我自始至终就只认识一个玹，除此之外，我跟他没有任何交集。

我们分开后就各过各的，几乎没有联系。不发短信，不打电话，不聊天。

整整一年的时间，我几乎百分之九十的精力都献给了工作，工作终于有了起色，客户陆陆续续有了持续的产出，我终于可以松一口气了。买的房子终于交付了，接下来就是装修。这是我的第一套房子，我自然会认真地去弄，爸妈都有自己的事情，不可能过来帮忙，全部的事都是我自己搞定。

铜锣湾也在这个时候买了房，他叫我去看房。售楼处的小姑娘是个短发妞，充满活力，人又热情，去了售楼处我才知道，买房的这段时间，这个小姑娘和铜锣湾已经成了好朋友。

我们跟着小姑娘往样板房走，不，应该是铜锣湾和小姑娘一起走，我跟着。我当时的感觉很糟，虽然他一向都是自己走得很快，从来不管我，但是这次不同，他和小姑娘有说有笑地走在前头，连看都不看我一眼。

但是我忍着，我难得见他一次，不想发火，我跟着他们进了样板房。

样板房完全是宫廷式装修，二百五十平的大房子，非常漂亮。我四处看，铜锣湾倒好，和小姑娘坐在客厅的沙发上，小姑娘坐在沙发里，他坐在扶手上，手搭在小姑娘的肩上，几乎是抱着她的姿势，两人热闹地说着家乡话。

我一看，火来了，这什么意思？难道是故意做给我看的？

我冷冰冰地说了句：“你们慢慢聊，我先走。”头也不回地出去了。

心中的怒火无处发泄。我觉得自己就像个小三儿，明明就是他们两个看房，我来凑什么热闹？

刚走出楼，铜锣湾就追上来了，他有点生气地说：“你哪根筋不对啊？走什么啊？”

我就知道！他根本不知道自己错在哪里。

“你是叫我看房还是叫人家小姑娘看房？你和她聊得那么欢，还搂搂抱抱的，你叫我来什么意思？”我不说出来心里不爽，我必须说明白，“还有，我告诉你，你不想和我继续，你尽管直说，别用这种办法逼我，真卑鄙！”

他火了：“卑鄙？我和小姑娘多说两句话，就卑鄙了？我叫你来看房，我不想和你继续？你是不是有病啊？”

看他那德行，我根本不想和他多纠缠。我走到门外，急急地拦了车要走。

他急了，不让我上车：“你怎么回事？本来见面就少，还要一见面就吵，啥意思？”

问我啥意思，我还没问你啥意思呢！“我啥意思，你喜欢人家你就直说，别拉着我围观，我受不起！”我愤恨地甩开他的手，上车关上门奔车站去了。

我工作压力太大，房子又要装修，人有点急躁，但是我忍他够多的了。我知道他是个花心男，知道他讨女孩子喜欢，知道有可能不是他主动的，但是他肯定也脱不了关系。

他的房间里面经常会出现女孩的鞋子、衣服，而且他竟然承认，这些东西不是同一个人的。

我也想得通，我不管别的，只要你别在我面前表现你的魅力指数。

做了销售以后，我的心态发生了彻底的转变。我变得现实，变得急躁，变得心力交瘁，我根本没有精力去好好地安安静静地谈恋爱，甚至都不在乎铜锣湾是不是同时跟好几个女人交往。

我忙得不得了，不知道那些鞋子、衣服是不是铜锣湾故意放在家里刺激我的，不知道他和那个售楼处的小姑娘打情骂俏是不是故意刺激我的，不知道他深夜接的暧昧电话是不是故意撩拨我的，我对他放任自流。我安慰自己，他只是过客，只是我寂寞时候的消遣，一件速食品。

我的这个改变把我自己都吓了一大跳，这和原来福州那个憧憬爱情、憧憬美好生活的人完全不是同一个人了。

更要命的是，我的精力消耗太多，体力透支，在一次北京会议后，我患上了急性荨麻疹，而且一爆发就一塌糊涂，整个人就和毁容了一样，脖子上、头皮上、身上、手臂上，全是一大团一大团的红疹，我的样子恐怖得不能见人。

我惊恐地去看医生，医生给我开了三种药，让我每顿每种吃两到三粒，我赶紧回家照吃了。

到第三天，我开始心悸、手抖、头晕，整个人神形涣散。我立马向勋请了假，打算回老家找小叔。小叔在中医院，我想可能中医会有办法来治这个。

好不容易折腾到家，爸妈正在等我吃午饭，我刚扒了两口饭手就不听使唤了，开始抖，我的心也咚咚地跳个不停，就像要跳出嗓子眼了一样。我早上刚吃过药，爸妈看我脸色变了，赶紧把我送到医院。医生一看，原来南京医生给我开的药全是激素，而且更悲惨的是，三种药就是药名不一样，成分一模一样！

这就意味着我每天吃的药是正常药量的三倍，这差点要了我的小命。

爸妈吓得半死。我立马停了药，并且做了一个血液过敏原测试，结果竟然是蟑螂过敏，这太神奇了！以前在福州，几乎到处都是蟑螂，但是我一点都不过敏。

我不由得想到现在的自己，自从回来后，马不停蹄地走访客户走访代理商，根本不给自己一个喘气的机会，精神高度紧张，光忙工作就已经用尽了所有的时间，更别说投入爱情了。我突然发现自己抽离了，远远地站着，看着这个陌生的自己。

原来那个乐观、坚强、开朗、爱笑、爱玩、广交朋友的狗子哪里去了？现在这个人是谁？这个自私、暴躁、现实、虚伪、愤世嫉俗、疲于奔命的人，她必须为每个月的房贷努力，必须为装修费努力，必须完成工作任务，才能有实际的回报。以前在福州，只要部门完成任务了，我们就能拿奖金，但现在什么都要靠自己，而且业绩不只是自己的，还是自己的电话销售的，我没有饭吃她就没有饭吃，我也要对她负责。

可是，任务实在太难完成了，巨大的压力每时每刻都笼罩着我。为了完成任务，销售是愿意做任何尝试的，能放在台面上说的就是田忌赛马法——进货集中在几个季度，保证几个季度的完成，牺牲一个不能完成的季度。不能放在台面上说的就是和代理商交易，这是我当时所不齿也没有能力去做的。企业项目都是小项目，小项目价格都是很低的，根本不能和教育大单和政府大单相比，而且代理商在遇到大单的时候总是会趁机多订货，以求最优价，无数的小订单就这样被覆盖了。

一想到这里，我就不敢休息，我想只是疹子而已，只要不长到脸上，我就不能休息。我又去南京上班，每天疹子都在不同的地方出现。我吃着中医院的中药，但是一直不见好转。

大概过了两个月，这个病就被拖成了慢性病。

就在我几乎对疹子绝望的时候，一次偶然的机会，我和秀秀聊天，秀秀说起他的爷爷就是专门治这种疹子的老中医，也就是俗称的赤脚医生，但是，他爷爷已经过世三年了。

我失望得不得了，秀秀安慰我，让我先别急，他立马去乡下帮我找药方，但是一定要找一个年纪、体重和我相仿的女性，这种秘方是一人一方，男女、胖瘦都有关系。但是他爷爷没有传人，所以他们家只留下一堆不会说话的配方。

第二天秀秀就把药方传真了过来，我如获至宝，拿着去中医院抓药，中医院的医生看了看药方，扭头问我："这是民间药方吧？"

我点点头："怎么？不能吃吗？"

"用药太大胆，虽然各种药的剂量都在安全范围内，但是我们医院绝对不会开这样的药方。"

我这才仔细地看了看方子：蜈蚣、蝎子、僵蚕……全是毒物啊！

不过我相信秀秀，更相信他传说中的爷爷，我要赶紧治好这病，还要还秀秀借我的钱呢。

就是这个神奇的药方救了我。第一天一碗汤药下肚，我的整张脸就像被马蜂蜇过一样，疹子全部肿了起来；第二天，脖子到肚脐全部肿了；第三天，肚脐到大腿肿了；第四天，大腿到小腿肿了；第五天，全身开始零零星星地出小疹子。我立马开心地告诉秀秀，这药太神奇啦，把我体内的毒都排出来了，这就是传说中的以毒攻毒啊！

后来我按秀秀的建议又坚持吃了一个月，最后连一个疹子都找不到了。我开心得不得了，就和重生了一般。

我身轻如燕，终于不再害怕出门，不再害怕见人，终于再次有了笑容。在这几个月里，我和铜锣湾一直没有见面，他知道我生病了，只是远远地问候。然而这个时候，有一个人对我特别特别好。

这个人就是桔子。

桔子几乎每天晚上都陪我聊天，对我嘘寒问暖。他怕我心情不好，天天给我发笑脸和笑话。他每天都逗我，从网络到手机，无时无刻不在。

回南京后，我和桔子见过好几次面，每次他都是大老远地从无锡赶回来。他约过我很多次，我们经常去公司附近的塔可时尚餐厅吃饭。我能看懂他的眼神，但是如果他不提，我便不想捅破，我和他就是哥们儿，我们有共同的话题，有相同的看法，有一样火暴的脾气，我们都是坚定的执行者。

那天临睡前，我又收到他的短信，没有往日的插科打诨，是完全正式的短信：

狗子，和你接触这么多年，我觉得我找到了那个可以一辈子守护的人。我想告诉你，我愿意给你幸福给你承诺，我希望和你一同创造美好的未来。

我愣住了，他终于捅破了那层纸，说出了他的想法，可我，我能做什么？如果我同意，我们俩能走到一起吗？我只是把他当哥们儿，好哥们儿、铁哥们儿，我根本没有对他动过心，我不想伤害他。

我反复地看着那条短信，反复思量，我知道，手机那头必定是一颗忐忑不安的心，无论接受还是拒绝，我都必须马上回复。

桔子，看到这条短信我真的很开心，但是我又很纠结。你认识的我只是美好的我，不是真实的我，我真的不想伤害你，我想我们做朋友更合适。

我实在不会组织什么语言，甚至连打电话给他的勇气都没有，我不知道他看了会不会哭。

良久，桔子回复了：“好的，没关系。”

那么简单，那么云淡风轻，我好怕自己伤害了他。我多么希望他不提这件事，我们就一直这么谈天说地，一直轻松愉快地做哥们儿。

可我最终还是伤害了他，我能感觉到他的悲凉，我也深深地为自己感到憋屈。

我恨铜锣湾，恨他不懂得珍惜，恨自己喜欢一个不喜欢自己的人。桔子的事情让我认识到，我已经在铜锣湾这棵树上吊死了，而且死无葬身之地。

我必须自我重生，必须抛开一切，抛开虚幻的爱情，踏踏实实地谈场恋爱，踏踏实实地找一个爱人，踏踏实实地工作，踏踏实实地生活。

我随即给铜锣湾发了条短信：“我们结束了。”

那一刻，我的心又回到了原点，我终于不再爱一个人了，我终于自由了。

这段恋情，不管是不是真的终结，我都不愿意再触碰，我把所有的激情都投入到了工作中。

经过不懈的努力，我终于拿下一个超级大客户——远方集团，这个集团的庞大和各自为政让当地的经销商很是头疼，一直找不到一个很好的解决办法。

有一次，在去这家公司拜访机房主管的时候，我在电梯里遇到一个人，因为这次偶遇，我们共同改变了这个企业的采购模式，并且因为我之后的努力，这个集团成为了公司的忠实客户。

那天我一如既往地去机房听使用者的反馈，这家公司虽然是上市公司，但是IT管理很不规范，甚至很多机器都是采购的家用机，没有一个统一的管理平台，所以故障和问题特别多。

不管这些设备是不是我们公司的，不管他们用的是不是我的产品线，这些琐事我都要做，一方面是为了建立长久联系，另一方面是为了找到突破口打开通路。

那天我刚进电梯就走进来三个人，一个老者、一个女人、一个中年男人。他们神态自若，说话声音低沉，看起来不像过来办事的拜访者。楼层不高，他们很快就到了。

就在电梯门开的那一刻，我发现了一个细节，那个女人伸出手，轻轻地对老者说了声：“您先。”

声音轻柔得不仔细听完全听不到，我一瞬间反应过来，这位老者就是这家公司的董事长凡总。

我连忙伸手挡住即将关上的电梯，加快步子跑过去追上那三个人，我知道不能着急，于是略带微笑地说：“您好，请问您是凡总吗？我是云科公司的销售代表，今天过来给你们做硬件系统评估。”

我抛了个绣球，如果他接了，我就有戏了。

“哦？云科公司还有这种服务？”那个老者没有回答我的问题，有点惊讶地反问道。

我知道，我有戏了！

“是的，我们对大客户每年至少进行一次详细的硬件系统评估，以帮助用户最大限度地减少不必要的支出。”我微笑着解释道。其实这不是百分之百的真话，有没有这种服务？有！怎么会有？销售代表做了就有！

我知道民企老板喜欢听什么，都挑他喜欢的说。

“那你有什么建议？”他饶有兴趣地指了指靠窗的茶座。我巴不得他停下来和我多聊聊，但是我要克制自己，要给自己留足下一次见面的机会。

“如果只从使用的角度来说，现有的系统已经堪称完美。”我当然要夸夸这家公司，“但是如果从管理者的角度来说，现在的系统还有一些需要改进的地方，当然改进并不意味着花钱，它还可能更省钱。”我这是在卖关子。

“你是说我们需要更新设备吗？”他很直接。

“设备更新的基础是需求确定，我觉得这并不是最重要的，重要的是让企业的硬件系统高效经济地运行，云科公司就可以提供一个专业的基础评估，以便为下一步的决策做参考。”我不折不扣地画了一个大饼。

“这个我倒是第一次听说。”一直站在旁边不吭声的中年男人发话了。

“这位是朱总，”凡总说，“这样吧，你评估做好了，拿给朱总看看，细节方面的问题你可以找他。”

“好，谢谢凡总，谢谢朱总。这是我的名片，下次有机会细聊。”他们时间有限，能给我五分钟已经很不容易了，我接过朱总的名片，和他们握手告别。

这家公司的IT管理一塌糊涂，全公司近六百台电脑，只有三个工程师负责，人手极其不够。另外，无数的小经销商找各种关系进来，导致他们的电脑有很多是各种品牌的组装机，使得IT管理难上加难。

只有从上往下才能把这些珠子穿起来。

我详细地写了个评估报告，并且给出了结论和建议。当然不是建议他们采购设备，而是对系统优化提出了一些建议。

我和朱总又见了一面，朱总看了看我的报告，显得有点不可置信：“如果IT硬件能够按照这样的规划进行管理，每年的平均投入真的能够降低百分之三十？”

我点点头，仔细地给他解释：“云科公司可以针对不同的岗位需求进行单独的产品定制，除此之外，整合后的产品也会有一个统一的售后服务平台，这样每年的维修故障率将大大降低，可以控制在百分之三以内，和现在百分之三十五的故障率相比，将大大减少公司对售后服务的投入，从长远来看，公司将取得最高收益。”

我知道他们在硬件维护和售后上已经焦头烂额，我和IT部的三个工程师都透彻地沟通过了。

“行，这个方案我会仔细考虑，决定了我再联系你。”朱总点点头。

目的达到，我笑着说：“没问题。那先这样，期待下一次见面。”

我不急着催他，我必须张弛有度。

那天晚上，我约了同城的另一个企业负责人吃晚饭，这个人给我留下了深刻的印象。

这是一个家族企业，老爸是董事长，女儿是总经理，女婿负责市场，儿子负责运营，虽然不是上市公司，但是每年都是市里的纳税大户。我约的那个人是老总的儿子，黄总。

之前在办公室里见过他几次，这次是第一次约出来吃饭。黄总很年轻，是个富二代，穿名牌开豪车，喜欢玩。

我和他的话题自然是玩，聊旅游，聊美食，聊美女，聊着聊着才知道他是八零年的，只比我大两岁，大学和我一样不是什么好学校，在外面玩了几年被老爸抓回来管理企业，他这样的路真是顺畅。

他对我这类人很感兴趣，传说中的IT白领，和他平时见到的富二代不太一样。我自然也是顺着他的话题来说，聊着聊着就聊到了他的个人问题，原来他已经结婚三年，小孩三岁，婚姻是父母安排的协议婚姻。他不无慨叹地说，还是我这样的人比较自由。

我们开始聊自由，这下话题就变味了。他说他追求爱情自由，他经常出差，出门在外，不受家庭的羁绊，潇洒自在。

我明白他的意思，笑眯眯地叫服务员埋单。我不想和他继续聊天，他却意犹未尽地说："我送你回酒店吧。"

这是我万万不想的，我说："你太客气了，我吃过晚饭都要散散步，有助于消化，我自己慢慢走回去，一举两得。"

我心想他开着车，定是不会弃车随我走路的。谁知这小子兴头来了："那也好，那我就不开车了，我和你一起散步。"

他都愿意弃车了，我也不可能拒绝他了。我们出了门，沿着一条景观河慢慢地走。

晚上行人很少，微风徐来，阵阵清爽。话匣子打开了，他越聊越夸张。

他说起他深圳的一个女人，那个女人只要他一出差就千方百计地要去找他，他笑眯眯地问我知不知道为什么。

不就是小蜜嘛，要么就是炮友呗，还能是什么？但是我附和着他，摇摇头，装作不知道。

这下他就发甩[1]了："因为她说我是她遇到过的最厉害的男人。"他

① 发甩，南京土话，发神经的意思。

似乎非常自豪，见我不作声，便继续说道：“我曾经和她奋战三天三夜，最后我走了，她告诉我她一星期没下床。”

这也太夸张了吧？我当然觉得他是吹牛的。

“女人总会告诉男人，他是她遇到的最厉害的一个，特别是有求于人的时候。”我笑嘻嘻地告诉他，不想拆穿他。

“那你现在算不算有求于我？”他立马接话道，眼睛里射出一股暧昧的气息。

“那你觉得我有求于你吗？”我犀利地看着他，反问道。

“这倒也是。你们这些大公司的白领待遇那么好自然是不缺什么。但是，我能给你的可是用钱都买不到的性福哎！”

“你说的这性福我倒不缺，我男人就在酒店等我，我和你一样，也是走到哪里男人就跟到哪里，听你这么一说，原来是我魅力四射啊，难怪难怪。”

“啊？你男人在酒店？”他有点吃惊。

“是啊，正好吃得挺饱的，要不我叫他下来，我们一起喝个茶，继续吹牛？”我作势要打电话。

“哦，那就算了吧。时间不早了，我先撤了，和你聊天很开心，下次我们再找时间。”他连忙说，急急忙忙地伸手拦出租车。

“好，我没问题。不就吹吹牛嘛，下次再约，我就不送了。”

那小子走了，我才松了口气，跑回酒店。

不过他还算够意思，后面好几单都是找的我，几次接触下来，也算是个另类的哥们儿了。他经常给我发些暧昧短信，无非是说他在出差，寂寞难耐，我便告诉他自己想办法解决，他“呵呵”地回复我，日子久了也保持着一年几次节日短信的联系频率。

回到酒店，我就想铜锣湾了，自从上次发了那条短信后，他杳无音信。难得有空闲想起这件事，我不由得觉得自己应该狠下心，不去想这种负心汉。

我打开电脑，登录QQ，一个头像不停地晃动，毫无悬念的，是桔子。

“在干啥啊？”后面是一个笑脸。他每次都是这样开场。

我知道他不生我气了。估摸一算，从被我拒绝后，他大概有一星期没有联系我了。

“你不生我气了？”我快速地回复了他。

“傻丫头。”他回复的速度很快。

“不生气就好啊，就怕你生气。我说，我们平时聊聊天不是挺好的吗？”

“是的，做朋友没压力。”他真是明白人啊。

那天我是开心地入睡的，我了却了一桩心事，终于和桔子和好如初了。我不停地问自己，如果发那条短信的是三七，我是不是就会同意？

我这是花心，还是多情，抑或是其他什么？三七对我就和普通得不能再普通的朋友一样，没有多余的话说，我竟然痴痴地想着他，想着他的酒窝、他的笑容，真是不可思议。

直到后来发生了一件事，我才断了对三七莫名其妙的痴心。

那天三七回南京，几天前就约了我和桔子一起吃饭，我们如约前往他入住的酒店，去他房间找他。

去之前我还在期待能有点进展，结果一进三七的房间，就看到一个美女。三七见我们来了，连忙招呼我们，他介绍说那个美女是他的女朋友洋洋。原来他已经谈恋爱了，我猛然醒悟。

我笑着和他们聊天，原来这个女孩是三七刚交的女朋友，一次在回国的飞机上遇到的。洋洋从美国留学回来，正好去上海转机回成都，三七看到美女，自然百般殷勤，竟神魂颠倒地临时决定跟着美女去成都出差。于是成就了这段佳缘。

听了他们的故事，我不由得觉得三七和我不是一路人。我觉得自己有点二，二到只因为一个酒窝，就喜欢一个自己根本不了解的男人。

饭后我们去了1912[①]，洋洋一到夜场就像换了一个人一样，瞬间变成了夜店女王。她脱去外衣，只穿一件小小的抹胸，胸脯呼之欲出，短裙下面已然可以看到小内裤。还没坐下她就拉着三七挤向人群。音乐喧嚣，人群躁动，我和桔子傻傻地坐在卡座里喝啤酒，根本没法聊天，必须把耳朵凑近对方的嘴巴才能听到对方说什么。

我惊异地对桔子说："三七平时也是这样的吗？"

桔子笑笑说："三七喜欢夜场，但是看起来他女朋友比他还会玩。"

"这明显和我不是一路人啊。"我对着桔子的耳朵大声喊道。

"你是不是觉得自己out啦？"他眯着眼睛笑着看我。

"我不能容忍自己的女朋友穿成这样去high啊。"我继续冲着他的耳朵吼。

"他们国外待过的就这样，我习惯了。"他也冲着我的耳朵吼。

后来，看他们玩得野了，我和桔子就提前走了。桔子送我回家，一路上我不停地说自己多么诧异，原来三七喜欢这样的妞，今天算是见识了。

桔子一直笑我，说我少见多怪。不得不说，这方面桔子比三七靠谱。

我对三七的痴心破灭了。我终于醒悟过来，不是一家人不进一家门，我和三七不是同路人。

不到一年，他们就结婚了，我和桔子也参加了婚礼。豪华和震撼自是不用多说，大家都送上满满的祝福。可是，爱情来得快去得也快，不到一年，他们就离了。我后来问桔子他们怎么回事。

桔子想了想，告诉我说："三七罩不住那个女孩，结婚还是应该找个会过日子的。"

桔子说得没错，结婚要找个会过日子的女人才行。

---

① 1912，位于南京市长江路与太平北路交会处，以"酒吧一条街"和众多的美食餐厅著名。

我和桔子和好如初后，我的工作上了一个新的台阶。远方集团的单子终于落了下来，那个季度，我的日子不再艰难，并且因为电话销售的努力工作，我还和一个军工的客户搭上了线。

那天，我的搭档告诉我一个部队的电话，让我有机会去跑一趟，我和对方确认好时间，便出发了。

部队的大院靠近山里，而且门头很深，不太好找。当时一个月的销售费用只有三千，要请客户吃饭，要包差旅费用，很是捉襟见肘，我自然不会打车。下了到城边的中巴，我就叫了摩的。

付钱的时候，摩的司机用手肘故意蹭了蹭我的胸，虽然我的胸平得几乎跟没有一样，厚厚的全是海绵胸罩，但那毕竟是袭胸啊！我当时傻，不敢对他怎么样，只能恶狠狠地瞪瞪他，然后赶紧跑进部队门岗。

他们用内线通了电话，我便被一个士兵带了进去，原来和我的电话销售联系的是一个帅气的参谋长。他客气地把我请进会议室，我递上名片，简单地介绍了一下自己，告诉他我是给他打电话的那个小美女的搭档。

他哈哈大笑：“你们这样的大公司真好啊，招的全是美女啊。”

我知道这是恭维话，部队里全是男人，是个女人估计都会被当成美女。

参谋长对我们的产品很感兴趣，或者换句话说，他对IT界很感兴趣，我便和他聊行业的发展趋势，顺便了解他们的兴趣点。

当时我们公司正好发布了一款针对军工行业的专供机型，在信息加密、信号屏蔽、野外作战等多个方面都有加强，我针对他的兴趣点做了个简单的产品介绍。

他看看表，笑呵呵地告诉我，他们的麦团长马上就来，也要和我聊聊，我一听连忙和他热络地说：“你们团长不严肃吧？我这还是第一次见团级干部呢。”

他哈哈大笑，说道：“我们团长人很豪爽的。”正说着，门被推开了，一个中年男人笑呵呵地走了进来，参谋长立马站了起来，面带微笑地说：“麦团，这是云科公司的销售代表诸葛一。”

我连忙递上名片：“麦团，您好。之前和寒参谋长联系过，说今天您有空，特地来拜访一下，看看云科公司能不能给咱们部队的现代化建设出点微薄之力。”

“好好，坐吧。寒参谋，你让人去倒点水来。”麦团一边笑呵呵地说，一边示意我坐下。

我一听他的口音，有点惊讶地问道：“麦团哪里人啊？我觉得您的口音和我老家好像啊。”

“我是如意城的人，难不成你也是？不太可能吧？”麦团也有点吃惊。

“真的是啊，我也是如意城的人。”我立马用方言和他聊。这也太巧了吧？

“哎呀，没想到今天还遇到老乡了！”麦团开心地说，“你一个小女孩也不容易啊，大老远地跑来我们山里，一会儿出去不方便让寒参谋送一下你。”

“哎呀，没啥，我倒一直特别喜欢部队，以前我还想过当兵的，可惜视力不够好，没能如愿啊。”

“女孩子家的当什么兵呀，当兵太苦了，不适合你们啊。”麦团这人实在太好了，竟然和我拉起家常来。

“不当兵，现在出来做销售也一样辛苦，天天到处出差，一刻不停的。”我得把话题拉回来。

“你这个工作压力大不大啊？”他关心地问道。

“销售肯定有压力，业绩完不成日子就不好过，但是我还好，我跑客户跑得多，一百个里面有十个有产出，我就很欣慰了。”我笑呵呵地说，就像和大家长聊天一样。

“有什么问题你尽管说，我们团今年要完成上级下的指标，更换一批电脑，只要你们的产品符合要求，这件事就好办。”麦团真是够豪爽的。

这时候寒参谋进来了，麦团兴奋地对他说：“来来来，一会儿我这个小老乡出去的时候，你把她送到车站，别让人家小姑娘跑来跑去的。”

“麦团，您实在太客气了。这样吧，我回去做一个正式的产品方案和报价，您对我这么好，我肯定尽力帮您争取最好的价格。”说这句话的时候，我没有犹豫，也不是敷衍，我真诚地感谢麦团，也真诚地给予他信心。

出来后，寒参谋笑眯眯地对我说：“我还第一次看到麦团这么高兴。”

我知道，这事成了，成得这么简单，这么自然。

后来一个星期五，我接到麦团的电话，他们来南京出差，问我晚上有没有空。我当然有空，我可是求之不得啊。

电话挂了，我就想，今天晚上肯定要海战，我一个人撑不住，得去找支援。突然脑子里灵光一现，军工的服务器也是大头，正好做服务器的是个美女，就她了！

我立马打电话给丽丽，大概和她说了一下情况，丽丽爽快地答应了。

挂了电话，我想着要赶紧往肚子里填点东西，为晚上的应战做好准备。这时候电话响了，是玹。

这小子怎么会想到给我打电话？他不是和铜锣湾玩妞玩得正high吗？

我还是接了电话：“啥事？”

“你今天有空没啊？我来南京逛街，有空一起吃饭啊。”

“今天没空，约了人了。你有病啊，跑南京来逛街！”我骂道。

“什么呀，我还不是被铜锣湾这小子扯来做垫背的啊。”他笑道。

我心里一惊，铜锣湾来了？这小子竟然来南京找我了？

“对了，你帮我们随便订个酒店吧，我们一会儿就到南京了。”玹接着说。

“行行。”我挂了电话。这小子真不要脸啊，还敢来南京找我，看我怎么收拾他。我拿起电话，给他们订了个最差的宾馆，金一村。

玹是个富二代，他老爸有个比较大的厂，员工有两百来人。他还有个姐姐，结婚了，姐夫帮他老爸负责厂里的生意。其实他老爸想让他回去搞企业，但是这小子叛逆，不想回去，自己去找了个基建监理的工作，一天到晚和农民工待在一起，搞得自己也很农民工了。

玹的消费档次我一直是仰视的，比如CK的内裤，Ermenegildo Zegna的衬衫，Dolce&Gabbana的牛仔裤，Bally和Tods的鞋子。

所以我帮他选金一村这样的住处，实在是在恶搞他。

我和丽丽在珠江路的咸亨会合，麦团早就在包厢里了，另外还有他的一个老战友和一个随从。

觥筹交错，谈笑风生。我们喝的黄酒，不多久我就去厕所吐了两次。我这人就是这样，喝到嗓子眼的时候，几乎喝多少就要吐多少。

最后，大家都喝得有点多，我搀着丽丽，一伙人出了酒店大门。我们跟麦团和他的战友道别，麦团很开心，说下次还要聚，我自然同意。麦团见丽丽喝得有点多，就叫他的随从送丽丽回家，丽丽自然不肯。说实话，丽丽是喝得有点多，麦团的随从送她回家会安全些，我千叮咛万嘱咐地把丽丽交给了麦团的随从。我扬手打车，麦团不放心我，说也送我一下。我笑着告诉他，我和丽丽一个城东一个城西，完全反向，我自己，没问题。

这才千拉万扯地散了。我扬手拦下一辆出租车，上了车，竟然鬼使神差地告诉司机，目的地是金一村。

下了车，站在华新后面那条路上，我抬头看了看那个旅馆的门头，拨了玹的电话："还在房间啊？"

"在，302。"

我迅速过去。当时脑子异常清醒，我就想趁着酒劲骂骂那个负心汉。我再憋肯定会憋出内伤。今天豁出去了!

我像打了鸡血似的扶墙找到了302。

门开了。一看，是玹。这小子还是那副㞞样，一身名牌也不能阻挡的农民工气息扑面而来，我问："铜锣湾那个臭小子呢？躲哪里去了？"

里面的床上站起来一人，看影子我就知道是他。这个鸟人，倒清闲得很啊!

他看我歪歪扭扭地站不稳，冲过来要扶我，我一甩手。“你这小子，真不是人啊！”我终于开骂了，“你他妈就没当过我是你女朋友，啊？左拥右抱的爽啊，是不是？你胡搞瞎搞是不是过瘾啊？”

玹在一旁拉着我，让我冷静，冷静个毛!

我不管玹，继续骂：“老娘今天过来就是要骂骂你这个贱人的！什么东西啊？你当吃快餐一抹嘴拔腿就跑啊？我跟你说，我们绝交！”

铜锣湾一直没吭声，他就站在那里，任我骂。

我得意地笑了，然后扭头就走，转身的时候，重心不稳，狠狠地摔在地上。我想站起来，但是手脚根本不听使唤。玹和铜锣湾把我往床上拉，我开始有一种飘飘然的感觉，慢慢地睡着了。

早上天微微亮的时候，我头痛欲裂，嘴巴干涸，心里跟火烧似的。我像被一个枷锁禁锢着，然后我大手一挥，挣脱了枷锁，噌地一下坐了起来。

眼睛一睁，差点没把我吓死。铜锣湾竟然睡在我旁边，这厮是不是搂了我一夜啊？不然我怎么一直觉得自己被绑着似的啊？

我这么大动静，把铜锣湾弄醒了，他揉揉惺忪的睡眼，咕哝着说：“这才几点就醒了啊？”

我不理他，掀了被子下床，打算去找水喝。不掀不要紧，一掀吓死人，我竟然被他扒得只剩条内裤!

我立马老老实实地窝在床上，心里烧得厉害。我找不到我的裤子啊！我用手点点铜锣湾，低声说：“去帮我拿点水，我渴死了，快点。”

玹还在旁边的床上香甜地睡着，我看了看床头的钟，才早上五点半。我突然发现自己左边半个身子竟然都是青紫的。天哪，这都发生了什么？好像我被人狠狠揍过一顿似的。不会是我骂爽了，铜锣湾揍了我一顿吧？我怎么什么都不记得了啊？

铜锣湾迷迷糊糊一副没睡醒的样子，他一边把水递给我，一边低声地抱怨：“这回你真搞大了，我担惊受怕了一夜，一不小心你就滚地上去了，这一夜摔了七八次，折腾死我了。”

“真的？你确定你说的是真的？”我瞪大双眼，疑惑地看着他，“不可能，我自己摔下床我能不知道？这瘀青是不是你打的？”我当然不相信他。

玹在一旁咕哝：“我做证啊，你真是自己摔下去的，折腾了我们一夜。我不管你们了，我要再睡会儿，别喊我。”

我看看铜锣湾，正想发问，他突然溜上床，一把抱住我：“我也困，我们也继续睡吧。”这厮满脸淫笑。

我低声怒斥道：“你什么意思啊？我们不是早分了吗？”

“谁同意的啊？我回你短信了没有？当事人都没同意啊！”他要无赖。

我想，他肯定又想用美色诱惑我了。

“你是不是饥渴了没人找？你那么多妞呢？”我明显底气不足。

“妞你个头！就会乱吃醋。”他不管我，手脚不老实得很。

“吃你个大头醋啊！你可从来没承认过我是你女朋友，还当着我的面和别人卿卿我我的，你当我是什么啊？”我越来越底气不足。

“我要真和人家好，我还带出来给你看？你什么猪脑袋啊？”他有点怒了。

“好了好了，我求你们了，别嘀咕了。狗子，那小子看你不关心他，他找人演戏刺激你的啊！别纠结了，睡觉吧。”玹恼怒地坐了起来，气鼓鼓地说，然后拉了被子，一股脑儿钻进去，窝在被子里闷闷地说：“我这叫啥事？陪你们瞎折腾啊。”

我一听，愣了。这都什么破事儿？

我一脸狐疑地看着铜锣湾，这个男人，花心是自然，我不相信他和那女孩卿卿我我是装出来的，有这必要吗？

我鄙夷地哼了一声，趁玹躲在被窝里面，赶紧起来找到了地上的裤子衣服，套上了。

身上一股酒味，难闻得要死，我要回住的地方洗澡换衣服，铜锣湾一看我要走，也连忙起来了，像个跟屁虫一样说：“你去哪儿啊？我也去。”

我不理他，径直出了门。

我在楼下公交站台等车，后面突然冒出铜锣湾的声音：“那小子死都不肯起来，懒死了。”

我白了他一眼，根本就不想跟他说话。

我住在国防园，公交车不能直达，停在河大大门外，我必须穿过河大才能到住处。铜锣湾跟着我下了车，两人 前 后地走着。第一次，他走在了我的后面。

天刚亮没多久，清晨的校园特别清爽，郁郁葱葱的大树遮蔽了天空，马路上很昏暗，正值周末，偶尔有晨练的人跑过，四周静悄悄的。

我正急吼吼地往西门赶，突然对面一辆自行车幽灵般地驶了过来，戴着两百度近视眼镜的我定睛一看，天哪，竟然没有人骑！我难道撞到鬼了？

我的脑子里立马闪过以前听过的传说，操场旁边的那个小房子里面吊死过一个女人；旁边那栋楼里，听说有一个女人被肢解了。我似乎能感觉到四周的阵阵阴风。

我心中一紧，早就停住了脚步。铜锣湾跟上来了，我一把揪住他的胳膊，紧张地小声对他说：“快看，前面那个驶过来的自行车怎么自己在骑？我们是不是遇到鬼了？”

铜锣湾没听我说完，定睛一看，然后也无比惊恐地看着我：“好像是没人骑啊……”

那自行车渐渐接近了直直地站着的我俩，我全身的每一个细胞都收缩着。我紧紧地拽着铜锣湾，生怕被鬼吸了去。

这时候，那自行车竟然停住了，一口白牙露了出来！

我快要被吓死了，铜锣湾拽着我走开，我哪敢再盯着那辆车看啊？我赶紧低头，逃跑似的跟着他。

没走几步，铜锣湾突然哈哈大笑起来，我被他搞得莫名其妙。他笑得几乎喘不过气来。

“还鬼呢，你知道是啥？是个黑人！”

我这才回过神儿来，想起了那一排大白牙。

我赶紧回了头，那黑人朋友正努力地蹬着自行车爬坡。

我也哈哈大笑起来，笑自己白痴得厉害。

我们就这么和好了。后来和玹会合，他大战德基一楼，我屁颠屁颠地拿着他刚攒的一万多积分去换了个大大的红色的洗衣篓，抱着那个篓子，我们仨去看了场《变形金刚》。

我和铜锣湾就这么不咸不淡地进行着。有一天，桔子告诉我，他谈恋爱了。

这是个好消息，他应该有新的归属、新的方向。我轻轻地捋了捋头发。我祝福他。我知道他是个靠谱的人，他定下来的对象应该就是未来的结婚对象。

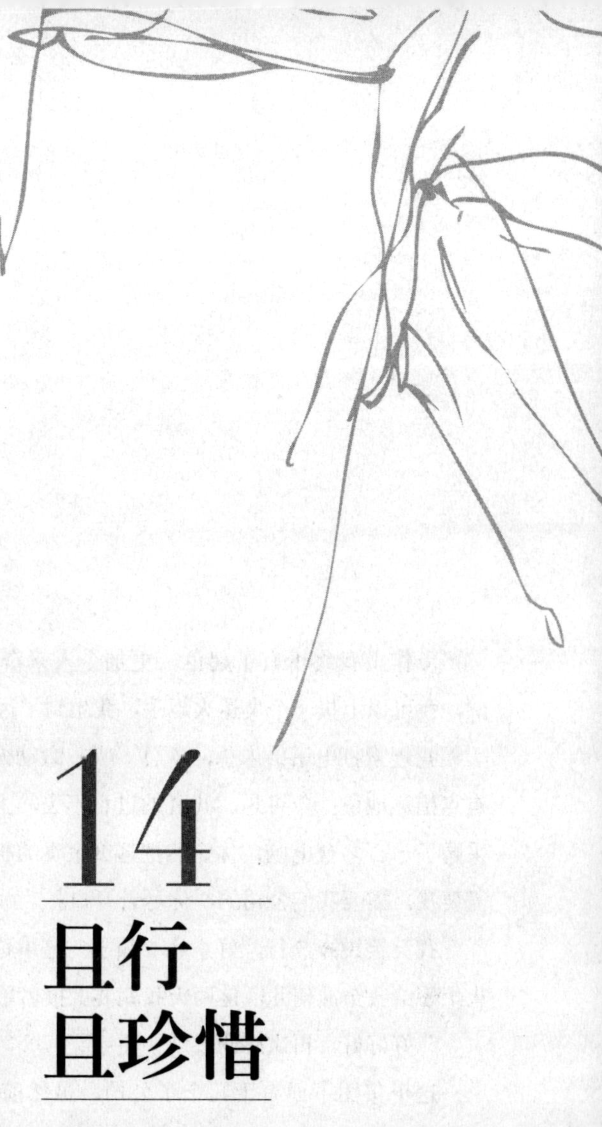

14 且行且珍惜

如果你不为你的所爱奋斗，那就没资格为你的失去而哭泣。

工作上我终于有了起色，更加令人兴奋的是，勋竟然给了我一个名额，我可以上报一个奥运火炬手。我想到了远方集团。

我赶紧打电话给朱总，朱总一听，激动得不得了，但是紧接着，他就有点抱歉地说："可是，我真的过意不去，上次你的方案过来后，我们只采购了一百多台电脑，你竟然把这么宝贵的机会留给我们，这……以后有需要我、需要我们公司的，你尽管开口。"

我笑笑说："行，好意我心领了。这事你和凡总再商量一下，由谁做火炬手给我个准信儿，这两天我就要上报名单。"

"好好好，再次感谢！"

这个集团下面有十几个子公司，虽然前期只采购了一百多台电脑，但是按照目前的设备维护率，不出一年，他们就至少有六百台设备需要更换。而且，这个企业是当地的龙头企业，在他们当地的商会中地位很高，如果它能做我的活招牌，那对我以后的工作，影响深远。我当然要打自己的如意算盘。

事情进行得很顺利，不久火炬就到了分公司。我拿着那个真家伙左看右看，好多人还拍照留念。

当天我便将火炬带去远方集团所在的城市。当时已经约好第二天搞一个大型的火炬移交仪式，而我代表公司去做那个移交方。

一路上我就和拿着屠龙刀一样小心翼翼地护着火炬，生怕被抢了似的，不敢出半点差池。

住进宾馆，刚放下行李，电话响了，一看，是外婆。

我不由得心中一紧，爸妈不会又吵架了吧？

外婆的声音非常焦急：“你快点回来吧，你妈都要死了！几天几夜没吃东西了，这怎么办啊？”

“婆婆，这怎么回事？我爸前几天才和我通过电话，当时还好好的，怎么突然又闹了？”我心神不宁地问外婆。

“哎呀，我也说不清楚，你妈也不肯说，就这样躺床上一动不动的，谁去都不理，东西也不吃，这可咋办啊？”外婆急得都要哭出来了。

“婆婆，你别急，我这就回去。”我撂下电话，赶紧拿起行李去退房。

看着手中的火炬，我狠了狠心，打了个电话给朱总：“朱总，我到无锡了，你现在方便派人来车站拿火炬吗？明天的仪式我实在参加不了，我今天特意给你把火炬送来了。”

“哎呀，这……好吧好吧，那我和凡总说，我们可希望你能来啊。我这就叫司机去，你稍等一下啊。”

我赶去车站，心急如焚地买了回老家的票，然后抱着火炬站在车站门口。没等多久，朱总就来了，他竟然亲自过来拿火炬，对我千恩万谢。然后我坐上了回老家的车。

下了车，已经过了吃晚饭的时间了。我急吼吼地往家跑，推门进去一看，厨房里没人，冷锅冷灶的几天没做饭的样子，再跑去爸妈房间，没开灯，里面黑漆漆的，我看到床上躺着一个人，喊了一声“妈”。

老妈没动，也没回应我。我赶紧走近一看，床头摆着一碗饭，上面堆着吃了一半的肉和菜，那碗一看就知道是外婆家的。

我又轻轻地喊了一声“妈”。妈还是不理我。我急了，伸出手去摸她，还好，是热的，那估计是睡着了。我这才缓过气来，一下子靠着床边，坐在地上。

这一路紧赶慢赶的，折腾死我了。我给爸打电话："爸，我回家了，你啥时候回来？"

"我在外面，今天可能不回了。"爸的声音很空旷，四周静悄悄的。

挂了电话，我突然听到妈的呜咽声，后来变成抽泣，最后变成了哭泣。

我最受不了妈哭，没好气地说："你光哭有什么用？你不吃饭有什么用？能让爸回来吗？"

话一说完，妈"啊"的一声，号啕大哭起来。

我猜都能猜到，爸一定是打牌去了，没日没夜地赌，家也不回，生意也不顾，不然妈不会这样。

我开了灯，这才发现家里一片狼藉，就和世界末日似的。书桌上的玻璃碎了，水瓶也碎了，地上好多碎碗片，还有粥啊、菜啊什么的，一塌糊涂。

我问妈："家里怎么回事？"

"你去问你爸！"妈一边号哭一边说，"这日子没法过了！"

我一听到妈的哭声就好心烦。从小到大，他们几乎都是因为打牌的事吵架。以前爸妈都打牌，两人输了钱就回家吵架，妈嫌爸打得大，输得多，爸嫌妈嘴碎管得宽。

"那这饭你怎么不吃？"我问道，"外婆说你绝食了。"

"我这不死不活的有啥意思？你爸几天不回家了，我在这家里还有啥意思？死了算了！"妈抽泣着说。

我深深地吸了口气，压制着心中的怒火，说："爸不回家怪谁？他为啥不回家？你越是这样，他越是不会回来。"

妈不说话，继续哭。

我好想骂人。你们这才好了几年？又这样闹。什么事情都要吵到天翻地覆，全世界都要围着你们转，成天鸡犬不宁。我越想越气，怒气冲冲地给爸打电话，劈头盖脸一顿骂。

"爸，你不回来什么意思？你打牌不着家就算了，妈现在闹绝食，你也不闻不问？你不想过这个日子，你说一句，我明天就抬着妈和你离婚。你别这么折磨人，你是个男人，得拿出男人的样子来。你老婆现在要死要活的，你这个男人都不站出来管这事，让我回来什么意思？我没精力搞你们这些个破事儿！”

我就和炮筒子一样，嘣嘣嘣地打完炮，没等爸反应过来，我就挂了电话。

我打电话的时候，妈不哭了，听我骂完，她又呜咽着说：“我对不起你，我不想让你回来的，我就想这么不明不白地死了算了……”

“死死死，你就知道死，死能解决问题吗？你死了爸就会回来吗？”我再也忍不住了。

妈一听，又呜呜呜地哭了起来。

我心里冒火，咣当一声开了门，跑去自己的房间，嘭的一声又用力把门关上。我怎么这么倒霉，摊上这样的爸妈？换个和睦的家庭让我过过好不好啊？

正恼着，爸打我电话了。我啪地挂了。他又打，我又挂。你有话就去和妈说去，别让我做传话筒，我不要听！

妈的电话响了，一直响，妈不接。

我气呼呼地跑去妈的房间，狠狠地撂了一句：“你们的事情，你们自己解决，别让我做传话筒了。”

妈不哭了，眼睛直直地看着天花板，外面的月光已经照到了床边，她幽幽地说：“我知道了，那你自己去弄点吃的吧。”说完就一动不动地躺着。

看着妈呆滞的眼神，我哭了，之前的火啊、气啊，全部变成了泪水，从我的脸颊流过。我默默地哭，心酸得一塌糊涂。

但是哭起不了任何作用，我擦擦眼泪，哽咽着说：“妈，现在你有三条路，第一条离婚，再找个男人或者不找男人都随你，要找的话，你就找个对你好的，天天疼着你，继续过以后的日子；第二条你死，我给你好好送个终，你就这么记恨着爸走了，爸爽了，终于没人念叨他了，他可以再找个女人结婚；第三条你和爸坐下来好好谈谈，你要什么日子，他能给你什么日子，如果谈不拢，你选前两个方案，谈得拢，你们再好好过下去。”

见妈不吭声，我顿了顿，又说：“但是，不管你怎么选，我这辈子肯定不会嫁人了，你们一辈子这么折腾，你们不累我还累呢，我不想过你们这种日子，结婚有什么意思？就是天天吵架？就是你看不惯我我看不惯你？要这么痛苦当初干吗结这个婚？干吗要把我生下来？”

说到这里，妈呜呜地又哭了，然后抽泣着说：“是，是我对不起你，我不知道有了你会这么痛苦，没你的时候，你爸对我好，你爷爷奶奶对我好，有了你，什么都变了，我对不起你，不该把你带到这个世界上来，你苦我比你更苦啊！”

“你扯这些有啥用？你能把我塞回去？都成年人了，要对自己负责。你和爸的日子你不好好过，没人帮得了你。我帮不了，外婆也帮不了。日子是自己过的，你懂不懂啊？”

和妈对话，我总是精疲力竭，她总有各种办法把话题扯到和爷爷奶奶的旧仇新恨上面去，她一直活在过去，活在自己的世界里，别说一个我爸，就是十个我爸都没法让她高兴。

我恼得一塌糊涂，这时候，爸开门进来了。

爸刚要开口和我解释，我就打断了他：“爸，你不需要向我解释，你们的事情你们自己解决，别让我做传话筒。你们不累，我还累。你们沟通，我只要知道结果就行。是离是怎么随你们。我反正早满十八岁了，跟不跟谁都一样，我自己过也行。”

我撂了话，不给爸机会，就关了自己的房门，气呼呼地往床上一躺。这时电话响了，我正在气头上，哪有心思接电话，一看是铜锣湾打的，算了，接吧。

我烦躁地问：“找我干吗？”

我和他一直是这样，他没事是不会给我打电话的，我从没接过他的问候电话或者聊天电话。

他一听我语气不对，问道："怎么了？吃火药了？"

因为之前向他抱怨过爸妈经常吵架，我便无所顾忌地把爸妈的事情对他说了，他听了，一笑："你是真傻还是装傻啊？"

我被他问愣住了，这和傻沾边吗？我说爸妈吵架是他们的事，难道我有错？我让他们内部解决别拉我下水难道也有错？

铜锣湾说："你现在的火气比你爸妈的总和还多，我没说错吧？"

"这有关系吗？"我反问道。

"当然有关系啊，你这叫火上浇油！你还真以为自己做得对啊？你就该跟我学学，我心理学的课可不是白上的。"

"什么？你还上过心理学？"我惊诧地问道。

"工作需要。"

"真的假的啊？"我有点不相信，但是死马也要当活马医啊，我紧接着问道："那你说我该怎么办？我要不这么骂他们，他们会清醒吗？"

"不是什么事情都要走极端才能解决的，你这人就是太极端。"他装作很懂地顿了顿，"你妈现在觉得你爸一心打牌不顾家，所以搞绝食，还不是要你爸注意到她的存在？她又让你外婆通风报信，还不是想让你回来劝劝你爸？你倒好，回到家两边劈头盖脸一顿骂，这不是火上浇油是什么？"他一本正经地说。

都说士别三日当刮目相看，我这和他别了没到三日，我就刮目了，他说的还真是那么回事。"你这次不该跳这么高，你该顺着他们的意思来。"他还想接着说，被我打断了。

"等等，这次我可不能顺着他们来啊，我明天有个重要的活动，结果黄了，你说我能不气吗？"

"我说，你就这点货色，你能不能别急着往外倒啊？顺着他们的意思不是百分之百顺啊，你还傻啊？"

“啊？你说，你说怎么弄？”我急着问。

“你的事一会儿再说，先说你爸，你爸为啥打牌？为啥不回家？是赌钱有瘾吗？”

“他打牌输赢也就几百，他这人耳根子软，人家一叫他老板他就上天了，屁颠屁颠地和人家打牌，入了局都不知道。”我愤愤地说。

“既然这样，你妈就是觉得你爸被人骗了，所以不同意你爸去打牌？”

“应该是这意思。还有她舍不得钱，觉得钱就算用来买衣服也不能玩掉。但是我爸这人就喜欢玩，除了玩，他就没啥追求了。他们就不是一路人。”我越说越气。

“那简单啊，让你妈管住你爸钱就行了。”他这建议多傻啊，亏了我想从他那学点新玩意儿。

“别提了，自从我妈内退回来，她就吃喝玩乐根本不管我爸的生意，一开始还说要管账的，现在倒好，什么都不管，天天在外面找朋友逛街聊天和老头老太打牌。”

“要不这样，你往你爸电脑里装个联众游戏，十块钱能玩好久，你妈不心疼钱，你爸也不出去，这不就两全其美了？”

“这也是个办法。行，那就先这么着。”我听了也觉得可行，“但是，万一明天他们告诉我要离婚咋办？”

“你傻啊，就他们这样能离吗？”铜锣湾嗤笑道。

“好好好，那就先这样，我的事你就别提了，提了就难受，先这么着吧，我先去找吃的啊。”我这才觉得饿得要命，连忙挂了电话。

第二天，毫无意外地，爸妈都表示再也不吵架了，让我安心去工作，铜锣湾那个联众游戏的建议自然也没有用上，我便匆匆上了回南京的大巴。

还没到南京，朱总就给我打电话，兴奋地说他们正在公司内部举行火炬接力活动，电话里的背景音是一片欢呼，我祝他们活动圆满结束。寒暄一阵后，便挂了电话。

我惆怅至极，因为勋说这个活动意义重大，我最好参加，唉，再意义重大，也被一场闹剧打击得七零八落。

南京的房子交房了，我要去交一系列的钱，才好装修。那段时间我彻底变成了小工，吃住都在正在装修的房子里。国防园的房子也到期了，我就把行李都放在康总家，这样每个月可以省下一千的房租，也是不少钱了。

接下来的周末，铜锣湾约我去绿城的红星美凯龙家具商场看家具，他的房子也要装修，我便叫上小妹一起去绿城。

我和小妹很快就到了，铜锣湾说他马上到，而且他还带着他妈。

我努力回想他妈的样子。自从铜锣湾去南京找我后，他就像下定了决心似的，跟所有的同学都说我是他女朋友，他的男性朋友也认识了我，甚至他还带我去见了他爸妈。

他爸妈说："这是我儿子第一次带女的回家。"

第一次见面就是你微笑我微笑大家微笑，谈得不深，聊的都是面子上的事。这次不同，这次是第二次，并且是他妈主动要求和他过来逛街的。

听说他妈要来，我抓着小妹不停地摇："小妹，铜锣湾怎么把他妈带来啦？不是说好我们仨玩的吗？"

小妹眨巴着眼睛看了看出租车的车顶，慢悠悠地说："狗子，你急什么，人家指不定就不是来看你的，人家指不定就是来陪儿子逛街的呢？"

也是也是，我要镇定。我想有小妹在，应该不会太尴尬吧。

为什么我如此敏感？这就要说说第一次去他家的事了。

始终有很强烈的距离感夹在我和铜锣湾爸妈中间，他们就像德高望重的长老一样笑着问我："你家哪里的啊？你爸妈做什么的啊？你家亲戚多少啊？你家年收入多少啊？你一个月收入多少啊……"

我看着他们的表情，心情难以形容。我就和铜锣湾回来一次，当天来当天走，这算是去同学家玩好不好？不是身家调查好不好？

还好铜锣湾帮我圆了场，不然我真的会脱口而出：“我又不是和你们儿子结婚来的，我们就是老同学而已。”我此生最讨厌的就是被人如此问问题。

还没来得及多想，我们就已经到红星了。我打电话给铜锣湾，叫他们快来。然后拉着小妹找了个小饭店点菜，这都快中午了。

菜还没点好，铜锣湾和他妈来了，我连忙客气地问：“阿姨，您有什么忌口的吗？”

“随便。”

“铜锣湾你点吧，点阿姨喜欢吃的。”

“你随便点吧。”

真是一个模子出来的。我真想用眼神杀死他。

随便点了几个菜，我们仨狼吞虎咽地吃完了，他妈没怎么动筷子，我连忙问：“阿姨，您吃饱了吗？要不要再点一个？”

他妈局促地笑着说：“我胃口小，中午不吃饭的。”

好吧，您胃口小，那我不管了。我拉着小妹说：“走，赶紧走，再不走都没啥好逛的了。”

四个人这才两前两后地走出饭店，铜锣湾和小妹走前面，我和他妈走后面。

那叫一个尴尬啊！他妈脸上一直挂着如雕像般的微笑，我也微笑到几乎要抽筋。

我们在红星里走了一圈又一圈，主要是看沙发和床。我用不着在这里买，要买的是铜锣湾。走着走着，我就和小妹走一块儿了，他们母子走在一起，看看这个，点点那个。

一看马上四点了，我上前问铜锣湾：“这都转仨小时了，怎么样？有结果吗？”

铜锣湾噼里啪啦地说，无非就是这个太贵那个太丑别的看不上，我便问道：“那你有谱没谱啊？这都逛了仨小时了，总要有个结果啊，看不上咱就走，换月星去，行不？”

铜锣湾面露难色，说：“还是让我妈再逛逛吧，她难得过来一趟。”

好吧，你把老妈都搬出来了，我还能怎么样。

这时我电话响了，一看，是我妈。

这叫什么事，来了个妈又来个妈！我真要疯了。

电话那头是呜呜的哭声，妈说我走后这几天爸非但没有老老实实地待在家，而且还变本加厉地去打牌了。

我简直要爆炸了，对着电话吼道：“你们已经是大人了，你们能不能自己处理好自己的事情？我已经够烦的了。我被莫名其妙地拖过来逛什么鸟屎家具城，还要面对同学他老妈，我怎么就这么憋屈啊！你倒好，你们随随便便吵个架，就来折腾我，我生下来就是给你们折腾的是不是？你们是不是巴不得我结不了婚？你们是不是一天不让我觉得婚姻很恐怖就不甘心？”我语无伦次，越说越可怜，不只铜锣湾愣住了，周围的店员也向我们这边张望，以为我和铜锣湾吵架了。当然，张望的人中有铜锣湾他妈。

那一刻我委屈得一塌糊涂，怒火中烧。我摔掉手机，愤恨地靠着墙壁蹲了下去，痛哭起来。

铜锣湾默默地帮我捡起四分五裂的手机，又走过来拍拍我的肩，让我消消气。

我正在气头上，哪里能消。我不分青红皂白地冲他吼：“你也给我滚，我不需要你，不需要！你就会给我压力，就会折磨我，你给我滚，快滚！”

我知道自己当时和泼妇完全没有两样，店员都在一旁窃窃私语，我痛哭流涕，哪里管得了他们。

铜锣湾他妈跑了过来，就像看怪兽一样地看着我。她拉起铜锣湾要他走，一边拉一边愤愤地说：“这都是什么人啊？儿子，赶紧走，别和她谈了，我可丢不起这个人！”

这无疑是火上浇油，我冲他们吼：“你们都给我滚！”那一刻，我完全失去了理智。

我蹲在地上，抱头痛哭。铜锣湾走了，被他妈带走了，他们真的滚了。我悲凉地从心底生出一股邪气，那一刻，我恨爸妈，恨到骨子里。

小妹一直在旁边没吭声，他轻轻地用手拍了拍我，慢悠悠地说：“狗子，别在这里哭了，我们回去吧，要哭我们回家哭。”

我不理他，蹲着不动。

小妹使出九牛二虎之力想拉我，可惜他那身子骨比我还轻，没能成功。

我哭累了，吸了吸鼻子，胡乱地擦了擦脸上的泪水，抬起头，轻轻地抽泣着问道：“铜锣湾真的走了？”

“你都骂成那样了，他还能不走吗？”小妹眨巴着眼睛看了看我。

铜锣湾走了，铜锣湾走了，他真的走了……

我什么也不顾了，抱着小妹号啕大哭。

小妹扶着我走出红星，一边走一边说：“我觉得你不是女人，我们俩应该换换。”

他话还没说完就顿住了，我顺着他的目光看过去，铜锣湾蹲在大门口，低着头抽烟。

铜锣湾从来不抽烟的。

我知道自己这次是连累他了，可是我不知道怎么控制，我觉得不发泄出来我就要憋死了。

我和小妹走上前去，他看了看我，扔掉烟头，用脚踩灭了。

我想他一定会上来骂我一顿。

结果，他嘴角微微一动，眼中噙着泪花。他一直在酝酿自己的感情，或者说他一直在抑制自己的感情，我想他一定是要说：“我们分手吧。”

小妹见我们都不说话，便问铜锣湾：“你妈走了？”

“嗯，我把她送上出租车了。”

“我……我是不是吓到你妈了？”我终于开口了。

“这事以后再说吧，我也说不好，但是这次真的是我错了。”铜锣湾看着我，眼中的泪花几乎要落下来了。

我看着他的样子，心中无限后悔，但是我脾气倔，不愿意说对不起。我自我开脱地想：本来就没你什么事，是我和我妈之间的事，你在旁边是你倒霉，我又不是和你吵架。

他见我不说话，继续说：“我这次就不该让我妈来，你这驴脾气我们都知道，我们都能忍受，我脑子抽了让我妈跟过来！”说到这里，他哭了。

我第一次见他哭，连忙走上去说：“对不起对不起，都是我不好，我控制不住自己的情绪，让你跟着受罪，都是我不好。”

“你现在知道自己不对了，当时怎么就没忍住？我妈这次来，就是想看看你，因为我跟她说我打算明年和你结婚。这下，这下完了！”他失声痛哭起来。

小妹见状，连忙去安抚他。

铜锣湾蹲在花坛边，任周围的人来来往往。我呆住了，他想和我结婚？他从来没和我说过啊！我闯大祸了！我该怎么办？

我结结巴巴地说：“这不是挺好的吗？反正……反正你妈知道我的真实面目了，不结婚不是正合了你的心意……你又可以拈花惹草逍遥快活了……”

小妹一听，急了，他高声喊道：“狗子！你这话说得……”

我失魂落魄地接着说：“反正我从来没有期望过结果，犯不犯错都没有结果，这就是个圆，走了一圈又回到起点了。”

我看着铜锣湾，他埋着头蹲在地上，一声不吭。

我幽幽地说：“这也好，终于解脱了。我们从此可以不再纠缠了，小妹，我们走。”

我拉起小妹准备走。

“等一下，”听我说要走，铜锣湾急了，“你这人怎么这么没脑子啊？一大到晚就知道走。我真要抛弃你，我还回来找你干吗？你的脑子怎么就不会多想点东西啊？”

小妹站在中间，不知如何是好。

我一愣，什么意思？

“我送走我妈，回来找你，不是要和你分手。我思来想去，我们不能这么轻易分，以后的事情交给我，你不用担心，只是可能会比较艰难，我不敢承诺你什么，但是我会尽我一切努力。”他认真地看着我的眼睛，坚定地说。

我傻了，不知道自己是应该开心还是应该感动。我看了看小妹，他正在窃笑。

“小妹，你笑啥？不许笑我！”我捶了小妹一拳，破涕为笑。

我特别认同铜锣湾的一点就是，我这破罐子，除了他会要，天底下没有第二个男人会要了。

在上海的时候，我和寺人一起吃过饭。吃饭无非就是叙旧，只是我和寺人已无旧可叙。他说当时对我如何如何地好，如何如何地用心，我回他一句：“那又怎样？最后分开的时候，你还不是见都不愿意见我一面？”

我怎么不恨他！最后他用两个旅行箱，把我的行李拉去了IBM叔叔家，因为他不想让我去他家，不想让我再靠近他。如此绝情的一个人，如何再去谈爱？

他叹着气，缓缓地拿出皮夹，准备结账，刹那间，我看到钱夹里面赫然躺着三个大大的安全套。

这小子难道是因为没人打炮才找我的？

后来我们漫无目的地逛街，在上体馆过天桥的时候，寺人紧紧地跟着我飞快的步伐，他有点冲动地对我喊道：“丫头，你走那么快干吗？”

我停下脚步，不由得想起了铜锣湾。当时我已经给他发了那条分手短信。我怎么和铜锣湾一样，脚步如此匆匆，要是在以前，我绝对小鸟依人般地拉着寺人的手漫步。

寺人哀怨地看着我，嗔怪我走得快不理他，我笑着看看他，站在栏杆边。我看着天桥下人来人往，看着宽宽的马路，看着这个我原以为会收留我的地方，我甚至想到了在入职培训的第一天，我豪情万丈地说要在上海买套房子。没想到我折腾了这么多年，最后还是和这里无缘。

正当我感慨万千的时候，寺人抓住了我的手，他委屈又期待地问我：“我们能从头来过吗？”

我看着他，看着这个深深地伤害过我的男人，轻轻地抽回了手。我笑着对他说：“好容易我不恨你了，你可别让我再恨你一次。”

寺人的眼睛有点红，他顿了顿，再一次问道：“真的不行吗？我真的没有机会了吗？”

“我不再是以前的我，你也不再是以前的你。”我认真地告诉他。

他叹了口气，幽幽地说：“你变了，你真的变了好多。”

是啊，我也知道我变了，变得极端，变得焦虑，变得现实，变得武断，变得世故，变得浮躁。我思来想去，没有一个变化是好的。人总归是要长大的，可是谁能想到，我在长大的同时，还迷失了自我。

一个不知道爱情为何物的我，一个不知道爱在何方的我，在那天红星事件过后清醒了。我知道自己不该游戏人生，就算我真的这辈子都结不了婚，眼前这个男人我也要好好珍惜，哪怕他不会花言巧语，哪怕他忽冷忽热。重要的是，在关键时刻，他心里还有我，是不是这就够了？

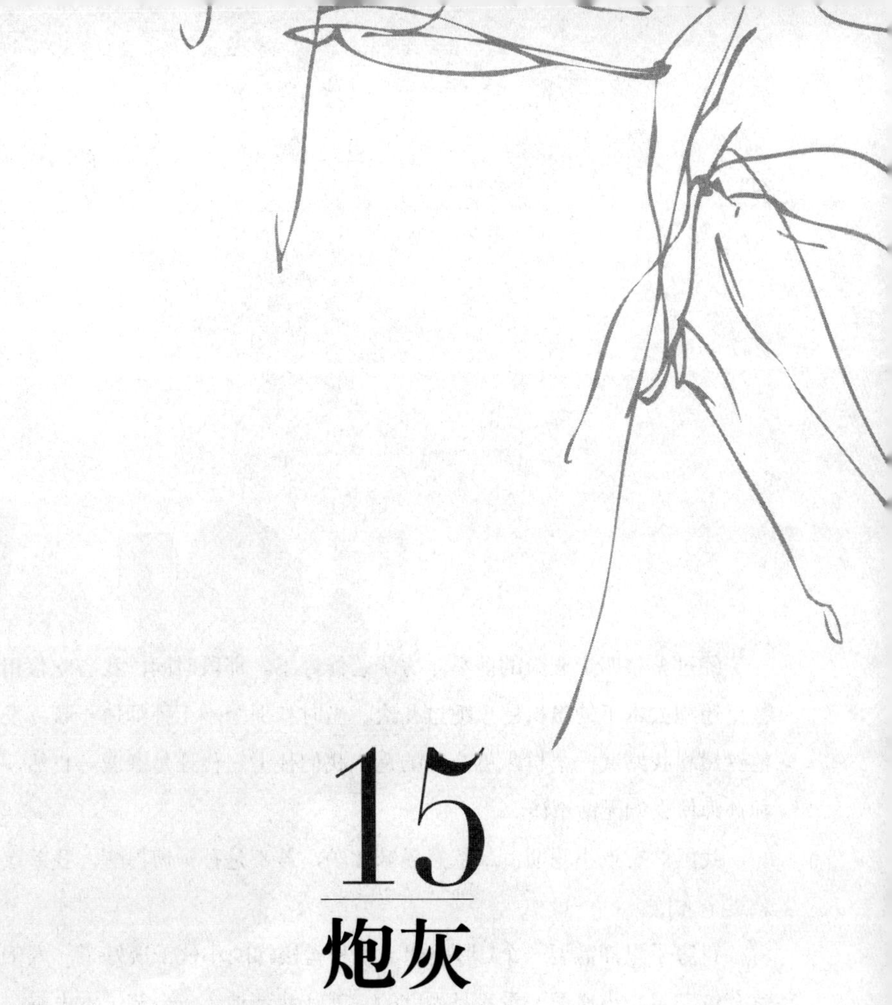

15 炮灰

生命中总有一次跌倒，催促我们瞬间成长；总有一段风雨，让我们学会坚强。

经过整整四十五天的煎熬，房子装修好了。那段时间，我省吃俭用，甚至还跑去木工的出租屋里睡过几次。当时和那个木工孙师傅一聊，发现他竟然和我姑父一个村，更夸张的是，我们往上三代还是亲戚。自然，我和孙师傅夫妇无话不谈。

我虽然有点小聪明，却依然愚笨如驴，若不是孙师傅提醒，我差点又栽进个大坑。

我房子里面需要一个U形楼梯，我和卖楼梯的小伙子谈好了，六千五整套包安装，小伙子一看我是做IT的，就让我帮他买一台笔记本电脑。我想，这不是做个顺水人情吗，就答应了，还傻乎乎地说笔记本的钱我出，我只要再付给他差价就行，一方面笔记本电脑的钱我可以缓几个月再付，不会增加我每个月的压力，另一方面好歹算多卖了一台电脑，岂不是两全其美的事情。

那小伙子一走，孙师傅就把我拉到一边，说我傻。他说："你电脑给了他，他不打收条，拿了就跑了，楼梯也不给你装了，你找谁去啊？"

我这才恍然大悟，发现自己蠢到家了。

孙师傅人很好，做工细致，不偷懒。他老婆天天跟着他做小工，无怨无悔。我看到他们就羡慕得要命。赚再多钱又能怎么样？每天精疲力竭地东奔西走又有什么意思？回到家又是空空如也。我看着刚刚装好的不算大的房子，寂寞之感油然而生。

我必须找一个室友！

我想到了小妹，这厮就是一宅男，每天上班对着电脑，下班后亦是寸步不离电脑。往好里说，有了小妹，至少我家还有点人气；往坏里说，就算养只宠物，也没有小妹这么窝心啊。

我拉着铜锣湾一起去做小妹的工作，小妹最听得进铜锣湾的话，只要铜锣湾不介意，这件事就迎刃而解了。

铜锣湾自然不会介意。有个男人在楼下住着，看起来我也安全一些，再说了，以后他来南京，我们聚起来也方便，康总就住在府西街，离我们也近，这样就算打牌四个人也凑得齐。

我把能想到的说辞都说了，还说不用付房租，不知道是不是因为这个，小妹眨巴着眼睛，看着天花板说："嗯……嗯……要不我就搬吧。"

没过一个月，小妹就搬来了。我高兴坏了，连忙叫上康总和星子打牌喝酒吃饭。

我打电话给爸妈，草草地告诉他们房子装修好了，我喊了一个大学同学过来住，一个人太寂寞了，爸说："好啊，哪个同学啊？"

我笑着说："小妹啊，我们关系很好呢。"

"噢，小妹，好好。"

后来，爸妈过来看房子，一看此小妹非彼小妹，爸才哭笑不得地敲了敲我的头，惊讶地说道："小妹怎么会是个男人？"

和小妹搭伙的日子过得很快，我们几个老同学时不时地约着一起去吃快餐，一起去打牌，日子过得风生水起，好不热闹。铜锣湾几乎每个周末都会来南京找我们。我们就这么不咸不淡地交往着，说是谈恋爱，其实根本没有单独相处的机会，或者换句话讲，我更喜欢一群哥们儿在一起，没有家庭的羁绊，何等潇洒。

有一次，星子带了他的女朋友过来，那个姑娘白白净净，个头不高，脸蛋非常精致，说话细声细气，十足的美人坯子。我们根本记不住星子谈过多少个女朋友，更加记不住他各位女朋友的名字，所以约定俗成地叫她们星马，这个称呼好记不说，还不费脑子。

听说这个美人星马断断续续地跟星子交往了三年，并且见过星子的父母，那自然是认真的吧？我暗地里想道。

晚上大家在大排档聚餐，接近尾声的时候，星马慢悠悠地挽起星子的手臂，从樱桃小嘴里捏着鼻子似的吐出来几个字，差点把我们在座的都吓死。

“老公……拿点钱来花花嘛……嗯（二声）……”

瞬间一片安静，大家都瞅着星子，看他怎么表现。

星子抹抹嘴巴，撩了撩头发，吊儿郎当地用一口标准的南京话说道：“么钱，死一边去！”

我们都差点摔到地上。

这对二子，当这是戏台啊？从那以后，这位星马的代名词就是“拿点钱来花花嘛”。

我暗地里想，就算这位星马撒娇让人起鸡皮疙瘩，但令人难以容忍的程度绝对比不过我那天的泼妇骂街。铜锣湾如此包容我，是不是出于我们多年的同学之情？我问过康总，康总说应该是。我问过星子，星子完全是在调戏我，还忽悠我说要是我跟了他，他绝对不会冲我发火。

这倒是真话，小妹、康总和星子的脾气都无比地好，从某种意义上说，比铜锣湾还要好。

一次周末，我照例顺道经过铜锣湾那里。当时他几乎每个周末都在装修。我装修花了四十五天，他花了将近七个月，工程之大可见一斑。

我发现他晚上的电话和短信呈指数级增长，而且肯定不是装修电话，电话那头是女人。不靠谱的是，铜锣湾竟然不避开我，就在我旁边打。

我实在没憋住，问道：“这么晚了，怎么有女人给你打电话？”

他一脸得意地说：“还不是七大姑八大姨介绍的对象。”

我心里一惊。

他接着说：“你的事我还在办，急不来，我妈到处托爷爷告奶奶地找人帮我相亲，我都是应酬，不去会拂了别人的面子。”

你这话说得倒是一本正经，敢情你出去相亲都是拜我所赐啊？真不要脸！

我明白，他就是想让我矮他三分，我不管他这些破事儿，厉声说道：“你花天酒地拈花惹草我不介意，但是你别在我面前莺莺燕燕的。你如果成心想逼我走，你就继续保持这副德行！”

我一边说一边抱着被子往另外一间屋子走，人家都一哭二闹三上吊的，我直接给他冷场。他倒好，悻悻地跑去帮我收拾屋子，一副理亏的模样。

我又好气又好笑，隔壁床的床罩被他掀开了，上面赫然一大块红色血迹。

那血迹一看就是来月经的时候弄上的，说明他这里住过女人，而且这个女人没有和他住一间屋，那鲜红的血迹还说明这个女人离开不超过一天……我的脑子快速地运转着。

我甚至以为他会说是他妈来住过。但是我没有开口，我等他说，谁先开口谁输，是不？

这小子一看床单上有血，喊道：“啊？怎么这么大？”

我看着他，不吭声，他接着说：“我妹说弄脏了床单，没想到弄得这么脏。算了，扔了吧。”

妹妹！我可真想唱“你究竟有几个好妹妹”！

“乖乖，你妹妹可真多啊！”我不无嘲讽地说道。

“那是，我这人人缘好哎。”他得意地说，“但是，这个妹妹是真妹妹啊，是我新疆叔叔家的女儿，前几天来这里玩就住我这里了。”他这应该算是解释。

我倒真愿意相信，相信了自己就没有烦恼了。

“要真是就好了。这样子搞得我怎么睡？”我郁闷地说。

“睡什么睡啊？”他抢过我的被子，往他屋子里搬，看着他屁颠屁颠的背影，我不由得想，他又接电话，又给我看血的，不会是真心想刺激我吧？

这个带血的床单，铜锣湾他妈还以为是我弄的，这小子也不解释，害得我在他老妈心中的形象又毁了一半。

我把这些个破事儿都向阿圣汇报了，我特别想听听男人的看法，阿圣思索片刻，开口便说：“这小子不上路子。”

“我靠，上路子的话就不找你这个军师了啊。”我差点吐血。

“以我之见，铜锣湾还是太嫩了点。”阿圣开始卖关子了。

“哪里嫩？”我追问道。

“思想不够成熟。如果真心喜欢一个女人，就不应该让她担惊受怕，不应该让她举棋不定，不应该让她梨花带雨。”这小子给我整排比。

“我还梨花带雨呢，我辣手摧花还靠点谱。”我扑哧一笑，插科打诨。

“不过，我可先告诉你啊，”阿圣突然一本正经地说，“如果你对他是真心的，你就别折磨他，好好过日子，这句话如果有机会，我一定也会跟铜锣湾讲。”

我听了沉思良久，我是不是真心的，我也不知道，我对铜锣湾是什么感情？是爱吗？可能真没有，我暗恋他、讨厌他、担心他、想念他、为他烦乱不堪，这就是爱吗？

我不相信这就是爱，这怎么能算是爱啊？

就在我为铜锣湾的事困惑得一塌糊涂的时候，我遇上了大麻烦。

一天，我突然接到勋的电话，他报了一串序列号，让我自查一下，赶紧告诉他结果。我知道出乱子了，但是我万万没有想到这个乱子比我想象的大得多。

为了业绩，我们会拼单，比如把十个十台的小项目拼成一个大项目去做，一方面价格要得好，另一方面不用每次都做价格申请。串货就是某一区域的代理商把自己的产品销售到了同一品牌其他代理商的代理区域，通俗地说，将区域限制的产品拿到非本销售区去销售，就是串货。这里面有个问题，如果被查到A项目的货卖到B项目去了，最简单的方法就是自查，写个报告，说明情况就可以。但如果你的货是被代理商卖给了另一个销售代理的行业客户，那么就要和这个销售协商，你把单子补给他或者如果平时就知道留一手的话，这个时候就可以把对方流到你这里的货号拿出来说，大家两不相欠便可。但是常在河边走，哪有不湿鞋。

一般来说，这样的事情比较容易协商，毕竟大家都是自己人，和谐才是根本，那种大水冲了龙王庙，一家人不认一家人的事太少了。

可我那时候倒霉，就恰恰倒霉在这里。

我迅速找到了飞燕，报了序列号，飞燕告诉我是金慧的货，我一听，麻烦大了!

这家公司是税务局里面的三产，是我去年刚刚发展的新代理，他们主要负责金慧卡业务，直接涉及各种企业用户，而且他们在某种程度上处于垄断地位，对于销售压力来说是一个很好的纾缓渠道，我每个月都会给这家公司集中做一个单子，销售这些企业办卡的机器。

按理说这不该出乱子，因为我申请的项目名称就是“金慧卡税控机项目”，我肯定留了心眼，万一出娄子，只要是企业客户我就不算串货。我不明所以地打电话给金慧的老板汪总，那是个高高瘦瘦、眼睛很大的中年男人，他的面部表情无时无刻不显示着商人的精明和政客的两面三刀。

汪总接了电话，无辜地说：“不可能啊，我的货不可能流出绿城啊。我都是卖给本地的企业客户，这个你是知道的，我就这些个企业搞得定，出了这个圈子我就什么都不是啊。”

这个老油条，还和我玩太极。我厉声说：“老板让我自查，你也要自查彻底，这事可大可小，小了就不谈了，大了你的代理权就彻底玩完了!你别不当回事，你去查一下，你的货怎么会串去扬州的。”

他一听后果这么严重，连忙表示赶紧让下面查查，说尽快回我电话。

挂了电话，我陷入沉思，这货怎么会到扬州去？说实话，我倒是有点相信汪总的，这厮也就能在自己的地盘上折腾几下，不至于串到扬州去啊！再说了，怪就怪在我给汪总的价格并不是好价格，这我可是留过心眼的，我就怕汪总不按规矩办事，坏了我的名节。

不一会儿，汪总给我回电话了，他急吼吼地表态：“葛一啊，这事真不怨我，是下面捅的娄子。”

我一听就想冷笑，但是我没有，我让他继续说。

“扬州金慧也是我们的兄弟单位，他们急吼吼地要我们给他们三台单子，说接不上货了，这都是一条船上的，怎么样都要帮忙啊，但是我可没有低价出啊，我一台加了一千的价格给了他们！我想他们内部消化的不至于给你捅娄子，谁知道出了这事。”

听他这么说，我心里有数了，我让他等我电话。

我急忙赶回办公室，找到了勋，把手头上的信息一一列了出来：第一，我申请的项目价格比正常价格略高，按照此价格代理就算一分钱不加，货也不可能在市场上流通，除非代理亏钱，但是这明显不符合金慧国企的作风；第二，金慧加价一千出货，是他们扬州的兄弟单位出钱买的，双方都是公家的，所以这么高的价，还说是串货有点不靠谱；第三，我手上有扬州兄弟不下十几个序列号，但是我念着兄弟情分一直没有拿出来，现在他拿了我三个号，这事老板你看怎么办。

看到我列出来的这些，勋舒了口气，他点点头，让我等他的消息。

我这才愤愤地走出会议室，一路跑到飞燕那里，无比气愤地把刚才的事说了一通。

一旁做笔记本电脑的如玉也跑了过来，她神秘兮兮地说：“告诉你们啊，听说这件事是吴总要查的。”

听她这么一说，我和飞燕眼神一对，立马觉得事态严重了。

那一刻，我终于知道，就算我拿着前面三条信息，就算我手头上有十几个扬州兄弟的序列号，一切都是浮云。

我一个小小的小兵，何以让吴总如此兴师动众，这一切的一切，都是在我提交辞职报告后，勇锋告诉我的，勇锋就是那个扬州的兄弟，也就是那个陷我于不义的扬州兄弟。

没过多久，勋就找我谈话了。吴总这次是认真的，我拿出来的那十几个序列号，吴总根本看都不看，更夸张的是，勇锋那小子把我那三台货直接搬到了吴总的办公室。

相对于那十几个序列号，那三台机器来得更加震撼。我不知道勇锋为什么要置我于死地，而且还是以一个莫须有的罪名。

处罚方案很快就出来了，我被罚两千工资，由人力资源部门自动扣除，没有申诉的机会。而且，受罚的就我一个，没有罚代理。

更要命的是，代理看我被罚了，在公司处于劣势，立马翻脸。一开始还说这件事如果连累到我就帮我顶着，结果溜起来无影无踪。我本来就没打算相信他们，苦水只能往肚子里咽。

我极度不满，去找了勋，勋说要不是老新帮我，吴总这次一定会把这件事捅去北京。

我愤愤地说："我巴不得他捅去呢！这事做得也太损了吧？"

勋只有安慰我，让我别受影响，接下来该怎么办就怎么办。

我去找了老新，老新年中的时候调来了江苏，因为吴总上头没有位置，老新做了副总。

老新知道我心中有气，他拍拍我的肩，叮嘱我以后要更加小心，这件事已经过去了，就不要去想它，往前看，好好干。

他们都这么安慰我，但我心里能不气吗？被罚了钱不说，还在分公司变成串货被抓第一人，这说出去好听吗？可我还是更加心疼我的钱，大家都是明眼人，一个个都在骂勇锋这个白眼狼，但骂人只能图一时畅快，钱没了，那就是真金白银了，我每个月可还要还贷款啊！

几个月后，突然有一天吴总给我打电话，我不由得冒出一身冷汗。

吴总这人，形象地说就是笑面虎，这是大家给他取的外号，我生平最怕这样的角儿。我一介莽女，怎么能和玩心计的人斗，再说了，人家是一把手，高高在上，想斗都看不上咱。

我知道必定是大事，哆哆嗦嗦地接了电话，暗自思索着最近几个月我没出岔子，甚至压着怒火没去找勇锋寻仇。

“诸葛一，你下午到我办公室来一趟。”吴总说完就挂了。

去你办公室一趟，凭什么啊？我招之即来挥之即去啊？算了，还是要去，谁让他是老总呢？我当时真想拿出自己撒泼无赖的样子，去他办公室大闹一场。

可是我没有，我还是孙子一样地去了吴总的办公室，甚至还挤出谄媚的笑容，我真想抽自己两巴掌。

吴总笑眯眯地看着我，缓缓地说：“这个季度业绩不好啊，你有什么想法？”

“做销售产出肯定不是固定的，我有客户基础，这个季度又不是企业的产出季，业绩自然不是很好看了。”我想说得更尖锐点，但是我没有，我必须忍耐。

“这样吧，我看你不适合做大客户，你还是去做零售吧。我已经和零售总监于总说好了，你下周就可以去报到了。”他不紧不慢地拨弄着桌子上的一个太阳能摆设。

“我不愿意去零售干。”我脱口而出。我现在的老板是勋，是老新，他们对我那么好，我才不要走。再说零售的于总也不是没人骂过，每个周末都让员工加班开会。零售，别搞笑了，我可不愿意牺牲自己的节假日去巡店，去做推广，这不是逼我吗？

“我这也是为你好，你现在去做零售是最好的选择。”吴总掏心掏肺般地对我说，“做零售也能锻炼人，也能让你学到不一样的东西，我是一片好心啊。”

“我不去，吴总，我真不愿意去，我现在干得好好的，凭什么要过去？”我不识抬举，我不屈不挠。

“你上次出的事情，没忘记吧？”他冷峻的目光要杀死人般地射向我。

“如果是为了上次的事，那我更加不愿意去，那件事明眼人一看就知道我是被陷害的。”我还没有说完，吴总就甩了甩手，示意我出去。

我恨啊！你都不给我解释的机会，就这样逼我。我噌地一下站起身，重重地拉了椅子，大步走向门口，出门后便嘭的一声，重重地把门摔上。

我心中无限愤慨。至于这样逼我吗？我诸葛一可不是软柿子随便人捏的。我首先去找勋，他看吴总办公室动静挺大，已经站起了身。

我气呼呼地告诉勋：“吴总让我下周去零售报到。”

勋很惊讶，但他还是压住了心头的怒火，然后拍拍我的肩说道：“这件事我和老新赶紧商量一下，这太突然了。”

听勋这么一说，我明白了，这决定是吴总自己做的，事先没有和老新商量。老新过来做分公司副总就是负责大客户的，不和老新商量就动大客户的人，吴总这是什么意思？

我等不及他们商量，我告诉勋我去找老新，再搞下去，我就根本无心工作了。

勋点点头，说道：“也好。”

我便赶紧打了电话给老新，老新一听，很是吃惊，但是他很快就镇定下来了，他说他下午回来找我。

挂了电话，我脑子里还是一片混乱，不由得想到了原来在国防园和我合租的阿雪，她就在于总手下干过，虽然后来调去了安徽，但是多少了解点内幕。我赶紧给阿雪打了个电话。

阿雪一听说吴总要我去做零售，她就疑惑了：“不可能啊，我们部门没有空岗，这太牵强了，没道理的事啊。”

我一听，觉得更加玄乎了，问道：“如果万一有岗位会是什么岗位？”

“如果一定要设一个岗位，那肯定不在合肥，而是下地市的。我真不建议你来，俗话说得好，穷山恶水出刁民，安徽这帮代理商都不是好惹的。”

我想到了金慧的汪总，想到了二五郎当[1]的顾总，什么穷山恶水，富得流油的地方的代理商也不见得不奸诈啊。

阿雪说道：“不过如果你真的来做零售了，我们俩倒可以相互扶持，这样至少我还多了一个战友，不是一个人在战斗了。”

我们慨叹着，挂了电话。

我内心无比迷茫。吴总这是什么意思？没空岗让我去？难道是想逼我走？他和我有这么深的新仇旧恨吗？

摸不着头脑的不只有我，还有勋，还有老新，当然还有零售的于总。

下午刚吃完饭，于总就给我打电话了，是用座机打的，一听是他，我连忙说我在办公室，他说他也在，我们便约了去会议室。

于总神情严肃地告诉我他也是奉命行事，这个消息他也上午才知道。他还苦笑着说道：“我都没反应过来，突然就要塞个人进来。”

我明白他的意思，他们部门没有编制。我告诉他：“我其实也不想动，我真不懂老板的意思。”

“算了，别揣测那么多了，就先按老板的意思办吧，以后的事情以后再说，我就简单地和你做个小面试吧。”于总言归正传。

这次我面试的是我最不情愿去的一个岗位，而且还是个未知的岗位。

我问：“据我所知，现在零售没空岗，如果我去，是做什么？”

于总想了想，说：“暂时我也说不好，这个要和吴总商量以后才知道，毕竟人是他要动的，最终还是要他拍板。”

下午老新回来了，他听我说了和吴总的谈话，深深地吸了口气，眼睛直直地看着我，说：“如果吴总想动你，我现在能做的就是帮你找个好一点的位置，不至于以后太难过。”

“老新，你的意思是我一定要去做零售？”

“一定不一定不好说，现在十二月底了，这个当口的事并不代表以后

---

① 南京话，形容人傻，多用于开玩笑或取笑某人。

的事，如果没有特别的理由，我觉得还是去比较好。”老新深思熟虑。

我明白老新的意思，马上就新财年了，新财年会有新动向，包括各路老大的动静，他自然是希望我卧薪尝胆，等时机成熟后再来解救我。

“老新，可是你是知道我的，我这样真的很憋屈。”我有点哽咽，“我问过零售下面的人了，江苏的岗位早就没了，如果真的要去，也是去安徽，老新，你知道我是为了那个老相好回来的，这让我走，我怎么弄？我去年刚买了房，我怎么弄？”我语无伦次，眼泪都要掉出来了。

老新拍了拍我的肩，缓缓地说：“让我再考虑考虑。”

我不想离开勋，不想离开老新。我一进公司就遇到了老新，能回来也是靠着勋和老新的帮忙，让我下周就走，情何以堪？

那一天我辗转反侧，焦虑难眠。我好想打电话给铜锣湾告诉他我的困境，但是我没有。我不能让铜锣湾小瞧我，不能让铜锣湾认为他是我的百宝箱和狗头军师，我的军师是阿圣，除了他，没有人更了解我的工作、我的生活。

是夜已近凌晨，楼下的小妹依旧缩着头窝在被窝里专注地搞他的电脑，我装作拉臭臭跑去卫生间，关了门，坐在马桶上，拨通了阿圣的电话。

“咋啦？深更半夜的，想我啦？”他一如既往地调戏我，还不知道我已身陷险境。

我噼里啪啦地和他说了一通，他深深地叹了口气：“我说你什么好啊！”

我一听，他定是有话要说。

“吴总这个人是搞谋略出身的，小人可躲，暗箭难防。他为啥到了分公司，不是一两句话就能说清的，现在你要做的，就是听老新的，别再为难老新，如果能忍，你就去做零售，等老新发达了你再想办法出来。”

“如果我忍不了呢？”我没脑子地问。

“人在屋檐下，有时要低头。”他深沉地说。

“唉，我咽不下这口气啊！人活一口气，你说我现在遇到的这些个破事儿，都是什么事？”我愤愤地说。

“当初是你铁了心要做销售的，我跟你说过，这是一条不归路。”他叹道。

我和阿圣聊了好久好久，渐渐地我想通了，我虽咽不下这口气，但也不能给老新添乱，不能再让老新为我折腾了。

我要跳出这个圈子，我不干IT了！

我脑子一热，立马上了网，去前程无忧网更新了自己的简历，并且草草地看了看主页上的几个大公司，投去了简历。我想，反正是做销售，做什么不能做？我投了宝洁，甚至投了3M①。投完简历已经是凌晨三点了，我这才安心地睡去，我多么希望明天就能接到面试电话啊。

第二天，一过八点，我就打电话给老新，我说：“老新，我想了一夜，我有打算了，你啥时候在公司，我去找你好好说说。”

老新说他马上到单位，我连忙蹬着我那辆折叠自行车一路飞奔到广州路，顾不上两腿酸软，急忙跑去了办公室。

老新早已坐在座位上，我喘着气跑了过去，拉了椅子坐下来。老新看我急吼吼的样子，示意我不要急，慢慢说。

我深吸了几口气，认真地说道：“老新，这事我想明白了，我这就去做零售，管他给我什么岗位，先做着再说。但是我不能这么傻等，我想过了，我也不能再连累你了，我做好了另外的打算，如果有别的公司别的岗位，我肯定会先考虑留在江苏的。”

老新听了我的话，默不作声。我顿了顿，继续说：“老新，你放心，我不会去竞争对手那里的，我不想背叛公司，不想以后在战场上和原来的兄弟姐妹们碰面，这点我无论如何也做不到。”

老新舒了口气，认真地看着我，说：“这件事可以先这么着，你别太

① 一家美国企业，全称明尼苏达矿务及制造业公司（Minnesota Mining and Manufacturing Corporation）。

悲观，去安徽并不是很恐怖的事情，说不定你是去帮我打头阵的呢？”

老新这句话意味深长，因为第二年二月份一过，北京的风就吹下来了，八个分公司要拆分成十八个分公司，老新要去安徽做总经理。可是那时候我已经离职了。我没能帮老新打响安徽的头炮，就撤了。

我仔细想过自己那时候的反应为什么如此强烈，我的第一段感情毁于异地恋，我不想和铜锣湾也这样结束，我要放任自己一次，不为工作，只为自己。

就在我找完老新后，电话响了，是上海的座机。我接了电话。

“您好，请问您是诸葛　吗？”一个职业女声传了过来。

我脑子立马一抽，想到这一定是某公司人力资源的电话。我连忙回答道：“是的，您好，请问您是哪里？”

“我是S公司人力资源部的李岩，我今天在网上看到了您的简历，初步看来和我们公司销售工程师一职的要求比较符合，不知道您对我们公司有没有了解？”

“不好意思，您能简单地介绍一下吗？我之前一直从事IT行业，对S公司不是很了解。”我实话实说。

“天祥科技有限公司是……”她详细地给我介绍了一遍，听起来是一家大公司。他们是怎么找到我的？我没给他们投简历啊！

“好的，我大概了解了，请问你们现在招的这个岗位的主要职责是什么？”这点我得先弄清楚。

“销售工程师主要负责公司在区域上的产品销售和客户开发……这个岗位的local[1]在B城。”

听到最后一句，我立马眼前一亮。这是我求之不得的事啊，如果能够去B城工作，我岂不是就可以和铜锣湾卿卿我我你侬我侬了？

① 英语，这里指“位于，在……地方”的意思。

我于是和她约好了面试的时间和地点，挂了电话。

才挂了电话，又一个电话打了过来，是上海座机。

“您好，请问您是诸葛一吗？”这声音一听就是帅哥。

“是的，请问您是哪里？”我对于帅哥从来都来者不拒。

“您好，我是上海的猎头，您的电话真难打啊。”他笑着说。

“哦？您这次是帮哪个公司找人呢？”我问道。回江苏后，我不止一次接到猎头的电话，要么是D公司要么是G公司，一说是猎头，我便毫无兴趣了。

“也是一家大型的IT公司。”他很敬业，不透露对方信息，但是他这么说已经相当于是在告诉我对方是谁了。

“我知道了，我对去他们家不感兴趣。你如果有宝洁啊、3M的职位我倒可以考虑考虑。”我明白地告诉他。

“可是我看到你在网上更新了简历。”他见我要挂电话，有点急了。

“是，我是更新了简历，但是我不想去这些公司，如果你有IBM的职位也可以找我。”

“好好，那是一定的。另外，能请您帮个忙吗？”原来帅哥也会求人办事。

“说吧，啥事？”我问道。

“如果你身边有合适的人，可以帮忙推荐一下吗？我一会儿就把我的联系方式发给你。”帅哥很诚恳。

“没问题！我会帮你问问的。”我笑着说完，挂了电话。

那厮后来还真的把联系方式给我发了过来，我遇到过这么多猎头，他是第一个如此敬业的。

为了他的敬业，我后来帮他推荐了几个人，当然我分文不收。我喜欢这种做事认真的人，自然也愿意帮他。

接完电话，我看了看时间，还不到十点。我跑去飞燕的办公桌，低声告诉她，昨天于总做了个简短的面试，但是零售那边没有岗位，一切都还是未知数，而且老新也说我应该去做零售，我现在就属于两边都捞不着，工作交接也没人来说，衰到透顶。

飞燕听了，轻声对我说："你说，他们这一出又一出的，唱的什么戏？"

我恨恨地说："我一个小兵，他们干吗如此大费周章，直接开了我我还能拿点赔偿金过几天好日子。"

飞燕突然不作声了，她推了推我的手，我抬头一看，是勇锋。真是仇人相见，分外眼红啊!

但是勇锋的神情看起来明显不是仇人，他略带犹豫地问我："葛一，你现在有空吗？我想找你聊聊。"

我跟着他去了公司的一个储物间，他点燃了一根烟，问我能不能抽。我知道有些男人在酝酿感情之前喜欢点一根烟，并不是真的要抽，而是要让自己的思绪抽离现实。

我一声不吭地点点头，说实话，我是恨他的，恨他竟然不顾同事之情。对于他，我问心无愧，之前在扬州遇到小型企业客户的单子还给他打过电话，让他去做。他如此对我，我能不恨他吗？

他终于下了决心似的，埋着头，吐了口烟，说："葛一，上次的事情，我对不起你，我不知道怎么跟你说。"

我皮笑肉不笑地嘴角一动。现在说对不起，早干吗去了？你把电脑放吴总办公室的时候就没想到对不起我？

他见我不说话，又有点犹豫了："唉，我……我也是迫不得已，我不是真的要针对你啊。"他似乎有点哽咽。

我才不信什么迫不得已。

他接着说："我根本没想到吴总会这样对你，没想到他会把你逼到现在这地步。"

我轻轻地笑了笑："也没怎么啊，我现在脑袋还在肩膀上，没移地方啊。”

我真的不想相信一个出卖兄弟的人的话。我想他也能感觉到我的不信任。

他叹了口气，摇了摇头：“葛一，我不能说太多，只能向你说声对不起。这些事情并不是我想这么做的。人在屋檐下，不得不低头。你这件事会让我一直后悔，但是我别无他法，我……”

“行，我知道了。”我拍拍他的肩，“咱就是来挣份工资养家糊口的，谁也不至于恨谁到骨子里。我当然怨过你，但那都是过去的事了，你也别老惦记着，以后的事情以后再说。”

他感激地看着我，踩灭了那根没抽的烟。

我恨虽恨，但是大家毕竟是同事，抬头不见低头见的。我虽然想好要走，但是具体什么时候走、去哪里都没有定数，他既然主动示好，我又何苦再去树敌?

和勇锋说完话，我确定了一件事，那就是“杀鸡儆猴”。我就是那只鸡，老新就是那只猴，杀鸡的人看似是勇锋，实为吴总。

这样的传言由来已久，但是我不愿意相信，或者说我不愿意掺和其中。谁知道，不想掺和的人最后中箭最深。

你不知何时入局，那是因为你早在局中。

有些事不是你想不想的问题，也不是你能不能的问题，而是你在不在的问题，你在，你就倒地中枪了，就这么简单。

一开始我进公司，就是跟着老新，能回江苏也是靠了老新。我来江苏半年后，老新调来了江苏，分公司里的人都知道我和老新都是从福州过来的。现在大老板要给二老板下马威，那针对我这个小跟班下手真是易如反掌。

我终于知道吴总为什么不让我来江苏了，因为他知道老新早晚要来，他不希望他的分公司多一个老新的内应。吴总之所以要在老新做大前支走我，因为他知道总有一天老新会飞得比他高，走得比他远。

可惜他整我这个小兵，真是算不上老谋深算。我不是他想的那种人，我不会溜须拍马，不会乱搞乌龙。我只会尊敬值得尊敬的老板，跟随值得跟随的头儿。这样的人，就是勋，就是刘封，就是老新。不耍手段，不拉帮结派，不做见不得人的勾当，他们凭借自己的人格魅力，赢得了众人的赞许和尊敬。

这一切的一切都变得不再重要。工作是为了什么？为了养家糊口。那个十二月，我省吃俭用还清了房子所有的贷款，我不由得觉得一身轻松。工作还为了什么？为了更好地生活。那个十二月，我鼓足勇气释放了那个压抑、沉重的自己，毫无后顾之忧地轻装上阵。

所以，当我按照约定时间去S公司的时候，我无比轻松。和上一次去上海的云科公司面试截然不同，我不再强求这个职位，我知道，是金子在哪里都会发光的。既然是别人主动找你的，你的主动权就多了一点。当然这些并不是不认真的理由，任何一个正式的面试，都需要精心准备，设想好即将面临的每一步，制订好战略，遇到难题的时候要知道如何迂回作答，遇到伯乐的时候要知道如何好好表现。做到这些，应付一个小小的面试，简直轻而易举。

16 再次跳槽

你永远有一个机会，这个机会叫明天。

在去之前，我看过S公司的主页，详细研究过该公司的历史、产品、组织架构，我要了解我要去的是什么样的部门，是主营业务还是边缘产业；我要了解我所面临的客户群是什么样的一个层面；我要了解公司的福利待遇、社会关注度是什么样子的；我甚至去查了这家公司500强的历年排名。我还找了桔子和三七，因为他们朋友多、路子广，我多方面打听S公司的情况，最终知道桔子的一个朋友在这家公司，我赶紧加了他那个朋友的QQ。

请教过后，我才决心努力一把。用桔子朋友的话来说，这就是一个养老的公司，饿不死也撑不死，但是销售就不一样了，销售到哪里都是有压力的。

如果硬要我对自己的人生做一个规划的话，在吉公司的三年是认知的三年，在云科公司的四年是成长的四年，那么下一个四年，将是快速发展的四年。规划得多么美好啊!

经过一番精心的准备，再加上不那么强烈的得失心，我踏进了S公司在无锡的办公室。办公室里很安静，和云科公司的人头攒动、电话声此起彼伏有着天壤之别。

前台美女一看我是来面试的，指了指里面，让我自己进去，她继续盯着电脑屏幕。从她旁边走过的瞬间，我看到她在聊天。这种事在云科公司是不可能发生的。

我拐了个弯走进去，最里面的会议室里有人，估计已经有人在面试了，我于是坐在外面的办公桌旁边等着。

办公室里的人少得可怜，看起来不超过十个，偶尔才有电话铃声响起，大家都安静地做着自己的事。从外面走进来一个胖胖的男人，他拎着手提包，有点好奇地看着我，在我的旁边坐了下来。

我朝他笑了笑：“我是来面试的。”

“噢噢，真好，真好，是什么职位？”他笑着问。

“销售。”

“哎呀，太好了！终于有美女来应征销售了。一天到晚都是我们这帮男人看男人，太没劲了。”他和我自然地谈笑着。

我正想接话，会议室的门开了，一个小伙子走了出来，礼貌地和里面的人招呼了一声，然后就走了。

我向那个胖胖的男人点了点头，示意我要进去了，他也微笑地点了点头说道：“祝你成功。”

他那句话说得真是恰到好处，客套得如此贴切。

会议室里，一个扎马尾的女生坐在桌子边。见我进去，她连忙站了起来，笑着说：“你是诸葛一吧？我是人事李岩，我们之前通过电话的。”

我笑着和她打了招呼，递上我的名片。

我们都坐下来。她仔细地看了看我的名片，笑着问我：“今天是工作时间，你来面试会不会有问题？”

“我是销售，时间相对自由，这个不会有问题。”我笑着说。

“你为什么想离开现在的公司？据我所知，你所在的公司在行业内还是很不错的。”她继续微笑着问我。这是个惯例问题，一般对跳槽的人来说，动机问题是个必问问题。

我当然不会实话实说：“我在云科公司待了将近四年，待过两个分公司，在三个不同的岗位上工作过，我的职业目标已经初步确定，希望有更好的发展平台支撑我的这个目标。”我笑眯眯地告诉她。

“那可以说说你的职业目标吗？”她还是礼貌地笑着问我。她问这个问题在我的预料之中，这一刻话语的主动权已经默默地转移到我这边了。

我一直保持着微笑：“我做过长期、中期和短期三种规划，这三种规划各不相同，但是宗旨只有一个，最终目标也只有一个。”我顿了顿，认真地看着她，我的表情告诉她我不是在说大话。

“哦？那这三个时期的目标分别是什么？”她似乎有点兴趣。

“短期就是五年目标，在一个合适的平台上加强自己的销售能力，尽量多接触不同的市场、不同的客户、不同的行业，打好一个稳固的基础。”我顿了顿，看她的反应，她点点头，我便继续说：“中期就是十年目标，销售也是吃青春饭的，不能干一辈子，要拼体力、拼脑子，如果前五年积累了一个足够稳固的基础，那么接下来的十年应该拓展自己的平台，让自己看得更远，接触得更多，不求面面俱到，但至少在行业内要有所建树。”

“那你为什么要从原来的行业跳出来呢？”她这个问题一问，我就知道她已经在跟着我的思路走了。

“第一，我这个人比较念旧情，也不是没有竞争对手找过我，但是我不愿意和老同事在沙场针锋相对。”我咽了咽口水，继续说，“第二，我始终觉得IT界越来越浮躁，市场的竞争白热化，使得行业道德准则降低，这让我觉得在这个行业继续走下去会越走越偏，所以我自然而然地想到了S公司这样的传统行业，我觉得应该给自己一个进入新行业的机会。”我微笑地看着她。

李岩若有所思地点点头，她接着问：“那你的长期目标呢？”

“长期目标如果在我四十五岁的时候能达成，我睡着了都会笑醒。”我自嘲地说道，“我希望成为一名经验丰富的职业讲师，那是我现在一切拼搏的原动力。”

“为什么你想做一个讲师？你干的一直是销售啊！”她又问了这个意料之中的问题。

我笑着告诉她：“我在云科公司接受过许许多多系统的培训，受益匪浅。我所领悟的不仅仅是那些讲师的课程，还有他们的个人魅力。当我遇到一个在IBM工作过十八年的前辈的时候，我敬仰的不仅仅是他的知识，更在于他如此投入地将自己的经历、挫折和成功分享给在座的每一个人，成为他那样的人，就是我一辈子所追求的。”

我说得坚定而有力，李岩点头微笑。

她笑着告诉我：“那我很开心，因为我们公司对你这三个梦想都有对应的职位可以满足。公司也对员工的发展和成长有着清晰的规划，在人事这一关，你完全没有问题。”

这让我很惊讶，原来结果是当场就可以决定的啊？

紧接着她又说：“今天你应聘的部门的领导不在，但是分公司的经理在，你可以去经理的办公室坐坐，随便跟他聊聊。如果你以后入职，他是一个很关键的人物。”

说完李岩陪着我走到旁边一间独立的办公室，经理看到李岩，笑眯眯地让我们坐下。李岩简单地为我们做了介绍，说还要接见下一个面试者，就出去了。

经理姓姬，我一听，这可是咱们老祖宗黄帝的姓啊，这姓很少见啊。我自然和他聊起了姓，噼里啪啦胡侃一通。

然后姬总问了我两个个人问题：第一，为什么选择在B城工作？第二，对生活和工作有什么打算？这两个问题看似简单，其实背后的问题就是：第一，你能不能长期待在B城？第二，你打算什么时候结婚生子？他问得很含蓄，我理解得很透彻。

我告诉他，我老家就在B城旁边，第一份工作也在B城，安定下来不成问题。我现在还没有结婚，结婚这件事，至少过两年再考虑。

他听了我的回答，笑着点点头，又问了另外一个问题：“你能喝酒吗？”

“不敢说能喝酒，但是我有酒胆，在酒桌上还能凑合凑合。”我笑得有点底气不足，因为我真的不知道自己能喝多少，或者说什么酒能喝多少。

“凑合凑合可不行，酒场如战场啊！”他微笑地看着我说。

“是的是的，如果工作需要，该喝的总归要喝，这个我倒没什么精神负担，大不了喝高了再去唱唱歌，酒精就自然分解了。”这是实话，之前我也是这么做的。

“好好。”他还是点头微笑。正在这个时候，他的手机响了，他看了看来电，对我说：“要不今天就先这样，我们下次再聊。”

这下终于结束了，等我走出姬总的办公室，正好遇到会议室里面走出来的一个面试的女生。她穿着一套黑色的西服，化了淡淡的妆，胸前还有一个羽毛的别针。我看看自己，素面朝天，不成套的羊毛小裙，是不是职业性差了点？

正想着，李岩从会议室里面出来了，她看我走出经理的办公室，就又把我喊进了会议室。

她快速地告诉我：“姬总对你很满意，我们初步决定录用你，正式的offer要一月份才出来，你还有一个部门经理的面试要做，但是问题不大，因为姬总已经决定要你了。”

“哦，流程真快。”我有点惊讶地说。

“是的，这个职位比较急，如果你一月份能来报到那就最好了。”李岩恳切地说。

“一月份？”我重复着说道，“这个时间非常紧张，我还需要交接工作，加上马上春节了，工作时间更少了，所以工作交接完至少要在春节后了。”

“这样，嗯……如果一月份不能报到的话，那就三月初吧。这样给你一个足够的缓冲期，可以吗？”

我点点头：“那么直接领导的面试会在什么时候？”

李岩看了看她的电脑：“这个我再通知你，我需要和经理沟通一下，但是肯定不会超过下个星期。”

“行。”

一阵寒暄后，我便和李岩告别。十二月的那个上午，我就这么快速地定了下一个场子，没有意外，没有悬念，没有波折。

我不知道这一步走得是对还是错。

工作的事情算是定下来了，当天我就去找了老新。

我告诉老新现在已经有一家公司有意向要我了，是S公司。老新听了，深思了几秒，一如既往地和蔼地说：“葛一，S公司是一家很不错的公司，我支持你去，吴总那边的事情你就不用管了，准备交接，好好准备新工作。”

我看着老新肯定的眼神，又有点激动了：“老新，说实话，我真不想离开公司，所以我根本不愿意去对手公司干，但是，如果去安徽我估计这次的对象又要吹了，我这真是左右为难啊……”

老新拍拍我的肩：“我理解你，不要有后顾之忧。记住，以后有什么需要我老新帮忙的，随时回来找我。”

老新一番话，字字在心中，我感激地点点头。

我又去找了勋，勋认真地看了看我，问：“你已经决定去S公司了？”

“嗯。”我点点头，“我真是左右为难，思来想去还是逃避最好，这样你和老新都不会有负担。”我有点哽咽。

“既然你已经决定了，那我肯定支持你。以后工作上有什么难处，就过来找我们。”勋努力地保持微笑。

我的眼泪在眼眶中打转：“我真的不想走，我有太多的舍不得，舍不得你，舍不得老新，舍不得飞燕，舍不得曾经一起笑过哭过的兄弟姐妹们，我……”

那一刻，我没有忍住，眼泪掉了下来。勋拍了拍我的肩膀，递给我一张纸巾：“人总归是要长大的，这次的事情纷纷扰扰也都过去了。你要走好以后的路，如果遇到什么困难，就来找我，我一定尽我所能帮你。”

那一刻，我好想扑上去抱着勋老大，但是我不能，这是办公室，我擦干眼泪，努力地挤出了微笑。

虽然离开了公司，但是有这帮好兄弟、好姐妹、好领导，我的心中永远都会刻着云科的Logo，永不磨灭。

我很开心地把这个消息告诉了铜锣湾，铜锣湾在电话里面说：“哦。”

我厚颜无耻地问他：“那我是租房子住还是去你那里住啊？”

“那你住我这里吧。”

就这样，在我强大的淫威下，铜锣湾趋于妥协，我们这就算是同居了。

我妈说过，想要真正了解一个男人，就必须和他一起生活。

那一刻，我算是破釜沉舟了，如果铜锣湾了解完了不行，我就得赶紧撤啊!

按照我在福州的规划，铜锣湾后面还有好几个男人的。但是现在桔子不行了，他有女友了；三七也不行了，他都结婚了；建江也不行了，他被卷入一场诡异离奇的爱情里了。这么算下来，手上的货真的少之又少了。

我不甘心，因为我虽与铜锣湾要死不死要活不活地纠缠着，但我还是留有外心，万一他爸妈严重不同意怎么办？万一我妈跳起来反对怎么办？我必须时刻做好几手准备，所以我一刻不敢松懈对单身未婚男人的关注。

眨眼就到了二〇〇八年。那一年对中国人来说是既痛苦又关键的一年，对我来说也一样。

十二月底拿到S公司的offer之后，我就安安心心地交接工作了，工作交接只用了一个星期，随后我就一门心思地去学车了。学车的两个月里认识了一个帅哥，但是还没等和他有进一步的交集，我们就各自拿到驾照了。

天下之大，我早已忘记帅哥的名字，却永远记住了他好听的嗓音和俊俏的脸庞。从这一点，完全可以看出我是个十足的花痴。

我收拾了行李，开始陆陆续续地往铜锣湾的老房子搬东西，见我不断地往他那里运送衣服鞋子铺盖，他急了：“你们女人怎么这么多东西啊，不会还有吧？”

我不管他，自己搬自己的，反正他还有个小房间，什么都能塞下。他对我是没辙了，我对他的感觉却更像搭伙过日子，淡淡的，除了肌肤相亲时还有点激情之外，其余的时间我们早就没有激情可言。

他越来越不重视我，以前在小木屋的时候他愿意用肚子帮我焐脚，现在他看到我上床就像画三八线一样划清我俩的界线，不允许我冰冷的脚踏入他的地盘。

他的空闲时间都用来玩征途，很少和我说话。

我们俩就算出去吃饭，也喊着玹，有时候，我甚至觉得玹对我的关心比铜锣湾给的要多得多。

甚至那一年生日，是玹在德基四楼买了一个大大的Pluto送给我。加上这只，我大大小小的Pluto狗狗可以排成爷爷爸爸宝宝三代了。

渐渐地我迷失了自己的感情，我分不清友谊和爱情，对玹是这样，对桔子也是这样。

自从桔子告诉我他谈恋爱后，他还是每天在QQ上给我发笑脸。我已经习惯了他的笑脸，我开心的时候就回复他，不开心的时候就不理他。他似乎一点都不在乎这些，还会给我讲一些在外的酸甜苦辣，那时候他已经去新加坡工作了。

我没去过那个国家，我觉得作为朋友，我应该去看看他，但是为了避嫌我不能单独前往，毕竟他也是有对象的人，于是我撺掇了福州一个老同事Q，Q一听要去他那里，立马乐得蹦了起来。我们一月份就开始申请新加坡的签证，她是莆田人，签证很难办下来。还好，折腾了近两个月，她的签证有惊无险地办下来了。我们立马订了最近的机票，她从厦门走，我从上海走。我带上足够的钱，想去好好shopping一番。

飞机在晚上九点半落地，到了樟宜机场，我一直没出关，我在等Q。

Q的飞机比我晚半小时，那半小时过得异常地快。海关的马来人一看我的签证，惊呼：“Oh! Shanghai？”

“Yeah! ”我看他那么惊讶，只有点点头，心想，难道上海人在这里很少吗？

“A wonderful city! ”他接着说。

“Thank you.”他已经帮我盖好了章。

他夸张地和我说拜拜，还附带了句不算很流利的中文“谢谢”。

他为什么要谢我？我莫名其妙地出了关口，站着等Q。左等右等，Q就是不出来。我发现Q在关内，被一个穿制服的男人带进了旁边的小房子，俗称小黑屋。

我心中一惊，连忙拨通了桔子的电话，忙音。桔子说他去印尼了，和我们差不多时间落地，估计他的飞机晚点了。

我心急如焚。小黑屋的门一直关着，没有动静。

我跑上去找了个华人模样的人，我用中文说：“您好，请问刚才那个女孩怎么给带去小屋子了？有什么问题吗？”

那厮假装不懂：“What？”

我只能用乱七八糟的英文再说了一遍。

他摇摇头：“I don’t know.”

我真想上去揍他一顿，正在这时，我的电话响了，是桔子!

我连忙接了电话：“桔子桔子，快到关口来，Q被关小黑屋里了！”

桔子正要解释说自己飞机晚点了，一听这个，连忙问我在几号口，他说他马上就到。

我挂了电话，焦急地等待着桔子。

终于，我看到桔子的身影了。我向他招手，急急地指了指关Q的小黑屋，他立马走了过去，和一个马来人模样的制服男交涉起来，那一刻桔子超级man!

桔子据理力争，舌战群儒，末了，他打了一个电话。不一会儿，Q就从小黑屋里出来了。

我这才松了一口气，抬手一看表，已经快十二点了，竟然折腾了两个多小时。

桔子说Q被拦住是因为莆田、长乐、泉州一带的人属于严查对象，最后被放了是因为他打了个电话给机场的朋友，如若不然，海关可以用一切理由禁止Q进关。

后来我问桔子那个马来人怎么一听到上海就如此兴奋，桔子说："首先，你坐的是新航的飞机，他们这里只有有钱人才坐新航；其次，上海在他们心目中是大都会，是有钱的地方，你来促进他们的消费，他们不谢你谢谁啊？"

原来地域歧视不光国内有，国外也有，资本主义国家真这么势利？

这是我第一次出国，觉得什么东西都很稀奇。

我们上了出租车，踏上进城的路。桔子的住处就在新加坡河畔，靠近鱼尾狮。

空气清新、月色皎洁就不用说了，都说国外的月亮比国内的圆，我觉得就是国外的月亮比国内清晰，星空更加清澈。

深夜，到了住处，桔子给我们铺好床，他一个人去客厅打地铺了。

很快，他们都累得睡着了，我却怎么也睡不着。我在想自己是来干什么的，想不清楚。是来撩拨桔子的？不是。要真是来撩拨他的，我带个女伴干吗？是来好吃好喝好玩的？也不是。桔子和我说过多少次，新加坡没多大意思，要去也要去海岛才好玩。那我是来干吗的？我也不知道。

为了去新加坡，我特意去无锡买了三件结婚的礼服，当时打电话给高中女同学说这事，她问："你要结婚啦？"

"人都没找着啊！我心痒啊，想先把婚纱买了再说，反正找哪个男人结婚都是要穿婚纱的。"我就这么没边没谱地说着，而且那几天还特意买了一套防辐射服。

去新加坡的前几天，和铜锣湾在一起的时候，我问他，要不我去买点戒指什么的等以后结婚用，他看看我，冷冷地说：“随便你。”

碰了一鼻子灰。我想也是，花自己的钱，当然是随便我。他不反对我去找桔子，不反对我一个人出游，也不愿意和我一起出游，他的兴趣点不在我这里。

所以，去新加坡，我是黯然神伤地去的，我希望友情能给我点力量，让我恢复元气。

桔子带着我和Q四处闲逛，吃肉骨茶，看游艇，玩圣淘沙，逛乌节路，反正能去的地方几乎都去了，我和Q乘兴而归。

我大扫荡了结婚用品，戒指、项链、衣服、包包，等等。Q留下了许多许多的照片。

我们都带回了丰富的纪念品，东西分完以后，猛然觉得自己前几天好像消失了一样，不知道那段时间所发生的一切是不是梦。

我于是又爱上了旅游，爱上了去陌生的地方，在那里可以快速抽离自己。

所有的人都笑我，因为我男人还没找好，就自顾自地买了一大堆结婚用品。我不知道我是恨嫁还是怎么，二〇〇八年的时候我已经二十六岁了，我思考得最多的问题就是三十岁之前一定要生个宝宝，结不结婚无所谓，和谁结婚也无所谓，我养得起自己，有安身之所，不怕养不起小孩。

那么和铜锣湾生小孩行不行？

不行。原因很简单，他每次都采取措施，不肯有任何疏漏。而且铜锣湾告诉我，他不想要小孩，他也不想结婚。当他认真地跟我说这些的时候，我不得不觉得自己跟了他前途一片黑暗。

所以我骑驴找马。

17

不如分手吧

爱若卑微，便不再是爱；爱若疼痛，就不叫爱。放手，是最好的解脱。

我想搬出去住，这样才能洒脱地找男人。

于是我拼命地看房产信息。我手头没多少钱，南京的房子贷款全还了，再加上去新加坡的高消费，使得我看的房子总价都在三十万以下，租房的租金都在一千左右。也不知道是不是机缘巧合，我看到一个四十平米的老房子，只要二十万，地段很好。

看了看信用卡，能刷四万多，加上两万存款，可以付首付，我便想狠心买下那房子。

于是，我和铜锣湾摊牌了，我说我要搬出去住，我看中一套房，办手续要一个多月。我就像是在和合租伙伴说这事，意思是一个月后，我就搬走了。

铜锣湾愣住了。

他低下了头，沉思着，良久才抬头看着我，问道：“你真的决定搬走了？”

“是的，和你一起住的这两个月，我看不到未来。和你纠缠了这么多年，”我长出一口气，“我不想再浪费自己的青春了。”

“你不想浪费自己的青春了……”他喃喃地重复着我的话，“你不想浪费你的青春了，那我这么多年的青春算谁的？”

我愣住了，你们男人也有青春？“男人还不是越老越值钱？”我鄙夷地说道。

“行，不多说了，你既然已经决定了，我便不在我爸妈那边努力了。

算我傻，我白做了那么多工作，你知不知道上次你给我爸妈造成多大的影响？”他有点激动了。

我不想听这些，你做工作？我天天看你玩网游，电话都没给爸妈打一个。我哪里肯信。

“纠结这些有什么意思？”我冷冷地说，“我撤了，你岂不是轻松了，你应该往好处想。”我的语气里尽是嘲讽。

“轻松，你说得倒轻松！”他看着我，眼含泪水，“这大半年，我为了补你上次捅的娄子，我花了多少心血。结果，你一句撤，我……我……我又走回了原点。”

他竟然会不舍！是舍不得我，还是舍不得他口中的心血？

我定定地看着他，幽幽地问道：“那你爱我吗？”

他犹豫了一下，摇摇头：“不爱。”

“可笑！”我冷笑道，“你都不爱我，还和我谈这么久，你这不是要我吗？”

“爱能长久吗？爱能洗衣烧饭吗？爱能打扫卫生吗？我对你已经是亲情！”他激动地说。

“亲情？”听到这里，我愣住了。

我愚笨的脑子根本就反应不过来，什么叫亲情？

我想到了爸妈，吵吵闹闹一辈子，算不算亲情？我想到爷爷奶奶对我这个女娃一直以来的冷漠，这算不算亲情？我想到了铜锣湾爸妈，大学三年他们没去学校看过他一次，这两个月他们没打过一次电话。他爸妈对他不闻不问，这就是亲情？

怪不得你对我不冷不热，原来这就是亲情。我心中无限哀伤，原来你说的就是这样的亲情。

“亲情？亲情就是冷漠？亲情就是不闻不问？”我反问他。

他认真地看着我：“狗子，你跟了我这么久，你懂不懂我？”

“花花公子，到处留情，来者不拒，拒不负责。”我看着他，认真地说。

他轻轻地摇着头，微微地笑了，我一眼瞥见他嘴角的那个酒窝。

他微笑地看着我，对我说：“这么说，我就是一个彻彻底底的不负责任的男人？”

“差点忘了说，你偶尔也会有点自知之明。”我盯着他的酒窝。

他没接我的话，站起身，走到衣柜前，开了柜门，拉开抽屉，再转身走到我面前，递给我一张卡：“这张卡里面有八万块，我这两年攒的，你这次买房拿去用吧。”

“你什么意思？”我不肯接。

“你不是说我浪费了你的青春吗？”他笑着看着我。

“这算青春损失费？”我鄙夷地说。

“去年你刚买了房子，我知道你平时要还贷，也没啥积蓄，我想这点钱应该帮得上你。”他坚决地把卡放在了我手上。

我拿起那张卡，掂了掂，问他：“要还不？要利息不？”

“还不还都无所谓。”他看都没看我，径直去了卫生间。

他这什么意思？我看着手中的卡，难道这就是传说中的青春损失费？

那一刻我在想，这钱我该不该收？

正在我犹豫不定的时候，他走进了屋子，掀开被子，钻进了被窝：“早点睡觉，别在那里二了。”

我这才回过神儿来，洗洗上床了。

他睡在右边，我睡在左边，谁都不碰谁。

他关了灯，不一会儿，均匀的呼吸声就传了过来。

他睡着了，他竟然这么快就睡着了！

我有点恼火，偷偷地看了看他，闭着眼睛，真的睡了。

我真的火了，噌地一下坐了起来。他没动静，我凑了过去，一把捏住了他的鼻子。

他憋着气继续睡。好小子，你给我装睡！我捏得更紧了，他撑不住了，张开嘴巴，呼哧呼哧地吸着气。

我恼他，捂上了他的嘴巴。

他再也憋不住了，扳开我的手，嗔怒道："大半夜的你睡不睡啊？"

"哎，我们刚刚吵过架啊！你这么快就睡着了？你有没有良心啊？"我气呼呼地说。

"谁和你吵架了？真是莫名其妙。"他咕哝着，转身就要去睡。

我傻了，敢情刚才就啥也没发生过？

我不理他，继续捏他鼻子："你这人怎么这样？刚才不是分手费都给了吗？"

"谁说和你分手了？"他恼火地转过头，"赶紧睡吧，你明天不是要去签合同吗，你想起不来啊？"

我怔住了，这厮什么人？竟然就和什么事都没发生过一样。

这是大度呢，还是没心没肺呢？

第二天他早早地就醒了，他上班比我早，临出门之前，他竟然吻了吻我的额头，在我耳边轻声说："粥在锅里，记得吃。"

我傻了似的看着他，还没来得及说什么，他就出门了。

我的脑子飞快地转着，最终得出了一个结论："男人都是犯贱的。"

我对他好，他若无其事，我一说要搬出去，他又是给卡又是做饭又是吻别的，这不是犯贱是什么？

我不禁苦笑，也赶紧起床。

赶到中介那里，中介已经在等了，随后中介的阿姨便带着我一起去了银行，找评估公司拿材料，然后和房主签合同，交了首付，办银行的贷款手续，再转去办房产证。

铜锣湾的八万可以付首付，我就再付税费和中介费这些乱七八糟的费用，一查银行账户，我傻了，里面的存款远远不止两万，我以为自己记错了，连忙查了下明细。

一查才知道，原来多出来的钱都是云科公司打的，可是我早就已经离职了啊，难道财务弄错了？

我赶紧拨通勋的电话："老大，我发现公司还给我发工资，是不是搞错了？"

勋笑了笑："我和老新商量了一下，这是你的离职补偿，你不要有心理负担，这也是我和老新最后能为你尽的一点微薄之力。"

那一刻，我恨不得飞去南京，找他们喝酒。天哪，这也太仗义了吧？我可是自己提交的辞职信，自己要走的哎！

我怎么能不感激老新？我怎么能不感激勋？

房子就这么买好了，速战速决，接下来就是装修了。这次我没有亲力亲为，新工作刚刚开始，需要投入太多的精力，加上买这套房子的初衷和买第一套房子完全不同，这套房子就是预备着以后和老公吵架，我有个落脚的地方。

所以我找了个包工头，全包给他，两万搞定。

当我着手装修的时候，铜锣湾的房子终于装修好了。他那套房子应该算是婚房了，还不知道弄成什么样，但是我不管他，我不喜欢他管我，自然也不会管他。

我仔细地研究过他的星座和血型，还正儿八经地把我们的星座和血型拿去速配过，结果显示匹配度低于百分之三十。他喜欢自由，不被约束，我注重实际，自然是合不来。

算这东西还有个好处，就是尽量避免去戳对方的死穴，不一定很准，但是多多少少有些符合的地方。所以一开始和他交往，我就放任他。他不回来，我不打电话催；他和妞在外面吃饭，我自己去吃自己的；他出差，我就一个人住家里，也不给他打电话。不是不想打，是觉得打了他会烦，觉得我多管闲事。

我那时候不光中了星座的毒，还重了风水的毒。

我研究过我们老家的房屋结构，最后发现爸妈年年吵架，就是因为我们家的大门正对着隔壁菜市场的大门柱子，左右两边的高楼尖角都指向我家。而且爸妈有把剪刀放在床头柜里的习惯。后来回家我帮他们拿出来了，找了个离床最远的抽屉，小心翼翼地把剪刀放进去，并且保证剪刀头不指向床。

那时候我信这些。铜锣湾装修的时候，我有一个意见没忍住就提出来了，他的新房子有两个卫生间，其中一个主卫在正对大门的走廊尽头，这是房屋风水的大忌。我说要做主卫也可以，就是进门的地方要竖个玄关，不能一眼就望到卫生间，最好的办法就是不要那个卫生间，改作他用。

听了我的话，他扑哧一声笑了出来。他鄙夷地看着我说：“你还信这个？”他不只笑我迷信，还大段大段地说着大道理。见他不听，我便不再作声，我想反正是你住，我还指不定和不和你结婚呢！

但是不知道为什么，最后他向设计师交代把那个主卫变成更衣室，这不由得让我心中泛起一片涟漪。

让我心中一动的不止于此，还有另外一件事。这件事是他在往新房子搬家的时候发生的。

我们陆陆续续地收拾着东西，我搬我的东西，他搬他的东西，结果，那天，不知道他从哪个箱子里面找出来一个星星罐。我一眼就认出那是我大学时送他的。

我连忙笑着问：“你还留着这玩意儿啊？”

他看了看那罐星星：“谁知道啊，可能高中的时候谁送的吧。”

啊？他说是高中的时候别人送的？怎么可能？那罐子是我东挑西拣好不容易找到的，花色与众不同，花了八块五毛钱。再看里面的星星，紧紧的，小小的，明明就是我送他的那一罐。

“真是你高中同学送的啊？”我试探性地问道。

“谁知道啊，早就忘了，送我东西的人多，我哪里记得。”他无所谓地说。

“那你干吗还留着？没见你留别的东西啊。”我又试探性地问道。

他又看了看那个罐子，嘴里嘟囔着："我也觉得奇怪，我干吗留着这玩意儿，不行这次扔了算了。"

他作势要扔，我拦住了："好好的东西，扔了多可惜，留着吧。"

我没打算告诉他这是我叠的，我还不想说，因为我猛地想起他以前的病，我甚至又想起了那个老问题，难道他以前的记忆真的消失了？

那天晚上，我们还住在老房子里，东西一样一样地减少，一种凄凉之感油然而生。

铜锣湾一如既往地玩游戏。我坐在床上，看着他的背影，一种说不出的情绪开始蔓延。

我幽幽地问他："今天那个星星罐真是你高中同学送的？"

"嗯，应该是吧。"他回答我，没有抬头。

"不会是你初恋吧？"我装作吃醋地说。

"还初恋呢，初毛！"他继续玩游戏，"谁还记得是谁送的了！"

"是我送的。"我定定地看着他。

听到这句，他回头了，望着我，惊讶得不得了："怎么可能？这个罐子跟了我好多年了。"

"真的是我送的，我记得很清楚，我和阳阳一起去你宿舍后面送给你的，阳阳送的自己的画。"我坚定地说。

"不可能吧？"他若有所思地呢喃着，"是你送的？我怎么没印象了啊？"

"你是不是什么都忘了？"我追问道。

"我还真记不住了，是你送的就是你送的吧。"他又转过头，继续玩他的游戏。

我被他这副若无其事的样子激怒了。我从床上跳起来，噌地爬到他的肩上，抠住他的头，在后脑壳上仔细地找疤。

"你干吗啊？重不重啊？"他扭着身子说。

"不告诉我疤在哪里，我不下来！"我撒泼了。

“哪里可能有疤，你脑子秀逗了啊？”他甩着头，不让我看。

我偏要看。

他拗不过我，只能往后一仰，我倒在了床上，一个骨碌，我就坐起身来，一本正经地问他：“你说实话，你是不是真的做过手术？是不是真的不记得以前的事情了？”

听了这话，他也不和我闹了，认真地说：“我真的记不住了，你别问了好不好？以前的事情真的那么重要吗？”

“那你脑子真的动过刀吗？”我死脑筋，刨根问底。

他看着我，点点头，便不再理我，继续玩游戏。

天哪，我都要被他这种态度搞死了，动过刀又怎么样？就按我妈说的不和他交往吗？不至于啊！那我问他这些干什么？有什么用？

我突然觉得自己超级无聊。

良久，他突然说道：“这周你和我回家一趟。”我知道，他说的回家就是回他爸妈家。

“你爸妈不反对了？”我小心翼翼地问道。

“不好说，这都快一年了，先回去看看再说。”他还是玩着电脑。

“我不会被你爸妈踢出来吧？”我有点担心。

“你放心吧，我爸妈比你有教养得多。”他这话说得！

“你这叫什么话啊？你想打架啊？”我气呼呼地说。

“你看你又来了，唉，一年了都没改掉。去我家给我低调点啊！”他才不管我的挑衅。

“好吧好吧。”我偃旗息鼓了，但是内心依旧忐忑不安。

天哪，又要去他家！能不去吗？但是我肯定不会说不去，我想去看看铜锣湾的地下工作做得怎么样。那天，我怀着既好奇又忐忑的心情睡着了。

想着周末要去铜锣湾爸妈家，我抽空去买了条丝巾准备送给他妈，也算是消气的礼物。

周末终于到了，他带着我回家。

他爸妈依旧忙着他们的生意，我喊了一声“叔叔阿姨”。没人理我，他们甚至看都不看我一眼。

我拉了拉铜锣湾，铜锣湾就把我拽上了楼。

一到楼上，我赶紧问：“你爸妈都不搭理我，我来了干吗？热脸贴冷屁股的事谁干啊？”

“你这人怎么这样啊？我想你来，是让你跟他们沟通沟通，你今天表现好点啊，别再闹事了。”他叮咛道。

“你说，这叫啥事，上次你妈撞枪口上了，我又不是和她吵架，难不成这次我还要向你妈赔礼道歉啊？”我噘着嘴说。

“你自己看着办，反正给我悠着点！”他再三叮咛道。正说到这里，楼梯上传来有人上楼的声音。

我如临大敌，立马调整好姿态。

原来是他妈上来了，我连忙陪着笑脸上去又喊了声“阿姨”。

他妈还是看都不看我一眼，径直走进厨房。

我急得给铜锣湾使眼色，他努努嘴，意思是让我跟进去。

我硬着头皮，拿着丝巾跟了进去：“阿姨，这次给您带了条丝巾，不知道合不合适。”

我一边说一边拆开来给她看。

她抬了头，看了一眼，没好气地说：“丑死了，这么丑的东西你买来干什么？”

我一下子愣住了，赶紧看了看后面的铜锣湾，向他投去求助的眼神。

“哎呀，妈，您不喜欢啊，买都买了，不喜欢就送人吧。”他打圆场。

他妈也没有接过去，自顾自地弄饭去了。

我拿着丝巾站在那里，动弹不得。

吃饭的时候，他爸也来了，坐下来屁股没热，他爸就开始高谈阔论了。

“你们那个地方，穷得要死啊，我以前去过你们那里！”

我一愣，这什么意思？我没回他，埋头吃饭，铜锣湾也不作声，他妈也不作声，只是吃饭。

“你们那里太落后了，我们这里早用煤气了，你们那儿还用的煤球炉，大马路上也没几辆好车，至少比我们这里落后二十年。”他爸继续叽里呱啦地说。

我心中的气已经蹿到嗓子眼儿了。我抬起头，看了看铜锣湾，想想，我得忍，要给他面子：“叔叔，您说的都是八几年的事情了吧？虽说现在我们那里的经济不如你们这里，但是也不是十几年前那样了，现在处处都在发展。”

“再发展也好不到哪里去。”他爸高声说道。

“我说你爸一年能不能挣到一万块啊？”他妈一直不吭声，这时终于发话了，“我们这里有个外地人，也做那个生意，一年都赚不到一万块。”他妈的语气里尽是鄙夷。

说实话，我要喷火了，但是我不能。我笑着说：“我爸的事情我不问他，我也不知道他赚多少钱。”

“你们厂给你交劳保吗？”他爸又问道。

听到这个我乐坏了，这叫啥问题？

“交啊，五险一金都交。”我回答道。

“爸，他们单位比我们单位福利好，他们每年还有健身费、托儿费，我们都没有。”铜锣湾终于开口了。

“那你们厂和你签劳动合同吗？”他爸这问题问得太可爱了！

“签啊，不签劳动合同怎么交五险一金？”我反问道。

“单位好有什么用？倒闭了不是什么都没有了？这种企业没底的。”他妈突然插了一句。

“公司选我我选它，如果干得不如意，我可以跳槽，现在不像以前，没有必要吊死在一棵树上。”我说给他妈听，我好想说，我没那么傻，才不会吊死在你儿子这棵树上!

“还是我儿子好啊，工作又好，人长得又帅……”他妈感慨道。后半句我猜就是：“怎么会看上你这种又没长相又没品的女人。”

谈不下去了，我只能埋头吃饭。好容易吃完饭，我示意铜锣湾赶紧撤，再不撤，我真受不了了。

铜锣湾一副不想走的样子，他说：“吃完饭我带你去我长大的巷子玩。”

只要不在他家，去哪里都行。

走在老街上，他兴致盎然地告诉我他小时候在哪里玩游戏机，在哪里打野战，小学在哪里，同学家在哪里。

我听着听着就走神了，我问他：“你说你爸妈今天咋回事啊？你没和他们说我来吗？看到我就和看到死人一样。”

“我没说你要来，我就想带你来。”

“靠！你不是整我吗？”我气呼呼地说。

“躲总不是个办法，总归要见面的。”他看着我说。

“你爸妈对我这么冷淡，你觉得我有耐心耗下去吗？”我反问道。

“这个还不是随你。”他笑着说，全无压力的感觉。

我想放弃了，至少不想在铜锣湾身上用心了。我不喜欢他爸妈，他爸妈也不喜欢我，这么耗下去，没意思。

后来我回爸妈那里，和妈聊到这个事，我妈就特别反对我和他在一起。

“你还没入门，他爸妈就摆脸给你看，你以后怎么抬得起头？不是我说你，你这个坏脾气什么时候能够收一收？我们家人都无所谓了，你在外面还捅这个娄子，别说人家爸妈不同意了，我家儿子讨你这样的老婆，我都不同意！”

我妈的意思就是我嫁不出去。如果没有铜锣湾，还会有男人要我吗？

我突然想到这个问题，顿时心中无限悲凉——没有。

身边的人结婚的结婚，谈恋爱的谈恋爱，别说我不是美女了，就算是一美女，搭上这种火暴脾气，谁敢要？

这么看来，铜锣湾就是我的救命稻草？

我一直思量着这个问题。我是现实的，如果没有别的途径，我会抓住这根救命稻草，最后一搏。

直到有一天，公司在无锡开会，我遇到了另一个人。

那天跟客户拼酒，我喝了很多白酒。喝完酒后，那些男的要去玩，我和几个女同事没去，各玩各的。

其中一个同事接了个电话，是她无锡的一个朋友打来的，那个朋友在一个场子里玩，全是男人，同事挂了电话，大声喊道：“有帅哥好泡，有没人去？”

我一听，来劲了，干吗不去？一起响应的还有俩女的，我们四个人就这么出发了。

那天我们住在东山，去市里还挺远，我觉得我没喝高，于是我开车带她们。那时候还没有严查酒驾。

一路上路况好得啊，一个人都没有！再加上酒劲，我一直猛踩油门，开着大大的音乐，大家都疯了一样，哈哈哈地笑着聊着。

路上遇到一个开奔驰跑车的中年男人，我还和他比起步，人家嗡的一下就飞了出去，我们自然比不过。那中年男人好像对我们有意思，在前面的红绿灯等我们，结果我们追上了，再一次比起步。四个女人疯了似的又闹又笑。

后来我们终于到了酒吧，进了包厢。

里面三个男人。四个公主，一个点歌，三个作陪。

看我们来了，其中一个男人对服务生大手一挥，喊道：“喊你们姐来，赶紧派几个帅哥过来！”

我这才明白，帅哥原来不是跟他们一起的，是叫来的。

我不喜欢那种帅哥，太嫩了，都是十九岁左右的花样男，一口一个姐的，能把我喊到老死。

我们坐下没多久，几个女的就合计去外面看看，劲舞，美女，还有各种型男!

我们拿着酒杯在吧台那边站住，四个人嘻嘻哈哈地笑着闹着，不一会儿，旁边就站了好几个男人。

其中一个男人，样子看着好舒服，有一点点胡子，那胡子像老哥留的那种，特酷，眼睛大大的，双眼皮，桃花眼。

他说要请我们喝酒，我们当然同意。

聊着聊着，发现我们竟然算是同行，他也是销售，也是被朋友拉来的，一切都是那么巧合。

那个晚上我们聊了很多，话题太杂，杂到我都忘记了，但是我记住了一句话。

他说：“我不相信一见钟情，但是看到你，我很心动。”

我眯着眼睛傻笑，这样的人，在这样的场合，说这样的话，肯定不是第一次。

我笑着告诉他：“你不是我的菜。”

大家都笑而不语，大家都不把这个当回事，但是那次我却鬼使神差地和他互留了电话。

可见，女人经不住花言巧语，经不住男人的诱惑，或者换个角度说，我太花痴。

那个男人叫Nike，我刚回到酒店，就收到了他的短信：“以后来无锡一定要打我电话！Nike。”

我没回，因为我觉得这仅仅是个美好的邂逅，甚至我连他的号码都没有存到手机里面。

然而这个男人，成了我无数个寂寞的夜里幻想的对象，特别是在铜锣湾对我不好的时候，我时常会想到他。想到有人对我一见钟情，想到我还是有点魅力的，想到我应该不至于离了铜锣湾就变成天字第一号剩女。

这绝对是一种阿Q精神。

就在去他妈家后不久，铜锣湾干了一件让我非常恼火的事。因为那件事，我们的关系又差点玩完。

一天，铜锣湾一个小学同学店铺开张，喊我们吃午饭，铜锣湾叫我一起去，我还挺开心的，这算是他第一次带我去公众场合，说明他愿意公开承认我了，不是吗？

一起去的还有玹，结果我们才出新房子的大门，就遇到那个售楼处的小姑娘，原来这个小姑娘也被邀请了，她一直在门口等这两个男人一起走。

为什么等我们？因为小姑娘刚买了新车。一车四人正好。

走到车边，一款C2[①]，小姑娘把车子一圈贴满了Hello Kitty。

结果我和玹还没动，铜锣湾一个人就往副驾上一坐，我和玹两人就被挤到后座。

我有点不爽，但是没发作。

到了酒店，座位是这么坐的：玹、我、铜锣湾、小姑娘。

吃饭就吃饭喽。结果饭吃得好好的，犯贱的铜锣湾给小姑娘夹了好几口菜，还一边夹一边说："这个蛮好吃的。"

不仅如此，全程铜锣湾和我无话，我心中更加不爽，这是什么意思？

我拿着筷子胃口全无，铜锣湾看了看我迅速冰冷的脸，胡乱夹了一点菜，边往我碗里放边说："行，行，你也有。"

左拥右抱，你当你是皇帝啊？我血涌上头，啪的一声，扔了筷子。

"你当自己是皇帝啊，左拥右抱的！"

话说完，不等他们反应，我就蹬蹬蹬往楼下跑，把他们都扔下了。

---

① 东风雪铁龙的一款汽车。

站在酒店门口，我伸手拦车，玹下来了，铜锣湾没有。

玹拉着我让我别走。

“这种饭，我可吃不下去，要吃你上去吃！”我愤愤地说。

“算了算了，你别这样，这样铜锣湾多没面子啊！”玹打算做和事佬。

“他没面子？他左拥右抱他会没面子？他还给过我面子啊？”我甩开了玹抓着我的手。

“虽说今天铜锣湾是过分了一点，但是，你这样子一搞，是男人都郁闷的啊！”玹还是打圆场。

正好这时候出租车来了，我上了车，玹也跟着上了，铜锣湾还没有下来。

这是第一次他没有跟过来。

刚坐上车，我的眼泪就止不住地流了下来。

玹看我哭了，慌忙地四处找餐巾纸，好容易找到了，递给我。

我抹干眼泪，很快就不想再哭了，我对玹说：“我没他家钥匙，现在没地方去，只能去你家了。”

“嗯。”弦点点头，对师傅说了个地址。

等到了玹家，我百无聊赖地等铜锣湾，心里早就做好了撤的准备，这小子太不把我放眼里了，想分手明说啊，找这种场合羞辱我！你不让我好过，我也不让你安生。

终于，玹的电话响了，铜锣湾打的。

他一直“嗯嗯嗯”，没说什么话，然后就挂了。

我问：“是那个贱人吗？”

“哎呀，你别这样了，那个小姑娘当场就哭了。”玹看着我说。

我突然觉得我在出租车上流的眼泪真是白流了。好小子啊，敢情你不走是因为人家姑娘流泪了啊？

我算是认清你了！

18

一切都会好起来的

前面的路还很远，你可能会哭，但是一定要走下去，一定不能停。

那天，铜锣湾来玹家里接我，回家，睡觉，全程无话。

空气冷得能凝固住。用玹的话来说，我突破了男人最后的底线——在外面不给男人留面子。

我不会道歉的，因为我觉得自己没有错。铜锣湾觉得我伤害了他，也觉得他没有错。

第二天，招呼都没有打，我搬去了岭子家。

岭子已经结婚一年了，我新房子还没有装修好，没地方住，又不能天天住酒店，只能找岭子收留我。岭子人很好，她老公人也很好，她一听我要去住，连忙说帮我收拾房间。我就这么不要脸地住进了新婚夫妇的家。而且，当天晚上，我还把岭子老公挤去了客房——因为岭子怀孕了。

但是，岭子一点都不高兴，我本来还想跟岭子诉苦的，结果我成了岭子诉苦的对象。

听到她的事情，我大吃一惊，顿时觉得自己那点破事儿轻如鸿毛。

岭子肚子里面的孩子六个月了，查出来是单肾，岭子一直犹豫着要不要。我没结婚，没怀孕，对肚子里有个小生命除了好奇和向往，别无其他。

我说：“要啊，怎么不要？一个肾没关系吧？医生怎么说？”

岭子说：“医生说能要，不影响正常生活，如果是女孩的话，更加没有问题。”

我赶紧点头说：“那就要啊，都这么大了，干吗不要？”

岭子犹豫地告诉我：“我肚子里面的是女娃，我老公想要男娃。”

“去他的！难不成打掉啊？”我不管他老公就在隔壁，脱口说道。

“我有个哥哥，所以我不能生二胎，我又想生个健康的宝宝，我好矛盾啊！”岭子有点忧郁症的迹象了。

“早知道这样我就早点过来陪你了。你想开点啊，好歹是个宝宝。再说了，还是个可爱的女孩，要啊，都六个月了，都能动了！”我说着把耳朵贴在岭子的肚子上，想听听宝宝的动静。

岭子看到我这个动作，开心地笑了：“这个丫头顽皮得不得了，天天踢我。”

看到她的笑，不知道为什么我好想哭。这种笑只有当妈妈了才会有吧？我好羡慕岭子。

我幽幽地说：“我好羡慕你，你肚子里都有了，我的男人还不知道在哪里呢。”

“啊？那个铜锣湾把你甩了啊？”岭子诧异地问道。

“你这是什么话啊？”我笑着骂她，“就我这种玉树临风风流倜傥的女帅哥还会被谁甩啊？肯定是我甩他啊！”

“你得了吧，瞧你那德行！”

“行行行，我和你说，是这么着……”我就把前一天的事情和岭子说了。

“就他这德行，你还守到现在啊？你脑子进水了吧？”岭子讶异地看着我。

“你也觉得我应该早点离开他？”我惊讶地问道。

“他对你根本就不上心啊！你还黏着他干吗？你知道我们家瑞子，那时候追得我跟什么似的，要不是他掏心掏肺的，我哪会嫁给他啊？”岭子眼睛一白。

“你少吹牛了啊！”我轻轻地推了她一下，“就你，一定是你死乞白赖地赖上你家瑞了的。”我笑着骂她。

“是岭子追我的！”隔壁屋传来一阵“狼叫”。

“瑞子，你看我怎么收拾你！”岭子回击道。

他们夫妇把我弄得笑到抽筋。

我们就那么聊着，到一两点才沉沉睡去。

我那天为什么能睡着，一方面聊天是个体力活，另一方面岭子拍着胸脯保证，让瑞子在他们所里给我找个玉树临风风流倜傥的帅哥做对象。

我想着自己在不久的将来就会有个靠谱的归宿，不由得安心地睡去。

过了两三天，铜锣湾还没有打我电话，我自然也没有给他打，但是我出门时候带的衣服明显不够穿了，我必须回去拿。

岭子拍着胸脯说：“你住我家没问题，赶紧搬过来吧！”

我想寄住在她家估计得一个月，那套二手房的装修已经接近尾声了。

我对岭子千恩万谢，然后回了铜锣湾家。

但是我没有钥匙，只能晚上去。

敲门，铜锣湾来开门，一看是我，不说话。

我不理他，径直走了进去，开始收拾我的东西。他一直站在外面。

东西太多了，我一下子拿不走，只能带点常穿的衣服走。拎着大包小包，我就朝门外走。

“你这是什么意思？”他冷冷地问我。

“没什么意思，我搬点东西走。”我也冷冷地说，边说边开门。

“你给我站住！”他厉声吼道。

我长出一口气：“你还有什么事？”

“你每次都是这样。你伤我伤得还不够吗？我一直忍你忍你，结果你倒好，直接给我来个下不了台阶！我和你说过一百次了，在家里，随便你撒泼，随便你折腾，在外面你给我消停点。你倒好，这毛病越来越厉害了！”他几乎是在骂我了。

难道我今天上门就是给你骂的？你不先检讨自己，就知道我不给你面子，你们男人有面子，我们女人也有！

我冷冰冰地说：“你说这些有什么意思？我今天来不是听你骂我的，我们完了，我撤了，你难道不懂吗？”

我开了门，拿着东西要往外走。

就在这一刹那，砰的一声，铜锣湾把自己的手狠狠地砸向了门口的鞋柜，鞋柜的面上都是镜子，咣当一声，镜子全碎了。

我吓了一大跳，愣住了，傻傻地站在门口。

看到他手上有血，我甩了包裹，一步冲上前，握住他的手。一看，有个口子！

我想骂人，但是我忍住了。我赶紧从旁边的抽屉里找来创可贴，给他贴上了：“你这样有意思吗？”

“唉——”他有点哽咽，“为什么每一次你都觉得自己没有错？为什么每一次都是别人的错？为什么你从来不考虑别人的感受？为什么你从来不想后果？为什么啊？”

他抽泣起来。我的眼睛早就湿润了。

我傻傻地看着他：“别纠结这些了，这些也是我纠结的，我们好聚好散，我们就这么好聚好散，不好吗？我们还是同学，还是朋友，不好吗？”

“好聚好散好聚好散……”他呢喃着，“走了这么久，又回到了原点，好聚好散……”

我再也忍不住了。我何尝不是这种感觉？这么多年的纠缠，这么多年的恩怨，最后还是那句好聚好散，这是何苦啊？

我哭着问他：“那你何苦折磨我？你何苦在我面前演那种戏？你何苦这么伤害我？”

“我怎么伤害你了？我夹了个菜就伤害你了？”他振振有词。

“行，那不纠结这个问题，我问你，你是不是不想和我结婚？”我快速地理清自己的思路。

他没有回答我。我又问：“你是压根儿就不想结婚，还是压根儿不想和我结婚？”

他看着我，忧伤地说：“我不想和你结婚，还一直和你在一起干吗？”

他没正面回答我的问题，我又说：“你回答我，你是不想结婚，还是不想和我结婚？”

“我不想结婚。”他想了想说道。

“这就行了。怪不得你莺莺燕燕，原来这就是答案。算我瞎了眼了，跟着你这么久，连你这个小心思都没看懂。不是你走回原点，是我，是我好不好？我付出了这么多！为了你，回江苏！为了你，换工作！我才是那个最倒霉的人好不好？”我既伤心又气愤，最后一句几乎是用吼的。我也重重地用手捶向了墙。

很快，我的手肿了起来，感觉麻麻的。

他说他不想结婚，原来我就是陪着他玩了一圈啊！我努力地保持镇定：“你放心，是我瞎了眼，我会还你那八万块的。你要利息我就给你利息，我不会占你便宜的。”

他早已抱头痛哭起来。

我知道我们真的要分手了，这次是真的要分了，不知道为什么，我想到寺人和我分手那天晚上，我站在窗口，绝望地想要跳楼。

那一刻，全世界都熄灭了。

我静静地走到客厅的窗边，缓缓地开了窗，那一刻，我就像魔鬼附体一般，我看了看楼下，十一层，有点高。今天真巧啊，窗户没有防盗窗，如果我跳了，这辈子是不是就不用再管这些纷纷扰扰了？

那一刻，我发现周围异常安静，我只听到自己的心跳，铜锣湾的呜咽声渐渐远去。

我一只脚跨到了窗外。我闭上眼睛，想象着自己如花仙子般落下，一切的一切，烟消云散，没有纠缠，没有痛苦，多好。

这时候，另一只脚已经跨到了窗外，夜风肆意地刮着脸庞，我身体往前一倾。

没能掉下去。

铜锣湾紧紧地抱住了我的腰，他一边痛哭一边喊叫着：“你这是做什么？”

我的泪早就被凉凉的夜风吹干了。铜锣湾抱着我，费力地把我从窗边拖了回来。

“你要死，别在我这里死！”他恨恨地说。

那一刻我的笑已经抽离了身体。“我这不是没死成吗？要是死成了多好，这样你一辈子就会心里不安了。我解脱了，你也逃脱不了良心的谴责。”我冷笑着说。

“你和你妈都有病！你们都是神经病！”他这回不哭了，他指着我的脸骂，“你以为你死了你就解脱了？你以为你死了我就会内疚了？你以为死能解决所有问题啊？你以为死了就一了百了了？你怎么那么蠢啊？”

“男人是什么？男人生来就是折磨女人的。我一开始遇到寺人，以为自己终于遇到好男人了，终于可以有个好归宿了，可倒好，没几个月男人就偷腥了。我原以为你知根知底的能安稳一点，长久一点，结果倒好，你莺莺燕燕，拈花惹草。我上辈子欠了男人的债，我这辈子就是来还债的。现在我不想还了，我太累了，我不想再过下去了，好累好累啊！”泪已经悄悄地从我的脸上滑落，“我爸妈也是，吵吵闹闹一辈子。原来结婚是这样痛苦，我干吗还揪着你结婚？我好傻啊我！”

就在我语无伦次、涕泪横流的时候，一个冷静的声音传了过来：“我们结婚吧！”

我一下子愣住了。什么？！

“我们结婚吧，别这么闹下去了。”他定定地看着我，似乎能看穿我的骨头。

“我们结婚？”我喃喃地重复着那句话，“什么时候？”

“明年。”他肯定地说。

“明年，明年，又是明年！”我恨恨地说。

“明年国庆！”他看我的眼神能把我杀死。

我心中一咯噔，他第一次这么说，他第一次这么肯定地说一个时间，以前都是忽悠，各种忽悠，这次，这么确定的日子，也会是忽悠吗？

看我一声不吭，他急了：“你想什么时候结婚就什么时候结婚！”

“你的意思是我逼你的了？”我脑子突然一抽，“你这意思就是我逼婚？”

“你要死要活的，这不是逼婚是什么？”

“我不想结婚了，不想再伤下去了。”我幽幽地说，“这样闹下去，好累。”

他料是没想到我会这样，在他心里我无时无刻不想结婚，我买婚纱买戒指，买防辐射服买床上用品，我每个举动都显示着恨嫁之意。

可是，我真的不想结婚了，我不想再纠结再痛苦下去了，我不想在他这个坑里面越陷越深。我想到他说他不爱我，我想到他爸妈不喜欢我，我想到我们在一起的时候痛苦多于快乐，我突然明白了，我不想和他结婚，现在不想，以后不想，永远不想。

“我不想结婚了，真的，特没意思，我终于醒悟了，我们这样真没意思，还要死要活的，我真傻，我们没有未来，就算在一起，也是吵吵闹闹打打杀杀的，人啊，何苦要往火坑里跳啊！”我再也不哭了，没有眼泪，没有忧伤，就像总结陈词一样。

“你知道我为什么一直不给你承诺吗？”他听我说完，问了我一个八竿子打不着的问题。

我摇摇头：“因为你根本不爱我。”

“因为我不敢给你承诺！”他摇着头，苦笑着说，“我工资不高，没有经济基础，我爸妈反对，没有家庭支持，如果我和你结婚，所有的所有都要我们自己搞定，你知道吗？”

我低着头听他说，以前的事情如烟云般历历在目。他接着说：“你知道我们这边结婚要花多少钱吗？我不想让你的婚礼比别人差，比别人寒碜，我还没攒够钱，我还没准备好，你知道吗？上次你去我家，我妈和我说什么？她说我知道了，你就是只要那个南京女孩是吧？他们话都说到这个份儿上了，为了你，我还有什么事情没有做到？”

我惊讶地看着他，说不出话来。

“我是不想结婚，我真的不想结婚，但是如果是你，我想和你结婚。”他认真地看着我，“你是有很多缺点，你是脾气暴躁，你是非常自我，你是不顾后果，但是我不是，我走每一步我做每件事，我都会计划好，如果做不到我不会去提，如果做不到我不会去承诺，我不会花言巧语，我不会温柔攻势，我只会实实在在做事。”

我叹了口气，幽幽地说：“父母不同意，就算结婚了，也不会幸福的。”

“我们过我们的，他们过他们的，有什么不好？你就一定要别人认同你才能正常过日子吗？你就这么在意他们的看法吗？如果能过到一起就多走走，不能过到一起就少走走，你要去强求什么呢？”他苦口婆心地说。

我一言不发地看着他，看着这个让我又爱又恨的男人，我已经说不清我是爱他，还是恨他，我流着泪告诉他：“我不知道我想要什么，真的，我不知道。”

“狗子，你如果信我，你就跟着我走，别想那么多。”他抱着我，下巴在我的头顶摩挲着，那一刻，我突然觉得，这个男人是把大伞，他撑着我的天，以后的以后，我兴许不会再受风吹雨打，不会再受夏雹冬雪，一切都会好起来的。

真的，一切都好起来了！

那天晚上，所有的一切都像起了化学反应一样，发生了本质的变化。

他不让我再住在岭子家。第二天他带回了固元膏，让我天天吃点，说对身子好。

只要有空，他就带我去他的三姑六婆家吃饭，用他的话说，这叫地方包围中央。

最关键的是，他叫他的大姑小姑去做他爸妈的工作，并且在和我沟通后，他决定过年的时候去我家提亲。

我妈不同意这门婚事，她说我婚后必定受苦。

我拍着胸脯信誓旦旦地说，铜锣湾和别的男人不一样，他不会婚前一套婚后一套。我妈很伤心，觉得我已经迷失了自我，她一直觉得我没有找到好的归宿，但是我心意已决，谁都劝不了。我想我一定要好好过日子，千万不能像爸妈那么折腾。

提亲是他大姑小姑和他妈来的我家，虽然他妈依旧一副看不上我家的表情，但是我无所谓了，因为铜锣湾说了，大不了以后少来往。

我和铜锣湾开始密切地联系，密切地沟通对方父母的动向。

终于日子就这么过来了。拍照，选酒店，选蜜月地，我和他各自负责手头上的事情，忙得一塌糊涂。

二〇〇九年我还抽空去考了一月的MBA，可惜那一年的综合卷子出了错，有10分不算。我忐忑地等着成绩，结果英语53分，综合97分，总分上了东部线，但英语没过55。我报的东大[1]，两分之差错失了。很多中部的高校打电话问我要不要调剂，为了准备婚事，我都拒绝了。就这样，我与传说中的研究生失之交臂。

铜锣湾说要跟我结婚的第二天，我去找了岭子，告诉她我们和好了。岭子像看怪物一样地看着我，吃惊地说："这种不负责任的男人，几句花言巧语，你就从了啊？狗子，你怎么遇到感情就和白痴一样？"

瑞子在一旁嗔怪岭子："岭，都说宁拆十座庙，不毁一桩婚，你这说的什么话！"

岭子白了他一眼："我不能眼睁睁地看着我的好姐妹跳进火坑！哎，我说，狗子，你就这么答应了啊？你也不悠着点，你总归要考验他一下啊。"

---

① 东大：东南大学。

“考验他？怎么考验？”我一听，疑惑地看着岭子。

“你这是真笨还是装笨啊？你总不能这么不明不白地就和他结婚了吧？我说啊，婚前一定要给他一个下马威，不然婚后他还对你这么不上心不负责任，你这日子怎么过啊？我家那客房还不得天天朝你开放啊？”

“岭，我不介意狗子过来住啊！”他老公嘻嘻哈哈地说道。

“是，你们男人一个德行，恨不得一个个左拥右抱的！”岭子和他老公又扯上了。

“行行，我觉得行。三个臭皮匠，赛过诸葛亮。咱们仨整个办法出来！怎么考验铜锣湾啊？他都信誓旦旦地说要和我结婚了，我怎么考验他啊？”我挠着脑袋，开始想点了。

瑞子比谁都积极：“考验男人，我最厉害。我说狗子啊，你就……”

瑞子噼里啪啦地说了一通。

“我说瑞啊，你这都是什么馊主意啊？平时看不出来，你心里的小九九还挺多啊，挺有一手的嘛！”岭子连讽带嘲地说道。

“好了好了！这事我想想。岭子，你安胎要紧，我这破事儿和你肚里的娃比起来，那根本不是一个重量级的。这种坏点子，一定要想个周全的才行。”我开始玩真的了。

“对，一定要周全！瑞子，赶紧给我想去啊，得搞个靠谱的，知道不？”岭子抱着肚子，发号施令了。

我扑哧一笑，这两个活宝啊，真羡慕他们！

还没等我想出坏点子，岭子就出事了。没过几天，我一如既往地给岭子打电话，她的声音就不对劲了，一问不得了，她痛哭流涕。

我慌了，连忙问出什么事情了，她痛苦地号叫道：“我要离婚！我要离婚！都是他，娃没了！”

我吓出一身冷汗，连忙挂了电话，往妇幼医院跑。

紧跑慢跑，上了十三楼，找到了岭子。

她如同一个痴呆儿一样，坐在床上，眼泪不停地流，没有哭声，下巴下面的被子早就湿透了。

我扔掉在楼下超市买的补品，扑了上去。我扳着她的肩，急吼吼地问：“岭子，怎么回事？这才几天，怎么娃就没了？前几天不还好好的吗？”

“狗子，我不是好妈妈，我不配做妈啊！”岭子终于哭出了声音，“我不是人，我不是人啊！”

“你好好说，到底怎么回事？”

“我要离婚，我不和他过了！这个男人，太让我失望了！孩子是无辜的啊！”她又痛哭起来。

这么大的事，我都不知道，这两口子到底怎么了？

正在这时候，岭子的妈进来了。一看到阿姨，我连忙起身，揪心地问她：“阿姨，这都怎么回事啊？这前两天还好好的，怎么今天就这样了啊？”

一旁的岭子痛哭不已，我不忍心追问，只能安慰她：“算了，事已至此，你还是先养好自己的身体，以后再去想以后的事情，好不好？”我温柔地对岭子说，就和哄孩子一样。岭子点了点头，我帮她擦干了眼泪，让她躺下，我轻轻地说：“你睡会儿吧，我陪着你。”

岭子点点头，眼角还残留着泪花，她侧着身，我给她盖好被子。她太累了，这才几天没见，她就已经瘦得没有了人形，憔悴得眼睛深深地凹陷了下去，颧骨都出来了。这到底是怎么一回事？好好的一个人，好好的一个生命，就这么没了？

不一会儿，岭子睡着了，睡梦中她还在抽泣，我看着她的脸，心碎得想哭，一个不小心，眼泪吧嗒一下掉了下来，我连忙摸了摸，阿姨在一旁看到了，她轻轻地拉了拉我，我跟着她走到了外面走廊上。

“闺女，我谢谢你啊，谢谢你还惦记着我这个女儿，还来看她，我谢谢你啊！”阿姨满眼泪水。

“阿姨，您别这样，我和岭子是好朋友，我来看她是应该的。我现在恨啊，我怎么不早一天给她打电话啊？我早点知道这事，孩子就不会没了啊！前两天我们还在一起有说有笑的，到底发生了什么事啊？”

“唉，不瞒你说，早上引产的时候，娃还是活的，还哭了，唉……”阿姨说着说着就哽咽了。

“啊？什么？”我的思绪根本就跟不上，“引产？为什么要引产啊？娃活的干吗不要啊？”

“不能要了，唉，引产的针打到脑子了，唉……”阿姨哭了起来。

我控制不住自己的眼泪，我抱着阿姨，眼泪直流："那瑞子什么态度啊？干吗要引产啊？这马上都八个月了啊！”

“我亲家公亲家母不要这个小孩，瑞子听了他爸妈的话，也坚持要流掉，我不想啊，我也是做妈的人，我知道娃是妈的心头肉。他们这些人，怎么就这么冷血啊？娃出来的时候，医生还喊瑞子去看，瑞子看都不看就跑开了！他真是冷血啊！我看到娃了啊，好漂亮的女娃！”。

我的眼泪根本就止不住，我知道岭子的脾气，她犟起来比我还犟，她一定是早上和瑞子吵架，一气之下就要打掉孩子啊！

我心痛不已，我知道这对女人来说，是多么大的一种伤害。

我恨瑞子。我恨这个男人，让自己的老婆受那么大的苦，却一声不吭；我恨这个男人，关键时刻不拿主意，只知道听父母之命，逼死自己的娃。我恨他！

我突然发现，我所羡慕的婚姻，原来也会岌岌可危。

那天中午，我一直陪着岭子，她睡得不好，睡睡醒醒的。终于瑞子开了门，他提着保温桶进来了，看到我，微微一愣。我看着他，眼睛里能喷出火来！

“我给岭子送粥来了。”瑞子的话中全是心虚。

“你放着吧，我来弄。”我恨恨地说。然后对岭子温柔地说："吃点粥吧，冷了就不好吃了。”

“我不想吃，我不想吃，我不想吃！”岭子摇着头，声音渐渐地变高，“你给我出去！你给我出去！你给我滚出去！”

瑞子只得悻悻地出去了，我气不过，对岭子说：“我去帮你骂骂他。这男人太不是东西了！”

我便撂下岭子，开门跟着出去了。

瑞子坐在走廊的凳子上，两手抓着头发。我看着他说：“瑞子，你到底是不是男人？你老婆受这种苦，你怎么舍得的？你以为引产很轻松啊？你知不知道这是一条命啊？”

“狗子，我……我很后悔，我后悔今天早上不该和她吵架，我……我真不是人！”他痛苦地说道。

“你当然不是人！你哪里算是人啊？你爸妈说不要你就不要啊？你自己有没有想法啊？”我气急败坏。

屋子里面岭子又开始哭了，我虽然没骂完，但是照顾岭子要紧。我赶紧折回病房，岭子埋在被子里面，痛哭流涕。我局促得不知道该说什么，只有陪她一起哭。

我紧紧地抱着她，拍着她的后背，良久，岭子又哭到没有力气了，我便扶她躺下，她沉沉地睡去。

瑞子还在外面。

我用能杀死人的目光看着他：“瑞子，你给我听好了，岭子以后有什么三长两短，我拿你是问！不管你们以后怎么样，你欠岭子一条命，你知道吗？”

瑞子艰难地点点头：“我会照顾好岭子的，以后一定不会发生这种事了，我保证，我会让岭子幸福的，不再让她受苦，什么事情我都会为她去做，真的，我发誓。”

我知道，他说这些是真心的，至少那一刻，他是真心的。

看着睡梦中的岭子，我依依不舍地走了，我心情沉重到了极点，那一刻觉得世界好黑暗。

我回到铜锣湾那里，看着他，欲言又止，最后还是没忍住。

我问道：“如果我们有了小孩，如果小孩只有单肾，你会让我打胎吗？”

他看着我，诧异地问道：“你怎么会问这种问题？”

“你别管，你就回答我，如果是你，你让我打，还是不打？”

“那要看你几个月了啊！宝宝如果有人形了，肯定不能打的，如果还没有人形，这个就不好说了。”他犹豫了一下，“到底怎么回事啊？你别吓我啊。”

原来他以为我怀孕了。“不是我，是岭子。”我叹了口气，“今天她引产了。”

“她是不是脑子坏了？”铜锣湾惊讶地说。

“不是，是他男人不够坚定，她公婆不要这个娃，她男人墙头草，犹豫不决，两人吵了一架，岭子一气之下就去把娃拿掉了。唉，可怜的娃，生下来的时候还是活的，好可怜，真的好可怜！”

我鼻子一酸，眼泪又掉下来了。

铜锣湾一看，连忙给我递纸巾。

“如果这么看，这娃是应该流，至少看清了男人的真面目。”他自认为有道理地点点头。

“你们男人是不是都这么冷血啊？流产，说得轻松，那可是一条命啊！”

“所以我一直很小心啊，不能让女人出意外。”他又开始炫耀自己经历丰富了。

我拿起枕头扔向他。

我心中有点谱了，我觉得，至少这么看，铜锣湾比瑞子靠谱点。

女人就是这样，不断地比较，不断地确认，所有的一切，都只有等到真正实现的那一天才能验证真伪。不久的将来，我也遇到了，庆幸的是，铜锣湾真的没有让我失望，我谢谢他，如果不是他的支持，我就不会有现在这个可爱的儿子。我好庆幸，至少，在这点上，我找对了人。

新工作和以前相比轻松很多，以前我有三四百个客户，天天跑都来不及，现在只有四五个客户，工作量突然就减下来了，但我还是保持着原来的工作热情和冲劲，没想到积极和坚持这两点在新工作中没有产生效果，反而让我有点措手不及。

新工作接手没两个月，一个周五，客户打电话给我，让我帮他们解决一个问题，我一看表快五点了，心想今天一定要帮他搞定，不然一拖就是周末两天，就别谈什么工作效率了。

于是我赶紧发邮件给相关部门。打电话一直没人接，思来想去，我觉得还是发个短信，把情况说明一下。我写好短信，发了出去，没几分钟，短信来了：“抱歉，我已经下班了，周一工作日再帮你处理。”

我原来的公司，哪里有下班的概念？哪里有周末的概念？周末老板打个电话让你做报表你就要做，我觉得这家伙的工作不积极。

但是人家不理你，你也没办法啊，我只能熬。好容易熬到周一，事情解决了，我打电话给客户，说事情办好了。

“啊？你这么快就弄好了？不急的啊，要不你先放在库房里面吧，等我现场安排好了再给你打电话。”

我里外不是人了！

我拉着铜锣湾，噼里啪啦地诉苦，说自己如何郁闷，如何找不到感觉。

铜锣湾斜眼看了看我：“我说，你这急脾气啥时候能改？你们总部不急，客户不急，你急啥？客户不要就不要呗，只要总部不催你，估计放几个月都没问题。”最后还真给铜锣湾说对了！

还有件事。五月二号，一个代理商急吼吼地给我打电话，说三号要投标，问我要价格。我没价格，价格都是老板给的，我只能硬着头皮给老板打了个电话，老板一听，说道：“我五一休假，到七号上班，到时候我给你价格。”

啪，就这么挂了！

人家火急火燎的三号投标，我们七号给价格，这放在原来的公司是不可能的。就算忽悠也要给个忽悠的价格啊!

这下倒好，老板不管这事，我只能窝着一肚子火，告诉代理商没价格，要价格到七号正常上班再说。

我气得要命，这份工作我磨合了一年才觉得这么做是理所当然的。我现在脾气不那么急了，和这个工作还是有一定关系的。

后来有一天，菁菁Q我了，她给我发了一个笑脸。

我很诧异，菁菁平时很忙，她如愿当上了签约平面模特，还参加了东南卫视的一个娱乐节目。另外，她还卖美瞳，生意爆好。

她开心地告诉我，她要和小灰结婚了。

她和小灰一路磕磕碰碰的，终于结婚了。不过，他们俩青梅竹马的，要不是那些纷纷扰扰，早就该结了。

菁菁八三年的，比我小一岁，但是她的资料写的八九年，用她的话来说，这是行规。在福建，女人一过二十五就是老女人了，就应该左手娃右手娃的了，特别是在仙游那个地方，特别讲究这些。所以，菁菁熬到二〇〇九年结婚，真是不容易。

我问她：“领证了吗？”

“领了。婚纱照也拍了，我给你看！”菁菁甜蜜地说。

哦，在法律上是真结婚了。我目不暇接地看着美女帅哥的婚纱照，真是漂亮啊！看得我都想去厦门拍照了。

我赶紧问她在哪家影楼拍的，花了多少银子。

菁菁开心地说：“没花钱。我帮影楼做模特，影楼让我喊一个男人，我就喊小灰了，白照的。”

我羡慕得要死!

菁菁结婚了！她和小灰终于修成正果了！我当然祝福他们。

但是，我特二地问了一句：“那你姐夫那里后来怎么搞定的？”

菁菁顿了一会儿：“我后来离开福州了，不想在那里了，小灰老吃醋，我不想让小灰受伤，我现在已经不给他的公司做宣传了，感觉好自由！”

“真好，还是过自己的小日子比较好。”我连忙说道。

“是的，只是我姐和姐夫在闹离婚，我觉得挺对不起我姐的。所以，我想我还是赶紧和小灰结婚，这样姐夫就不会有非分之想了。”菁菁缓缓地打出这些字。

我看完，心里咯噔一下，这个老男人啊，想大小通吃啊！

“对，结婚好，结了婚安定了，赶紧生个宝宝！”

“是啊是啊！我就是怕胖，但还是要生宝宝啊！我要备孕了。来厦门一定要记得找我啊，我们再去逛街。”

我连忙说好。我喜欢菁菁，喜欢她不像一般的职场人士那么势利，喜欢她的耿直，还喜欢和她一起逛街，她绝对是潮流风向标。但是我喜欢的都是以前的她，现在的她还和以前一样吗？

她远在厦门，我只能从零星的消息中得知一二，我祝福她，祝福她和小灰白头偕老，永远幸福。

图书在版编目（CIP）数据

年轻，我们伤得起 / 葛一著. — 长沙 : 湖南文艺出版社，2013.6
ISBN 978-7-5404-6231-4

Ⅰ. ①年… Ⅱ. ①葛… Ⅲ. ①长篇小说-中国-当代
Ⅳ. ①I247.5

中国版本图书馆CIP数据核字（2013）第112109号

上架建议：长篇小说 · 青春言情

年轻，我们伤得起

作　　者：葛　一
出 版 人：刘清华
责任编辑：薛　健　刘诗哲
特约策划：张应娜
特约编辑：郭亚维　谢晓梅
封面设计：北京弘果文化传媒有限公司
版式设计：李　洁
出版发行：湖南文艺出版社
（长沙市雨花区东二环一段508 号　邮编：410014）
网　　址：www.hnwy.net
印　　刷：三河市鑫金马印刷有限公司
经　　销：新华书店
开　　本：787mm × 1092mm　1/16
字　　数：270千字
印　　张：19
版　　次：2013年6月第1版
印　　次：2013年6月第1次印刷
书　　号：978-7 5404 6231-4
定　　价：32.00元
（若有质量问题，请致电质量监督电话：010-84409925）